青豆書坊

—— 阅读·思考·生活 ——

黄晓丹 著

古典文学寻宝记

独特的体验式讲解，
引导孩子轻松走进古典文学的美妙世界，
打下孩子受益一生的人文根基。

上海社会科学院出版社

目 录

序言　经典的力量，让孩子个性舒展、内心丰盈　　　/ 1

开篇　和元元、陶陶一起上古典文学启蒙课吧　　　/ 1

1	我童年的秘密花园	/ 5
2	你想拥有一座秘密花园吗？	/ 15
3	童谣竟然会泄露天机	/ 25
4	从好玩的童谣里，能学到什么？	/ 33
5	《声律启蒙》，你这样玩过吗？	/ 43
6	孔子的儿子也不好好读《诗经》	/ 54
7	喜欢开玩笑的庄子	/ 67
8	《庄子》是一本让人"惊悦"的故事书	/ 78
9	陶渊明《停云》：让外星人了解地球	/ 89
10	王维、苏轼和辛弃疾，都是陶渊明的粉丝	/ 101
11	《唐诗三百首》从后往前读	/ 112
12	古代文言小说：有趣的鬼怪故事和奇闻异事	/ 123

13	古代文言小说：连猜带蒙地读，好处多多	/ 132
14	《太平广记》：古代人的奇妙脑洞	/ 142
15	中国古代的《哈利·波特》	/ 152
16	《镜花缘》：大作家小时候最喜欢的幻想文学	/ 162
17	《夜航船》：读书人与伸脚和尚的知识小竞赛	/ 172
18	类书：中国古代的百科全书	/ 182
19	张岱笔下最富裕、最风雅的江南	/ 191
20	《陶庵梦忆》：亲切、精美的文言散文	/ 203
21	古代有什么好吃的？	/ 213
22	《随园食单》：可以"吃"的古文	/ 220
23	在宋词中，你或许能找到知己	/ 228
24	那些热爱古典文学的当代作家	/ 239
25	现代散文和小说：通往古典文学世界的桥梁	/ 250
26	古人是怎么上学的？	/ 259
27	读万卷书，也要行万里路	/ 270
28	发现书店：为什么要逛书店？	/ 279
29	公共空间：发现免费的学习资源	/ 288
30	学习秘诀：最好的"学"就是"教"	/ 296

彩蛋　关于古典文学启蒙的 6 个常见问题　　　　　　　/ 304

序 言

经典的力量，让孩子个性舒展、内心丰盈

亲爱的大朋友小朋友们，你们好。我是黄晓丹，也是这本书中的晓丹姐姐。

我日常的工作是给大学生上古典文学专业课，有时候也会给中小学的老师讲儿童文学课。在这之前，我写过两本书，一本是从个体和自我的层面去解读古代诗歌，书名叫《诗人十四个》；另一本是给家长看的，讲的是如何给孩子做传统文化启蒙，这本书叫《陶渊明也烦恼》。

2023年上半年，青豆书坊的总编辑苏元和我沟通，想以《陶渊明也烦恼》中讲古典文学的部分为基础，加以改编创作，做出一本直接给孩子们的古典文学启蒙书。我接受了这个建议，因为本来我也愿意尝试直接和孩子们对话。而且我讲的古典文学，不是传统意义上孩子一听就害怕的古典名著，而是从孩子的心理和兴趣出发，讲孩子会喜欢的那个古代的世界。我在书中的体验式讲解，比如讲我自己上学的时候有哪些心事，我是怎样在古典文学里找到了乐趣，得到了精神抚慰和滋养，这些真实而鲜活的体验，我想可以激发孩子们的共鸣，让大家明白其实古典文学不是那样老旧、沉闷，脱离现实生活的。孩子们也许会发现：哇，原来在古典文学的世界里有那么多好玩、有趣、富于美感的东西。

于是，今天呈现在你们面前的是这样一本书：

它符合孩子们的认知水平，是为孩子设计的古典文学启蒙课。我们没有按照常规文学发展史的脉络来挑选书目，而是围绕孩子的兴趣，确定经典书目和解读内容。为了让孩子们能够读懂这些内容，又补充了大量的背景知识和文学常识。编辑不仅设计了晓丹姐姐和两个小朋友对谈聊天的场景，将我的原稿改写为充满童趣的对话，还邀请插画师手绘了可爱的古风插画，为的是给孩子们打造一个多感官、沉浸式的学习体验。至于《陶渊明也烦恼》出版后读者热心归纳的"衍生书单"、所涉及文言诗文的现代翻译，编辑也贴心地收入在这本书中。我对所有内容进行了审核和修改。

这本书不仅聊古典文学，也谈学习方法。书中介绍了我过往积累的有关读书和学习的经验。我希望用真正发生在自己身上的故事，来帮助孩子更好地理解学习方法的重要性，为孩子的学习提供一条真正有效、轻松的路径。

上面这些复杂而细致的改造，让这本书成为一次真正为孩子而进行的二次创作。如果说，孩子读完这本书之后能有什么收获，我希望能够有以下两点：

一是希望这本书能够改变孩子看待古典文学，甚至对待语文的态度。不是说孩子都有三怕吗？一怕文言文，二怕周树人，三怕写作文。在这本书里，我给孩子讲"中国的哈利·波特",也就是《太平广记》,讲神奇有趣的幻想文学《镜花缘》,讲好吃好看的美食书《随园食单》。当孩子们感受到古典文学的魅力,开始产生兴趣,就会跨越障碍,主动走进美丽的古典文学世界。在经典的世界里浸泡多了,古文基础、文学素养、写作能力一定会有一个质的飞跃。

我的第二个希望,是通过这本书,把古今相通的人类智慧带到孩子身边。在这本书里,我给孩子们讲庄子是如何看待不同的生命的,讲陶渊明是怎样在普通的生活中发现意义的,讲张岱是如何追忆过去的美好生活的。在读书的过程中,孩子就像一个寻宝人,可以去发现古人的风趣与可爱,领略古人的审美和哲思。这些历经时间考验的人类智慧,就像生命最初的原动力,帮助孩子们在快速变化的今天认识自己、理解世界,成为舒展而丰盈的个体。

关于这本书,我就介绍到这里,接下来孩子们要自己去阅读、体会和思考了。希望这本书为孩子们打开古典文学世界的大门,让经典的力量伴随我们一生。

我的老师叶嘉莹先生将晚年大部分时间都用在儿童古诗教育上,并且坚持相信每个人的心中都有一颗诗的种子,在儿童期予以浇灌,最有益于这颗种子的成长。这种将古典文学与生命关联的理念,使千千万万的人与诗歌结缘。青豆书坊策划此书的发心,也来自对叶老师言行的响应。感谢青豆书坊总编辑苏元、编辑王小柠和曹莹。他们的精心策划和细致修改,最终让这本书以活泼精美的形式与大家见面。希望古典文学因此增加一些小读者,小朋友们因此多交一些厉害的"老"朋友。

开　篇

和元元、陶陶一起上古典文学启蒙课吧

在这本书里，元元、陶陶一起上晓丹姐姐的古典文学启蒙课。

元元和陶陶在一个学校上学，又是邻居，经常一起上下学。有一天，陶陶看见妈妈翻书的时候扑哧一下乐出了声，就赶紧凑过去瞅瞅，是什么东西这么搞笑。原来妈妈在读书上的一首诗。

责子

[晋] 陶渊明

白发被（pī）两鬓（bìn），肌肤不复实。

虽有五男儿，总不好纸笔。

阿舒已二八，懒惰故无匹。

阿宣行志学，而不爱文术。

雍端年十三，不识六与七。

通子垂九龄，但觅梨与栗。

天运苟如此，且进杯中物。

陶陶也读了几遍，似懂非懂，好像说的是五个孩子都不爱学习的事儿。她感觉这首诗和以往读过的诗不同，很有趣，就问妈妈，这诗是什么意思？妈妈说，这是东晋诗人陶渊明在吐槽自己的孩子——"干啥啥不行，吃饭第一名"。她读起来深有同感，所以乐出了声。这下陶陶明白了，原来妈妈在借陶渊明的诗句调侃她，她也乐了，和妈妈笑着打闹一团。

闹归闹，陶陶还真想再读读类似陶渊明的《责子》这样的诗。她以前完全想不到，一千多年前的古人，写出来的东西原来这么好玩。妈妈说，要是陶陶想知道更多的话，就得去问问那本书的作者——黄晓丹，晓丹姐姐。晓丹姐姐是一位古典文学博士，专门研究古典文学和中国传统文化，还经常给中小学里的老师们讲课。诗词古文被她一讲，立即活了，就好像古人穿越到现代，来到了我们身边。晓丹姐姐还说，现代人的所思所想，古人都明白。最棒的是，晓丹姐姐是妈妈的朋友，也住在陶陶住的这个小区里。

第二天，陶陶把这件事和元元说了，元元听了，也起了好奇心，想见见这位晓丹姐姐。这不，现在元元和陶陶已经坐在晓丹姐姐的客厅里了。

陶陶听说，晓丹姐姐有个秘密花园，所以今天他们要问问晓丹姐姐，这个秘密花园究竟在哪里，里面都有什么好玩的？我们一起去看看吧！

1

我童年的秘密花园

童年的晓丹姐姐拥有一座自己的秘密花园。在这座花园里,取之不尽、用之不竭的资源,让晓丹姐姐增长知识、滋养心灵,给了童年的她充足的安全感和私密感。想知道晓丹姐姐的秘密花园是什么吗?

陶陶: 晓丹姐姐,我听妈妈说,你小时候有一座神秘的花园?

晓丹姐姐(笑)**:** 事情是这样的。我生在 20 世纪 80 年代,是在江南小城里长大的,和别的小孩没什么区别,只是我特别喜欢看书。靠着那些莫名其妙的书,我把许多没办法和老师或父母说的心事,渐渐化解掉了。一位朋友听了我的童年经历后曾感慨:"你小时候真是拥有一座秘密花园。"

元元: 哦,原来书就是晓丹姐姐的秘密花园。

晓丹姐姐： 没错。不过小时候我其实并没有意识到这一点。一直到三十岁出头，我和朋友讨论，今天的这个"我"是怎么形成的，又是怎样发展出一套似乎挺有效果的方法来应对生活中的困惑时，我才忽然意识到，读书对我的用处远不止增长知识这么简单。

陶陶： 那读书还有什么用呢？

晓丹姐姐： 在我眼里，书是个只有我自己知道的秘密花园。这个秘密花园里，有着取之不尽、用之不竭的资源。它涵养我的心灵，让我获得安全感和私密感。它帮助我克服成长中的伤痛，活得生机勃勃。还有啊，小的时候，很多大人觉得无所谓的事情，对孩子来说却充满挑战，有了书这个秘密花园，我就有了一个退守、缓冲和滋养的空间。

陶陶： 我没太听懂，不过这个秘密花园听上去特别厉害，我也想要一个！

晓丹姐姐： 哈哈，我的意思是说，书里面有很多美好的东西，藏着我的很多秘密，所以我就把书比喻成我的"秘密花园"。只是，书需要我们去阅读，才能成为我们的秘密花园。如果书只是摆放在那里，那就像一个杯子摆放在那里，我们没有用它来喝水的时候，它就是一个摆设而已。

陶陶： 嗯，现在我明白了。

晓丹姐姐： 其实啊，创造一个属于自己的秘密花园，几乎是所有孩子的天性。你们肯定在自己住的地方附近，找到过一个小小的角落。这个角落可能是一个树丛，一个沙坑，甚至是一个空衣橱。大人都不能理解这个角落有什么好，可是孩子就愿意到那个地方去，在那里做一些莫名其妙的事，说一些莫名其妙的话。

陶陶：对，晓丹姐姐，我的秘密花园就在咱们小区里，不过我可不能告诉你具体在哪儿。

晓丹姐姐：哈哈，陶陶，那是属于你自己的秘密，可千万别告诉其他人。不过今天，我要教你们建造一个新的秘密花园——书中的诗词歌赋。

元元：为什么是诗词歌赋，不是小说散文呢？很多诗词歌赋，还挺难理解的。

晓丹姐姐：我讲的诗词歌赋，指的是中国古代的文学。虽然我们现代人觉得读小说比较容易，读诗词比较难，但从中国文学发展的历史来看，诗歌这种抒情的文体发生在前，小说这种叙事的文体发生在后。中国文学最早的两部著作，一部是《诗经》，一部是《离骚》，这两部著作都是诗。而小说，要到汉代以后才渐渐发展起来。

元元：也是，我读过的长篇小说，像《三国演义》《水浒传》《西游记》，都是明代才有的。

晓丹姐姐：对。中国文学和西方的情况不一样。西方文学，特别是古希腊文学，最初是以叙事文学为主；而中国文学，最初是以抒情文学为主。用专业的话来说，就是中国文学的抒情传统特别强大。所以对于一个中国读者来说，如果他想要学习中国的古典文学，先阅读小说并不合适。从时间上来说，应该最先接触诗词歌赋，尤其是其中的诗、词、歌这三个部分。

元元：怪不得，我们在学校里学古文，都先从古诗开始。

晓丹姐姐：对，诗、词、歌朗朗上口，有节奏，有音律，读起来很好听，也比较容易记忆。而且，诗词歌还有四大功能——认知功能、情感功能、审美功能和道德功能。

元元：诗、词、歌，还有这么多种功能？

晓丹姐姐：是啊，我们一个一个来讲。先说诗词歌的认知功能。秋天的时候，老师是不是要求你们背王维的《九月九日忆山东兄弟》啊？

陶陶：对，我会背，"独在异乡为异客，每逢佳节倍思亲。遥知兄弟登高处，遍插茱萸少一人"。

晓丹姐姐：背得好。你们知道为什么诗人会写到"登高"，写到"插茱萸"吗？

陶陶：这……我们老师好像讲过，我有点想不起来了。

元元：九月九日，是农历的重阳节。我记得这首诗，是王维在重阳节的时候，思念故乡的兄弟才作的诗。登高和插茱萸，都是古人过重阳节时的习俗，就像我们过端午要吃粽子一样。

晓丹姐姐：元元说的没错，陶陶呢，想不起来也正常。为什么呢？因为对于你们这些现代的孩子来说，重阳节已经是一个陌生的概念了。

陶陶： 对啊，重阳节又不像端午节，这一天既不放假，也没什么特别的好吃的，我当然记不住。

晓丹姐姐： 是啊，对于很多人来说，重阳节已经从日历上消失了。所以，读这首诗，是很多人对重阳节产生印象的唯一机会。读的时候，我们能通过想象，体会到对于唐代的人来说，重阳是一个重要的节日。

元元： 我明白了，这就是您说的诗的认知功能。那情感功能呢？

晓丹姐姐： 元元，你刚才说这首诗表达了王维对故乡亲友的思念。可这句话，只是一个中心思想的概括，是抽象的，而王维的思念本身是具体的。如果我们读诗的时候能具体地感受这种情感，而不仅仅是进行抽象的归纳，我们就能拥有更好的情感能力。

元元： 具体地感受这种情感，应该怎么做呢？

晓丹姐姐： 你们回忆一下，当你思念一个人又见不到这个人，感到伤心又失落的时候，你的身体会有什么反应？

陶陶： 我肯定是鼻子酸酸的，眼睛湿湿的，很想哭。

元元： 我心里应该会咯噔一下，皮肤有一种麻酥酥的感觉。

晓丹姐姐： 很好，这就是读这首诗的时候，我们可能会产生的一系列感觉。但是，如果我们只读中心思想，就不会有这样的感觉。我们之所以说诗歌具有情感功能，是因为优秀的诗歌能够创造一个具体的情境，让我们回到情感发生的那个时间、那个地点，让我们重新鲜活地感受那份情感。如果我们不去体验诗歌，而只是抽象地总结中心思想，事实上是对诗歌情感功能的破坏。

元元：我明白了。要体会诗歌中的情感，我得跟随诗歌，想象自己穿越到了诗歌的情景里。

晓丹姐姐：是这样。再说诗歌的审美功能，我举个例子，你们应该就能理解了。以前经济条件比较差的时候，大家追求的是吃饱穿暖。现在生活比较富裕了，大家就会开始追求审美。但像我的奶奶，就始终不能理解：我们去一个茶馆喝茶，一个人要花一百块钱。同样一杯茶，她在家里泡给我喝，只要五块钱，为什么我们非要到茶馆去喝呢？

陶陶：我妈妈和她的朋友聚会，也经常去茶馆。那些茶馆好美啊，可是妈妈有时候不愿意带上我。

晓丹姐姐（笑）**：**当我们走进茶馆的时候，我们有可能觉得，竹地板的质感很美，竹帘背后摇曳（yè）的光影很美，桌上那个茶炉质朴的造型很美。所以，为了这些美的体验，我们会支付九十五块钱。而对一个在这方面没有审美能力的人来说，他花一百块钱，就只喝到了一杯五块钱的茶。

元元：为什么有些人能够体验到这种美，有些人体验不到呢？

晓丹姐姐：这是个好问题。因为审美是一种能力，需要训练才能得到。比如，唐代诗人白居易的诗《问刘十九》中写，"绿蚁新醅（pēi）酒，红

泥小火炉。晚来天欲雪，能饮一杯无"。元元，你应该学过这首诗吧？

元元： 对，我学过。这首诗说的是，在一个就要下雪的傍晚，白居易请朋友刘十九来他家，烤烤火炉，尝尝新酿出来的酒。

晓丹姐姐： 如果你没读过这首诗，可能就无法体会到，在一个纷纷扰扰的世界上，找到一个小小的角落，跟好朋友凑在一起，用陶炉煮一杯清茶或者好酒的感觉。你也无法体会到，那种清静、温暖、节制的美。

陶陶： 我想起来，去年下大雪那天，我和爸爸妈妈在家里煮苹果蜂蜜水喝。外面很冷，家里却特别暖和。我们一边看着窗外的雪唰唰地下，一边静静地喝蜂蜜水，感觉很舒服。

晓丹姐姐： 陶陶的联想特别好。你读了诗，诗又帮助你感受到了生活的美。所以我们说，阅读中国的诗词歌赋，学习中国的古典文学，可以提升我们对美的感受力，是进行审美训练的一个非常好的渠道。

元元： 晓丹姐姐，可以提高审美能力的方法有很多种吧？为什么你单单强调诗词歌赋呢？

晓丹姐姐： 这是一个好问题，不过讲起来有点复杂。我们先休息一下，喝点水，一会儿再接着聊吧？

元元、陶陶： 好的。

【文学知识卡】

◎ 从中国文学发展的历史来看，诗歌这种抒情的文体发生在前，小说这种叙事的文体发生在后。汉代之后，小说才渐渐发展起来。

◎ 诗词歌有四大功能：认知功能、情感功能、审美功能和道德功能。

◎ 诗歌能够创造一个具体情境，让我们回到情感发生的那个时间、地点，重新鲜活地感受诗人当时的情感，这是诗歌的情感功能。

◎ 阅读古代的诗词歌赋，可以提升我们对美的感受力，是一个进行审美训练的好办法。

【思考时间】

◎ 有没有一首诗，你觉得特别美，或者让你特别有感觉？

【经典赏析】

问刘十九

[唐]白居易

绿蚁新醅酒,
红泥小火炉。
晚来天欲雪,
能饮一杯无?

【译文】

新酿的酒上浮沫如绿蚁般点缀,红泥砌就的小炉里炭火熹微。晚来天色昏寒,看来雪花要飞,你能不能来陪我干上一杯?

译文参考出处:《唐诗三百首译注》,〔清〕蘅塘退士编,史良昭、曹明纲、王根林译注,上海古籍出版社,2019年

2
你想拥有一座秘密花园吗？

诗词歌赋是古人留给我们的智慧，代表了古代社会最高雅的文化。这些高雅的诗词歌赋，有非常大的情感涵容力。我们的感受都能从中找到共鸣和抚慰，这可以帮助我们消化在成长中遇到的种种压力。

元元： 晓丹姐姐，为什么您特别说，诗词歌赋是提高审美能力的好途径？

晓丹姐姐： 这里有一个很有趣的原因，在中国历史的大部分时间里，人口识字率都非常低，而且书籍都非常昂贵。

陶陶： 昂贵？有多贵？

晓丹姐姐： 比如在明代，书已经比以前便宜太多太多了。可是，一个工人一个月的收入，也只能买两本书。

陶陶： 啊，这么贵，那谁能买得起啊？

晓丹姐姐： 所以啊，历史上大部分时间里，那些能够写作诗词歌赋的人都是社会精英。而那些能够被刊刻成书、流传下来的作品，本身就代表了历代最高的审美水平。所以，我们现在学习汉魏六朝的赋、唐代的诗、宋代的词，其实就是在接触古代社会最高雅的文化。

元元： 我明白了，如果经常读这些最高审美水平的作品，我们的审美能力也会变得很厉害。

陶陶： 我妈妈说，让我好好学诗词歌赋。现在我同意了。

晓丹姐姐： 哈哈，诗词歌赋中还有很多古人留给我们的智慧，值得我们好好学习。除了刚才我讲的认知功能、情感功能、审美功能，诗歌还有它的道德功能。不过，随着时代发展，文体越来越多，学科越来越多，诗歌的认知功能渐渐分给了科学，道德功能渐渐分给了伦理学。所以，对于我们现代人来说，学习诗词歌赋最重要的就是培养审美能力和情感能力。

元元： 可是晓丹姐姐，我还有一个问题。虽说诗词歌赋是古代精英留下来的作品，但那毕竟是很久以前的东西了。那么多年过去了，它们还有那么大的作用吗？

晓丹姐姐： 问得好，这是一个很重要的问题。我想告诉你们的是，对于现代人，特别是对于像你们这样的未成年人，正是因为诗词歌赋有审美功能和情感功能，所以这些出自古代精英的、高雅的作品，才依然可以成为你们成长的秘密花园。

元元： 为什么呢？

晓丹姐姐： 首先，因为中国诗歌有非常大的情感涵容力。也就是说，不管我们有多么糟糕的情绪，打开一本中国诗歌集，总能在里面找到对应的诗歌。

陶陶： 真的吗？我的生气，我的难过，诗歌里都写了？

晓丹姐姐： 是啊，这些情绪你都可以在诗歌里找到。比如《古诗十九首》，它们是汉朝一些诗人所作的一组五言古诗，一共有十九首，有学者评价这组诗说，但凡涉及"工作上不得志，情感上不顺利，和朋友分别，待在他乡回不来，身边有人去世，自己也逐渐衰老"，这些情感都已经写在《古诗十九首》里了。

元元： 这里有难过，也有悲痛，有好丰富的情绪。

晓丹姐姐： 是的，这些诗歌的作者和我们一样，都有不开心的时候。不同的是，我们的不开心可能像乱麻一样，无边无际的一团，而这些诗歌的作者，把自己的不开心变成了一个精美的形式。

元元： 这就是诗人的厉害之处吧。

晓丹姐姐： 是啊，读这些经典诗歌的时候，我们体会到了隐隐的、郁结于心的、幽怨的部分，也看到了精美绝伦的部分。这两种感受是同时出现的。所以我们悲哀的情感，在一瞬间被整理成了一个具象且有意义的审美形式。这种审美形式本身就可以带给我们愉悦和价值感。在阅读诗歌的过程中，我们原先那些悲哀的情感，不仅得到了理解，得到了抚慰，还得到了转化，变成了一种更高级的东西。

陶陶： 理解，抚慰，转化？我没太听懂。

晓丹姐姐： 给你们讲一个我小时候的故事吧。我家在无锡，那里有一个著名的景点，叫鼋（yuán）头渚（zhǔ），是观赏太湖最好的地方。小时候每年秋游，老师都会带我们去鼋头渚。秋游的队伍里，有兴高采烈、打打闹闹的小朋友，有抓住一切机会和老师说话的小朋友，还有垂头丧气、松松垮垮背着书包、落在最后的小朋友——我就是最后这种小朋友。我不太善于运动，跟小朋友"疯"不起来。可是秋游如果不能跟小朋友"疯"起来，就没多大意思，会有一种失落的感觉。

元元： 我明白，有时候我参加集体活动，也会有这种失落的感觉。晓丹姐姐，那你后来是怎么做的呢？

晓丹姐姐： 后来啊，有一次秋游自由活动的时候，我觉得非常无聊，感觉被老师忽略了。于是我就坐在湖边等集合，要等一个小时。不过，我坐着坐着，就看到天的尽头，在太湖的水和天交接之处的小岛，然后就想到了一首刚读过的宋词。

陶陶： 哪一首呢？

晓丹姐姐： 这首词是南宋文学家姜夔（kuí）的《点绛唇·丁未冬过吴松作》："燕（yān）雁无心，太湖西畔随云去。数（shù）峰清苦，商略黄昏雨。……"我当时并不知道这首词讲的具体是什么意思，只感觉它是在讲一个人寂寞离群、不知道何去何从，一切东西都跟他隔着一定的距离——什么都看似唾手可得，什么又都触不到。在这首词里，作者一个人在太湖边发呆，北方的大雁来了又去，黄昏的雨也是来了又去，自然界按部就班地运行，作者自己却好像被落下了。

元元： 被落下了？那这首词写的感觉，正是您秋游时的感受。

晓丹姐姐： 是啊，那时候我在湖边坐着，开始的时候闷闷不乐，觉得整个世界都欠了我的。可是当我把自己的处境和这首词联系起来，我觉得自己好像就是词中的那个人，面对的就是词中的场景。有了这种联系后，我的孤独无聊的感觉，忽然间变成了另外一种感觉——自得其乐。就好像是"哇，这个世界上有这样的美，可是你们这些傻小孩，光会打打闹闹，都没有看到"。

陶陶： 哈哈，晓丹姐姐挖到了别人都不知道的宝藏。

晓丹姐姐： 没错。这种感觉就像我在秘密花园中挖到了一颗宝石。所以后来，等到集合的时候，我也就快快乐乐地回家了。这个秋游我也很有收获，虽然收获的东西可能和其他孩子不一样。

元元： 我懂了，这就是您之前说的，您的感受在诗词中得到了理解和

抚慰，诗词还把您的感受做了转化，让它成为一种美，一种乐趣。

晓丹姐姐： 对，诗词就是这样，它精妙地表达出了人们心里细腻的感受，之后又让读到它的人也体会到了那种感受，于是，自己的情感就被诗词包容、转换了。

陶陶： 没想到诗词还有这个作用！

晓丹姐姐： 是啊，所以我们不要把诗词歌赋当作必须学习的负担，而要把它视为一种资源，把古人视为知己。我们可以在自己的情感不被他人理解，或是自己也说不清的时候，到这些诗词歌赋里去找一找共鸣，让它们所表达的丰富细腻的感受，来体贴、慰藉我们的情感；让那些精美的文字形式，为我们提供一种审美上的享受。这种享受将把我们的各种情绪转化成一种更高级的东西。这样，我们也许就能够比较顺利地成长。

陶陶： 听您讲完，我好像不怎么害怕课本里的古诗词了。

晓丹姐姐： 哈哈，再给你们讲讲我小时候的情形。有一回，我一个人躺在窗前的床上，读《唐宋名家词选》。那时候，窗外是满天的晚霞，我读一会儿，就有一群鸟从晚霞中飞过，读一会儿，又有一群鸟从晚霞中飞过。自然、诗歌和我，构成了一个无比美好的世界，所有的烦恼、被忽略或是不被理解，那时都被我抛到了脑后。

陶陶： 好美啊，晓丹姐姐。

晓丹姐姐： 是啊，我现在也觉得自己很幸运，能够在小时候拥有这样一个秘密花园，帮我消化在成长中遇到的种种压力。

元元： 要是之前就认识晓丹姐姐就好了，我也能早点拥有一个属于自己的秘密花园。

晓丹姐姐： 没关系，你们今天已经发现了这座秘密花园。以后，你们可以去找找自己喜欢的诗词歌赋，慢慢地把自己的秘密花园搭建起来。还有，如果你们愿意，可以经常到我这里坐坐。我很乐意给你们讲讲诗词歌赋，讲讲古典文学。

陶陶： 太好了。

元元： 以后我一定要常来听您讲讲。

晓丹姐姐： 没问题。元元、陶陶，今天时间不早了，我们下次再聊吧？

元元、陶陶： 好的，晓丹姐姐下次见！

【文学知识卡】

- ◎ 那些能够被刊刻成书、流传下来的文学作品，本身代表了历代最高的审美水平。我们学习汉魏六朝的赋、唐代的诗、宋代的词，其实就是在接触古代社会最高雅的文化。
- ◎ 随着时代发展，学科越来越多，诗歌的认知功能分给了科学，道德功能分给了伦理学。所以，对于现代人来说，学习诗词歌赋最重要的就是培养审美能力和情感能力。
- ◎ 《古诗十九首》是汉朝一些诗人所作的五言古诗。"工作上不得志，情感上不顺利，和朋友分别，待在他乡回不来，身边有人去世，自己也逐渐衰老"，这些情感都已经写在《古诗十九首》里了。

【思考时间】

- ◎ 有没有哪次，你本来在游玩，或者在干别的事，忽然想起了一首诗？说说那个经历。

【经典赏析】

点绛唇

[宋]姜夔

丁未冬,过吴松作。

燕雁无心,太湖西畔随云去。数峰清苦,商略黄昏雨。　第四桥边,拟共天随住。今何许?凭阑怀古,残柳参差舞。

【译文】

北方的鸿雁悠然自在,从太湖西畔随着白云翻飞。几座孤峰萧瑟愁苦,似乎在酝酿黄昏时的一场风雨。我真想在甘泉桥边,与陆龟蒙一起隐居。可他如今在何处?我独倚栏杆怀古,只见残败的柳枝在风中杂乱地飞舞。

【推荐阅读】

《唐宋名家词选》,龙榆生编选,上海古籍出版社,2014年

3 童谣竟然会泄露天机

你听过中国古代的童谣吗？童谣念起来朗朗上口，有些还蕴含着人生哲理。但有一点恐怕很多人不知道——中国古人认为，童谣有泄露天机的神奇力量。

陶陶： 大头大头，下雨不愁，人家有伞，我有大头。大头大头，下雨不愁，人家有伞，我有大头。

晓丹姐姐： 大头大头，坐车不愁，人家有票，你有大头。

元元： 哈哈，晓丹姐姐，你也会唱这首"大头"啊？还把"大头"给改了。

晓丹姐姐： 是啊，小时候，我就是那个大头。一下雨，小朋友们就会对着我唱这支歌。他们还很有创造力，照着这个形式，编了很多新的童谣，就像我刚才念的那种。

陶陶： 我也能编新的！大头大头，吃饭不愁，人家有嘴，我有大头。

晓丹姐姐： 哈哈，童谣就是这样，虽然大都是胡说八道，但孩子却可以感受到语言的快感，对语言更感兴趣，还会乐此不疲地玩童谣。所以说啊，童谣的生命力非常强。

元元： 上幼儿园的时候我看过一本书，叫《鹅妈妈童谣》，里面全是童谣！

晓丹姐姐：《鹅妈妈童谣》是世界上最早的儿歌集，包含了五十二首童谣。现在知道这本书的爸爸妈妈越来越多了，但这些童谣原本是用法语和英语写出来的，翻成中文再给孩子念，总好像失去了一点口语的韵味。

元元（思考）： 法语和英语……那我们中国古时候，难道没什么童谣吗？

晓丹姐姐： 当然有。中国最早的一本字典《尔雅》里就有"谣"这个字。对谣的解释是"徒歌曰谣"，也就是说，光清唱、不配乐的歌，就是谣。在中国，童谣产生的时间可能早于文字。如果大家看过电影《疯狂原始人》，就知道远古时代人的文化水平都很低，大人也不比小孩文明多少，所以他们唱的歌只是以"歌谣"的形式流传下来。没有人能告诉我们，"歌谣"是大人唱的还是小孩唱的。

元元： 史书上应该有记录吧？

晓丹姐姐： 对，后来大家发现，到了战国时期，儒家的经典著作《孟子》里，就切切实实地记载了孔子听童谣的事。这首歌叫作《孺子歌》，说"沧（cāng）浪（làng）之水清兮，可以濯（zhuó）我缨；沧浪之水浊兮，可以濯我足"，意思就是"江水如果干净，可以洗我的帽带；江水如果脏了，可以洗我的脚"。

陶陶： 这个童谣听起来也挺好玩的，和"大头大头"差不多。

晓丹姐姐： 是啊，孔子和屈原都把这首童谣和人生哲理结合起来，有很多高级的说明和进一步地阐释。小朋友们却并不在乎孔子、屈原是怎么想的，小朋友觉得好玩就行。

陶陶： 就是，好玩就行！

晓丹姐姐： 不过中国古代的人好像对童谣特别在意。他们认为，如果你听到一首童谣，最好能好好地品味一下它的意思，因为童谣有泄露天机的神奇力量。元元，你读过《三国演义》吧，还记得董卓造反的事，最早是怎么被泄露出来的吗？

元元： 我不记得了。难道，跟童谣有关？

晓丹姐姐： 没错。那童谣唱的是："千里草，何青青。十日卜（bǔ），不得生。"这其实是一个字谜。千里草，一千两千的千字上，叠加上青草的草字和里面的里字，就是董卓的"董"。而十日卜，一十二十的十字底下，加上生日的日字，再加上占卜的卜字，就是……

元元： 就是董卓的"卓"。

晓丹姐姐： 没错。我记得小时候，班上有个男同学看《三国演义》，看到这一段的时候大为激动，觉得自己太有文化了，拿这个字谜到处给同学猜。可见即便是过了一千多年，这个童谣还是对小朋友有很大的吸引力。

陶陶： 童谣念着顺口，也有趣。但它跟"泄露天机"有什么关系？为什么古人会以为童谣能"泄露天机"？

晓丹姐姐： 这源于一个传说。东晋史学家干（gān）宝的志怪小说集《搜神记》中说，孙权的儿子孙休当皇帝的时候，有一个长得特别奇怪的小孩儿，六七岁，四尺多高，也就一米三四那么高。他穿着绿衣服，忽然出现在一群大臣的儿子中间。这群小孩儿都不认识他，就问他："你是谁啊，怎么混进来的？"这个奇怪的小孩说："我看你们玩，我就来了呀。"这时候孩子们忽然发现，这个奇怪的小孩眼睛会发光，像外星人一样。

陶陶： 啊，那这个小孩到底是什么人啊？

晓丹姐姐： 是啊，所以孩子们态度很好地又问了一遍。结果这个奇怪的小孩说："我不是人类呀，我是荧惑星。"

陶陶： 荧惑星？那是什么啊？

元元： 荧惑星就是古人对火星的叫法。

晓丹姐姐： 元元说的对。咱们接着说啊，然后这个奇怪的小孩，也就

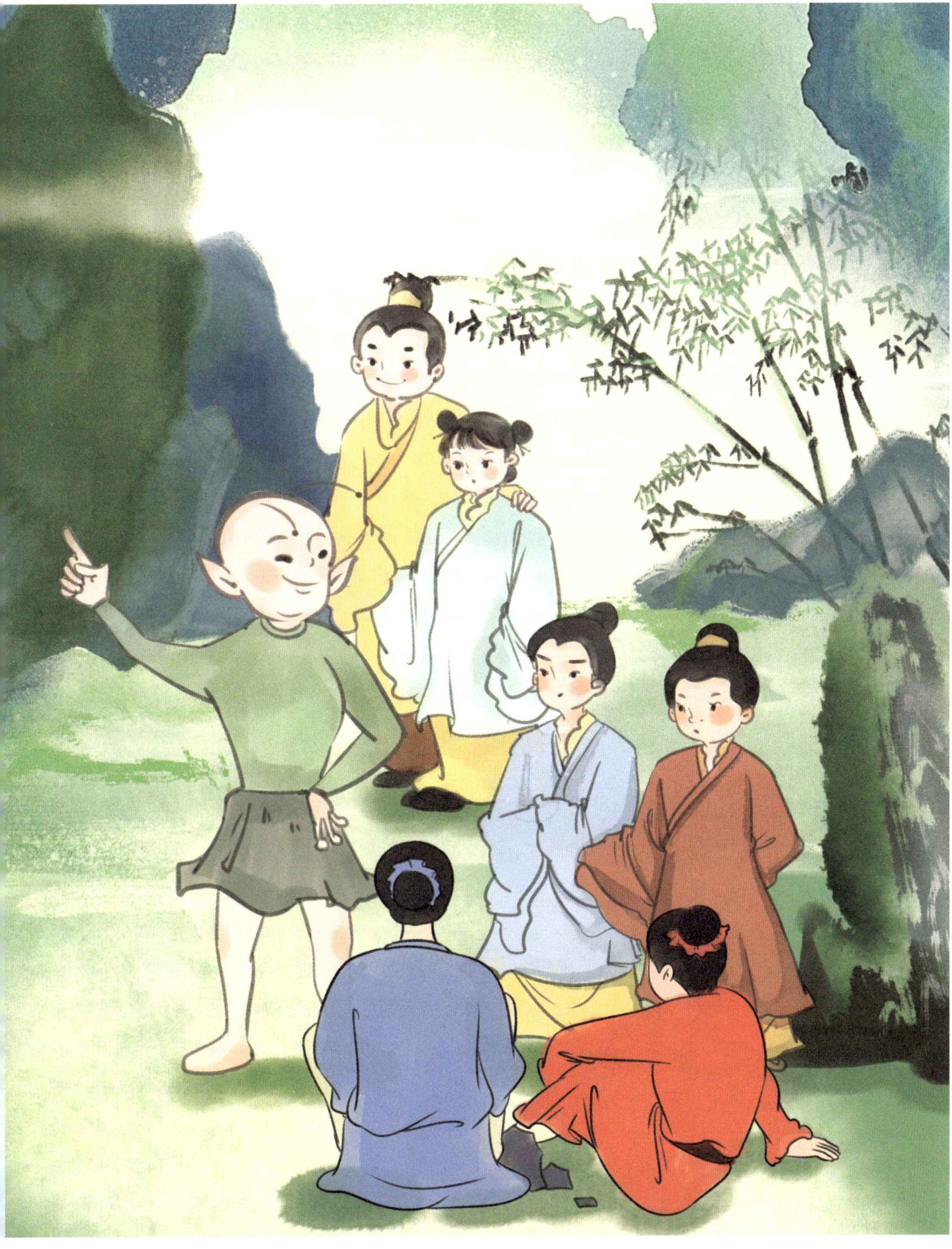

是这个荧惑星，教了孩子们一首童谣，讲的是魏蜀吴要亡国、司马氏要称王的事。教完，这个"外星人"就一下子飞上了天，像一条白色的绢（juàn）布一样，飞得越来越高，一会儿就看不见了。后来，魏蜀吴真的亡国了，司马氏也果然称了帝。

元元： 所以，他教的那首童谣真的应验了！

晓丹姐姐： 是啊，中国的古人认为，火星亮度和运行轨迹都捉摸不清，所以对于人间那些前途莫测的事，火星肯定知道得很清楚。中国古人也相信，火星会变成小孩儿的形状，来教人类的小孩儿说童谣。因此童谣里就常常有天机泄露。

元元： 哈哈，原来是这么回事，古人可真有意思。

晓丹姐姐： 是啊，不过中国古人有时候是神秘主义者，有时候又是现实主义者。有时候他们把童谣当成政治寓言看，认为童谣可以预示整个国家的走势或是王侯将相的命运，有时候他们又把童谣就当作童谣看。所以，我们现在看古人记录下来的几千首童谣，会发现里面真是什么都有。不过，对于现代人来说，那种谁亡国了、谁称帝了的政治寓言类的童谣，已经没什么意思了，有意思的恰恰是那些没什么深意的童谣。

陶陶： 晓丹姐姐，这些有意思的古代童谣，现在还能找到吗？

晓丹姐姐： 能！从明代开始，中国的文人就注意收集这些没有什么政治意味，只是好玩的童谣。到了民国时期，中国现代作家周作人，也就是鲁迅的弟弟，接受了西方和日本的教育观念，觉得整理本民族的童谣对于儿童来说是一件特别好的事，因为这些童谣可以让孩子玩到又学到。所以，周作人写了一本《童谣研究》。当然了，不仅是周作人，民国时代很多学者都会在文章里多多少少提到一些好玩的童谣。

元元： 晓丹姐姐，你刚才说，这些好玩的童谣没什么深意，那为什么还能让我们又玩到又学到呢？

晓丹姐姐： 元元的问题很好。我们先休息一下，吃点东西，待会儿接着聊吧？

元元、陶陶： 好的。

【文学知识卡】

◎ 中国最早的一本字典《尔雅》里，对"谣"的解释是只清唱、不配乐的歌。

◎ 中国古人认为，童谣有泄露天机的神奇力量，这源于东晋志怪小说集《搜神记》中一个关于火星的传说。

◎ 《孟子》记载了孔子听童谣的事。孔子听到小孩子唱了一支歌："沧浪之水清兮，可以濯我缨；沧浪之水浊兮，可以濯我足。"

◎ 从明代开始，文人就注意收集好玩的童谣。民国时期，中国现代作家周作人写了一本《童谣研究》，为儿童整理本民族的童谣。

【思考时间】

◎ 你读过哪些童谣？能说说你最喜欢或者你最不喜欢的那首童谣吗？

4 从好玩的童谣里，能学到什么？

童谣不仅好玩，还能从中学到很多东西。晓丹姐姐说，童谣除了好玩，至少还有三种用处，你能想到是哪三种吗？听晓丹姐姐给我们讲一讲吧。

元元：晓丹姐姐，您刚才说，童谣能让孩子又玩到，又学到。我知道童谣玩是可以玩的，但我不明白，学又可以学到什么呢？

陶陶：对啊，比如我，就只觉得童谣好玩了，没觉得能学到什么啊。

晓丹姐姐：哈哈，对于现代的孩子来说，童谣至少还有三种用处：一是可以帮助你们了解自然和风俗；二是可以帮助你们发展想象力；三是可以帮助你们体会一种古典的情趣。

元元：这么多呢！您给我们举例子讲讲吧？

晓丹姐姐： 没问题。童谣帮助孩子了解自然和风俗的例子非常多。清代官员杜文澜主编的《古谣谚》，收录了三千三百余首歌谣和谚语。如果你去翻一翻就会发现，里面有很大一部分是讲风俗；讲二十四节气，春夏秋冬；讲看云识天气，雨水和收成的关系。这些童谣很简单，却又很美。我们这些住在城市里的现代人，对一草一木的发芽、枯萎都很后知后觉。这类童谣就可以帮助我们重新获得和自然的联系。

元元： 二十四节气的书，我读过。

晓丹姐姐： 对，关于二十四节气，我们以往更多的是从文字、画面上去了解的，那些基本上是视觉的呈现，而童谣能从听觉上做补充。我来念一首童谣，讲的是夏至之后八十一天的天气变化。你们听听看："一九至二九，扇子不离手；三九二十七，冰水甜如蜜；四九三十六，汗出如洗浴；五九四十五，头戴秋叶舞；六九五十四，乘凉入佛寺；七九六十三，床头寻被单；八九七十二，思量盖夹被；九九八十一，阶前鸣促织。"

元元： 从拿扇子到盖被子，还真是写出了节气的变化，有意思。

晓丹姐姐： 这首童谣唐代就有了。我刚才念的，是明代的版本，明代博物学家和诗人谢肇（zhào）淛（zhè）在《五杂组》这本书里记录的。到现在，北方有些地方的人，还会背这首童谣："一九至二九，扇子不离手；三九二十七，冰水甜如蜜；四九三十六，衣衫汗湿透；五九四十五，树头清风舞；六九五十四，乘凉莫太迟；七九六十三，夜眠不盖单；

八九七十二，当心受风寒；九九八十一，家家找棉衣。"

陶陶： 咦，怎么听上去和刚才那首不太一样？

晓丹姐姐： 对，现在这个版本和明代的版本稍微有点不同。比如，原来版本里的"头戴秋叶舞"变成了"树头清风舞"，"思量盖夹被"变成了"当心受风寒"，"阶前鸣促织"变成了"家家找棉衣"。两者相比较，还是明代的版本更好玩，因为它更有场景感，现代的版本就变成讲道理了。

陶陶： 嗯，我也更喜欢明代的版本，更好玩！

晓丹姐姐： 类似这样讲节气、讲风俗的童谣，古代还有很多。这大概是因为古时候的人不像我们现代人这么有文化，每个人都认识字，什么事都有日历可以查，有书可以翻。所以他们用最简练的口语把日常经验记录了下来。奶奶不识字，教小孙子念两遍，小孙子就记住了。

元元： 怪不得，古人用童谣来传递日常经验。晓丹姐姐，你还提到童谣"发展想象力"，这又是怎么做到的？

晓丹姐姐： 很多童谣都可以帮助孩子发展想象力。比如我特别喜欢的一首："猪拾柴，狗烧火，野狐扫地请客坐。"这首童谣就这么长，它记录在宋代一本叫《侯鲭（qīng）录》的文言小说里。据说《梦溪笔谈》的作者沈括也看过这本书。可是，就连沈括也没猜出来这个童谣是什么意思。

元元： 啊？沈括都没猜出来？他可是北宋很有名的科学家和政治家。

晓丹姐姐： 沈括猜不出来，是因为他认为童谣既然是荧惑星用来泄露

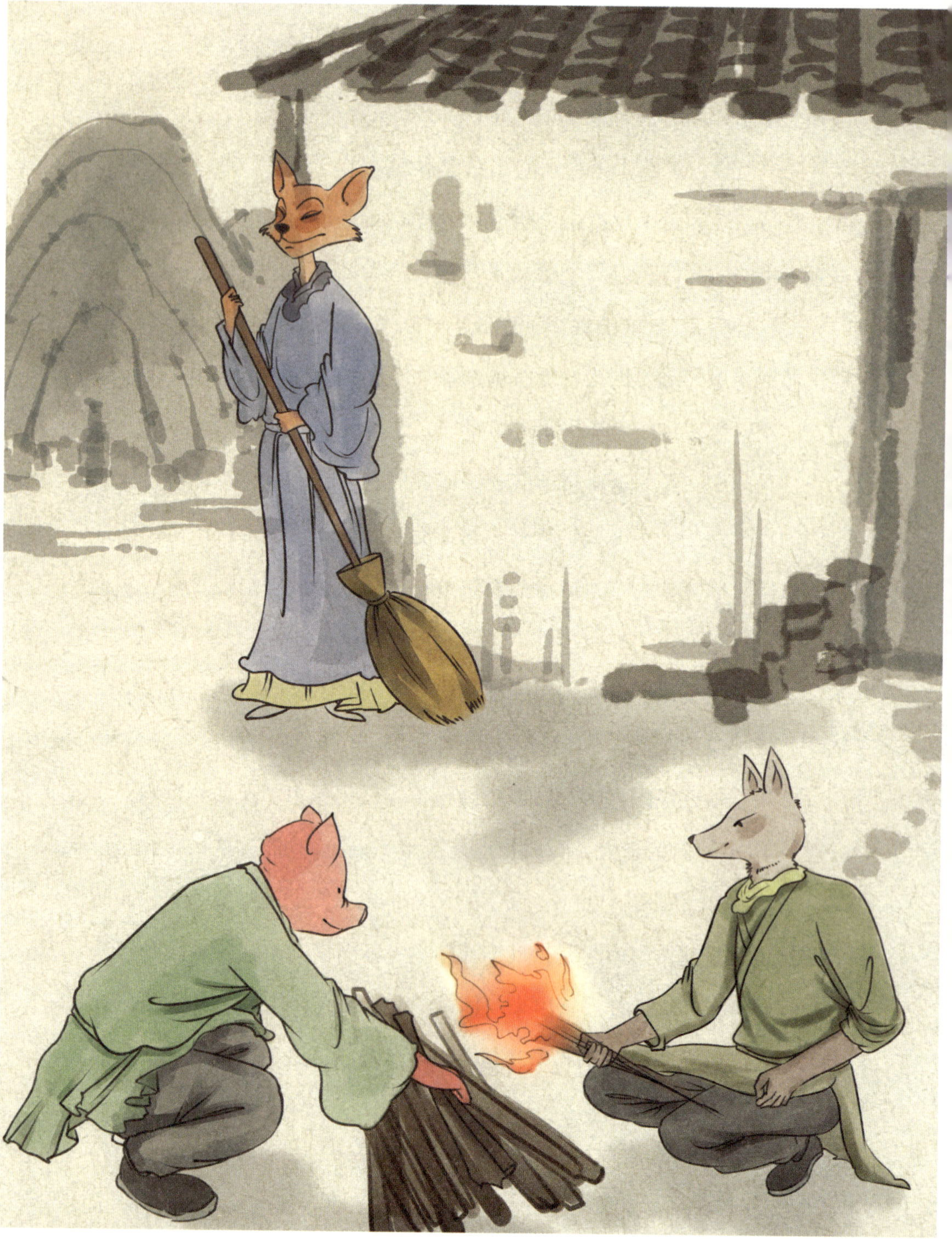

天机的，那么一定得有点什么意思。但对于我们来说，童谣的意义有时候就在于，它没有固定的意思，可以靠孩子的想象力为它赋予意思。"猪拾柴，狗烧火，野狐扫地请客坐"不就是一个很好的儿童故事的开端吗？至于它们到底在干吗，可以让孩子自己去念，自己去编。

陶陶：对啊，我就可以编下去，猪拾柴，狗烧火，野狐扫地请客坐；鸡吃果，羊喝汤，蚂蚁入座当大王！

晓丹姐姐：哈哈，陶陶编得好。这样莫名其妙的诗就是能激发儿童的想象力，让孩子和有童心的大人都兴奋起来。

陶陶：就是，很好玩。来，元元，我们来继续编。地上的动物，天上的动物，都可以来吃大餐！

元元：陶陶别闹了，我们回头再玩，现在先听晓丹姐姐讲。晓丹姐姐刚才说，童谣还可以做什么来着？

晓丹姐姐：童谣还可以帮助孩子体会一种古典的情趣。

元元：古典的情趣，是指什么呢？

晓丹姐姐：讲讲我小时候的经历吧，你们也许就能明白了。

陶陶：我最喜欢听晓丹姐姐小时候的故事了，您快说吧。

晓丹姐姐：我小时候看过作家郑振铎的一本书，书里说了他和朋友、家人一起在浙江的莫干山避暑的事儿。那个年代，山上没有电视、电话，他们晚上坐在东廊的红栏杆内，沐浴在明亮的月光中。这时，商务印书馆郑心南先生的女儿郑依真，蹦蹦跳跳着跑了过来，嘴里唱着一首福建童谣："月光光，照河塘，骑竹马，过横塘。横塘水深不得过，娘子牵船来接郎。问郎长，问郎短，问郎此去何时返。"对了，我手机里还有闽南语的版本，来，给你们听听！

陶陶： 这首童谣念起来太好听了！

元元： 对，闽南语的版本更好听！

晓丹姐姐： 是啊，女孩唱着童谣，她清脆的歌声就像是一塘静水中泛起的涟漪（lián yī），激起了诸位先生的谈兴，他们纷纷念起别的一些谈到月亮的童谣。我小时候看到这首童谣，真是一看就很喜欢，一下子就记住了，怎么都忘不掉。后来，我也读过一些和月亮有关的童谣，它们都很简单，但也都很美，很好听。

陶陶： 那您再给我们念一些吧。

晓丹姐姐： 好，我再给你们念一段：八月啊十五呐，月光光，阿妈共厓（yá）拜呀拜月光；阿妈问厓一声，故乡就在哪方。月光啊月光光，你照呀照四方；请你讲厓嘀呀，哪里是我的故乡。是不是也很好听？

陶陶： 好听！而且我听明白了，这是在说哪里是故乡吧？

晓丹姐姐： 没错。不过除此之外，你们说，这些童谣念起来有什么用呢？说没有用，确实一点用都没有，但如果说有用，也很有用。

元元： 有什么用呢？

晓丹姐姐： 元元应该知道，古代文学里有很多作品都在描写月下盼望的情境。

元元： 嗯！中国作家写过，外国作家也写过。

晓丹姐姐： 在这些作品中，有一个出名的例子。据说有人问19世纪日本著名作家夏目漱石，西方人常说"我爱你"，但日本人不说这句话，那么日本人怎么表达爱的意思呢？

陶陶： 这位日本作家怎么说呢？

晓丹姐姐： 他说，日本人这么表达："今晚的月色很美。"

元元： 今晚的月色很美……

晓丹姐姐： 对。如果你小时候接触过《月光光》这样的童谣，就能够比较容易领会到这句话中包含的古典意境。《月光光》的故事也发生在美丽的月夜。《月光光》中，娘子为郎牵船，问郎长问郎短，娘子虽然没有直接说出"我爱你"，但她做的这一切，不就是爱吗？这和夏目漱石说的"今晚的月色很美"有同样的意思，也有一样的唯美而含蓄的意境。

元元： 我明白了。以前我总认为，童谣要么是很幼稚的歌谣，要么就是那些用来教育小孩讲卫生、有礼貌的儿歌。现在看来，童谣不光好玩，还能教给我们很多东西。

陶陶： 是啊，以前说到童谣，我只能想到"大头大头，下雨不愁"，听晓丹姐姐讲完，我才知道还有那么多好玩的童谣。

晓丹姐姐： 哈哈，现在你们该明白了，有些历史悠久的童谣有着深刻的含义和优美的形式，能启发你们重新想象、重新创作。回去让爸爸妈妈买一些记录中国古代童谣的书吧，里面一定有你们觉得很好玩的童谣。今天时间不早了，我们就先聊到这儿吧。

元元、陶陶： 好的，晓丹姐姐下次见！

【文学知识卡】

◎ 对今天的孩子来说，童谣除了好玩，至少还有三种用处：一是帮助孩子了解自然和风俗；二是发展孩子的想象力；三是让孩子体会一种古典情趣。

◎ 清代杜文澜主编的《古谣谚》，收录了三千三百余首歌谣和谚语。书中很大一部分是讲风俗；讲二十四节气，春夏秋冬；讲看云识天气，雨水和收成的关系。这类童谣就可以帮助我们重新获得和自然的联系。

◎ 明代博物学家和诗人谢肇淛在《五杂组》里，用童谣的形式记录了夏至之后八十一天的天气变化。这是用最简练的口语记录日常经验的范例。

◎ 宋代的文言小说《侯鲭录》记录了一首童谣："猪拾柴，狗烧火，野狐扫地请客坐。"孩子们可以用想象力为它赋予意思。

◎ 如果你遇到一个会说闽南话的人，让他用方言朗读童谣《月光光》会更好听哦"。

【经典赏析】

夏至后九九气候谚

[明] 谢肇淛

一九至二九，扇子不离手；

三九二十七，冰水甜如蜜；

四九三十六，汗出如洗浴；

五九四十五，头戴秋叶舞；

六九五十四，乘凉入佛寺；

七九六十三，床头寻被单；

八九七十二，思量盖夹被；

九九八十一，阶前鸣促织。

（注：促织，蟋蟀的别称）

【推荐阅读】

《中国童谣故事绘本》，金波著，陈希绘，重庆出版社，2022年

5

《声律启蒙》，你这样玩过吗？

  《声律启蒙》是古人教孩子属对的书。《声律启蒙》的语言非常精美，可以提升孩子在识字、词汇、语感等方面的能力，帮助孩子打下古典基础。你知道《声律启蒙》不光可以读，还可以玩吗？一起来听听晓丹姐姐怎么说吧。

陶陶： 云对雨。

元元： 雪对风。

晓丹姐姐： 晚照对晴空。

陶陶： 原来你们都会背啊！我还想考考你们呢！

元元： 这是《声律启蒙》的第一段，我像你这么大的时候也背过。没想到，现在还能想起来。

晓丹姐姐： 这就是属对的魅力了。

陶陶： 属对？是什么意思啊？

晓丹姐姐： 属对，通俗的说法就是对对子，给上联对下联。古代有很多教孩子学习属对的书，其中《声律启蒙》流传最广。

元元： 那古代的学生是怎么用《声律启蒙》学习的呢？

晓丹姐姐： 那时候的学生，一边背诵《声律启蒙》这样的书，一边认字。最初是一个字一个字地学，然后是两个字两个字地学。放学之前，老师检查功课，就是和学生一起来做属对的游戏。老师说"天"，学生就对"地"；老师说"春"，学生就对"秋"。所以像《声律启蒙》这些书，它的结构也是从一个字、两个字的对句，一直到十一个字的对句。

陶陶： 做功课就是玩游戏啊，我也想做这样的功课！

元元（笑）： 陶陶你整天想着玩游戏。晓丹姐姐我懂了，比如刚才咱们背的"云对雨，雪对风，晚照对晴空"，就先是云、雨、雪、风，这些一个字的。接下来，晚照、晴空，就是两个字组成的词了。记得从前背《声律启蒙》的时候，我还真认识了不少字呢。

晓丹姐姐： 知道为什么《声律启蒙》可以帮助你们认字吗？因为在这些学习属对的书里，意思相近的词总是一组一组出现的。而且，这些意思相近的字词，还互相押韵，在字意和字音上都比较同步。这种安排可以激发我们现在所说的"联想记忆"，所以认字效果就比较好。

陶陶： 我可没想那么多，就是觉得《声律启蒙》念起来很好听。

晓丹姐姐： 那你知道为什么念起来好听吗？

陶陶： 这……我就不太知道了。

晓丹姐姐： 好听背后的原因是，属对有三个基本要求。首先，上下两句中同一个位置的字，词性要相同，格调也要类似。比如，"云对雨，雪对风"，"云"和"雪"都是每一句的第一个字，它们都是名词，而且都给人宁静纯洁的感觉。

元元： 那属对的第二个要求呢？

晓丹姐姐： 古时候字的声调有平仄之分，一声二声为平，三声四声为仄。属对的第二点要求就是上下两句中同一个位置的字，平仄要相反。

元元： 云，是二声，为平；雪是三声，为仄，平仄的确是相反的。

晓丹姐姐： 我们再来看属对的第三个要求，就是上下两句合起来看，意思要又完整又不重复。比如"花对柳，红对绿"，所以"花红对柳绿"。花和柳都是名词，而且都是植物。红和绿都是颜色。花红是两个平声，柳绿是两个仄声，对得很完美。但如果我对成"花红对天黑"呢？词性倒是相同的，但是整个感觉不和谐。如果我对成"柳绿对草青"呢？

元元： 绿和青是差不多的颜色，这样对的话就重复了，也不好。

晓丹姐姐： 的确是这样。所以属对的第三个要求——上下两句既要完整又不重复，其实是一种和谐、生动的艺术感觉。

陶陶：我原先只是觉得《声律启蒙》读起来很好听，没想到背后有这么多学问。

元元：我也没想到。晓丹姐姐，你也是小时候背的《声律启蒙》吗？

晓丹姐姐：对，我是上小学的时候背的《声律启蒙》，差不多就像陶陶现在这么大吧。那时我打开书一看，里面的字大部分都认识，句子也很短，读起来朗朗上口，还很有意思，所以我自然而然地就开始背了。背的时候，我还发现了一件好玩的事。陶陶，我来考考你啊，你肯定知道云和雨、雪和风是什么，也知道它们为什么会被摆放在一起。但"晚照对晴空"呢？你学过"晴空万里"，知道晴空是什么意思，那么"晚照"是什么意思呢？

陶陶：我猜，"晚照"应该和"晴空"一样，也是一种天空的样子吧。"晚"说的是时间，"照"应该是太阳的光照，那"晚照"，是不是指晚上的夕阳或者晚霞？

晓丹姐姐：陶陶猜的对。《声律启蒙》本身在结构和音韵上有一种相对关系。所以，虽然语文老师从来没有教过我们"晚照"这个词，但根据上文我们自己就能猜出下文。我那时候也是这么猜的，猜出来就很得意。

元元：这种设计真不错，只要把属对放在一起，我们读完稍微猜一猜、想一想，就能大概明白了。

晓丹姐姐：是啊，这个边读边猜边想的过程，是一个培养语感和积累词汇的过程，也是一个打造古典文学基础的过程。而且当我把这个词的意思猜出来之后，再回过去想，会觉得这个词真是准确、优美。比如"晚照对晴空"的下一句"来鸿对去燕，宿鸟对鸣虫"，来是来到的来，去是回去的去，"来"和"去"里有春去秋来的时间感；而宿鸟指的是飞回巢休息的鸟，鸣虫指的是鸣叫的虫子，"宿鸟"和"鸣虫"也有着一动一静的关系。我到现在都记得，读《声律启蒙》时我感受到的那种语言的精美，让我心怀喜悦。

陶陶： 来鸿对去燕，宿鸟对鸣虫。写得太美了。

晓丹姐姐： 是啊，正因为《声律启蒙》里的世界很丰富、很精妙，所以我小时候就对着它念念有词、连猜带蒙。这么做有一个好处就是，后来到了初中要学习语法，学什么实词、虚词，我发现对我来说很容易。对了，那些背诗比较多的同学也觉得这些很容易。

元元： 为什么呢？

晓丹姐姐： 因为无论是《声律启蒙》这样的书，还是中国古代的诗词，都是一张张藏宝图，小的时候半懂不懂，根据上下文来回猜，根本不需要去分析。但这种方法反倒能够帮助我们，用试错来掌握这些语言规律。

元元： 原来是这样。看来我现在古文还不错，得感谢之前背过《声律启蒙》。

晓丹姐姐： 哈哈，是啊。不光如此，《声律启蒙》还可以帮助你们熟悉中国文学中最常见、最基本的典故。

陶陶：典故，就是古代的故事吧？我最喜欢听故事了，您快讲讲，《声律启蒙》里都有哪些故事啊？

晓丹姐姐：《声律启蒙》中大概有四百多个典故吧。比如，在《声律启蒙》上卷的"二冬"这一段里，有一句"冯妇虎，叶公龙"，讲的是冯妇打虎和叶公好龙这两个故事。其他诸如女娲补天、嫦娥奔月这些故事，在《声律启蒙》中都有。

元元：这本书可真是一个宝藏。

晓丹姐姐：是啊，而且它除了帮你们学习语文，还能扩大你们的知识面。因为《声律启蒙》中的好词好句是有内容的，可以说历史典故、花鸟虫鱼、天文地理无所不包。

陶陶：我最喜欢花鸟虫鱼了，看来我更要好好读《声律启蒙》了。

晓丹姐姐：读熟了《声律启蒙》，你还可以用从中学到的语言去玩游戏。

陶陶：真的吗，怎么玩？

晓丹姐姐：元元、陶陶，你们去逛过园林吗？

元元：去过，我去苏州玩的时候去过拙政园，据说是一个非常有名的园林。

陶陶：我经常去我家附近的那个公园，爸爸说，里面有很多建筑是模仿苏式园林建的。

晓丹姐姐： 你们去园林时，有没有发现，园林讲究变化和对称呢？比如，你走进一个园林，看到一间大房子，房子的东边和西边各有一个门，两个门的门洞上，都各有一块砖。这砖往往非常精美，上面还雕着两个字。这雕着字的砖叫作门额。这两块对称的门额上的字之间，就是相对的关系。

元元： 您这么一说我想起来了，我记得拙政园里有两个门洞上分别写的是"入胜""通幽"。

晓丹姐姐： 没错，"入胜"就是"走进美好的景象"，"通幽"就是"通向幽胜的地方"。拙政园里还有一对门额，写的是"延月"和"梳风"，就是"请月亮进来"和"梳理清风"的意思。

陶陶： 请月亮进来，给清风梳理一下？这是谁想出来的呀，真好玩！不过，这和《声律启蒙》有什么关系呀？

晓丹姐姐： 如果你们背过《声律启蒙》，熟悉属对的话，那么看到其中一个门额时，就自然会想："和它相对的另一个门额，写的是什么呢？"这不是空想，因为园林中的门额是和周围的景观配对的。你一边看着景观，一边就可以猜想相对应的门额上的字，然后再去找一找自己想的对不对，这其实就是个寻宝游戏。

陶陶： 太好玩了，我周末就要去玩。

梳風

元元： 没想到园林里竟然还可以玩《声律启蒙》。晓丹姐姐，听你说完，我觉得我该重新读一读《声律启蒙》了。

晓丹姐姐： 好啊，那记得要读那种带有注释的《声律启蒙》，这样就能知道书里提到的典故是什么意思了。看这样的《声律启蒙》，就像看一本故事书一样。元元、陶陶，今天时间不早了，我们下次再聊吧。

元元、陶陶： 好的，晓丹姐姐下次见！

【文学知识卡】

◎ 《声律启蒙》写于元代，定型于清代，是古人教孩子属对的书。属对，就是对对子，给上联对下联。

◎ 属对念起来好听，有三个基本要求。第一，上下句同一位置的字，词性要相同，格调要类似，比如云对雨，雪对风。第二，同一位置的字，平仄要相反。第三，上下两句合起来，完整又不重复，有和谐生动的艺术感。

◎ 《声律启蒙》是一个宝藏。除了语言精美，还蕴含着丰富的知识，历史典故、花鸟虫鱼、天文地理无所不包。

【思考时间】

◎ 春节前，王伯伯要给家里写一副对联。上联是"门浴春风梅吐艳"，你帮王伯伯选一个合适的下联，并说说选择的原因。

A. 户添虎气燕争鸣　　B. 门添虎气燕争鸣

C. 户添虎气爆竹鸣　　D. 门添虎气爆竹鸣

【经典赏析】

声律启蒙（一东）

云对雨，雪对风，晚照对晴空。

来鸿对去燕，宿鸟对鸣虫。

三尺剑，六钧弓，岭北对江东。

人间清暑殿，天上广寒宫。

两岸晓烟杨柳绿，一园春雨杏花红。

两鬓风霜，途次早行之客。

一蓑烟雨，溪边晚钓之翁。

【推荐阅读】

《声律启蒙·笠翁对韵诵读本》，中华书局经典教育研究中心编，中华书局，2020年

6 孔子的儿子也不好好读《诗经》

对古代的小朋友来说,学《诗经》也不是一件容易的事。《诗经》是一个神奇的宝库,其实,我们身边处处是《诗经》。今天的小朋友应该怎么读《诗经》呢?

陶陶: 关关雎鸠,在河之洲。

元元: 窈窕淑女,君子好逑。

晓丹姐姐: 你们在背《诗经》的第一篇《关雎》啊,那你们还会背其他篇吗?

陶陶: 不会了……

元元: 嗯……我还学过几首,但是忘了……

晓丹姐姐: 哈哈,没关系。学《诗经》本来就不容易。你们知道吗?

中国历史上记载的第一个不好好学《诗经》的小朋友，其实是孔子的儿子孔鲤。

元元： 啊，孔圣人的儿子也不好好学《诗经》？

晓丹姐姐： 是啊，《论语》中记载，孔鲤趁他爸爸不注意，踮着脚尖想偷偷从院子里溜出去，结果被孔子发现了。孔子就问他："小子，你有没有学习《诗经》啊？"孔鲤大概是回答不出来，于是孔子就语重心长地跟他说："孩子啊，你要学《诗经》啊，不学《诗经》你就不会说话啊，不学《诗经》你就没法儿在社会上立足啊。"孔子还说："孩子啊，《诗经》很重要，学了《诗经》，你才能好好协助你老子，才能为君主工作。就算你这些都学不会，你学了《诗经》，好歹可以多知道一些花花草草、虫子和鱼虾的名字啊。"

陶陶： 哈哈，我得回去告诉妈妈，不光陶渊明的小孩让陶渊明发愁，孔子的小孩也让孔子发愁呢！

元元： 孔子这么看重《诗经》，看来《诗经》很重要。

晓丹姐姐： 是啊，大家都知道《诗经》很重要，但把整本《诗经》看完的人却很少。如果你们去看中文系大学生手里的《诗经》，会发现很多人的前半本书上有很多批注，后半本书就跟新的一样。

陶陶： 为什么啊？《诗经》前半本和后半本的内容不一样吗？

晓丹姐姐：《诗经》中有一部分作品是民歌，这些民歌大多被收录在

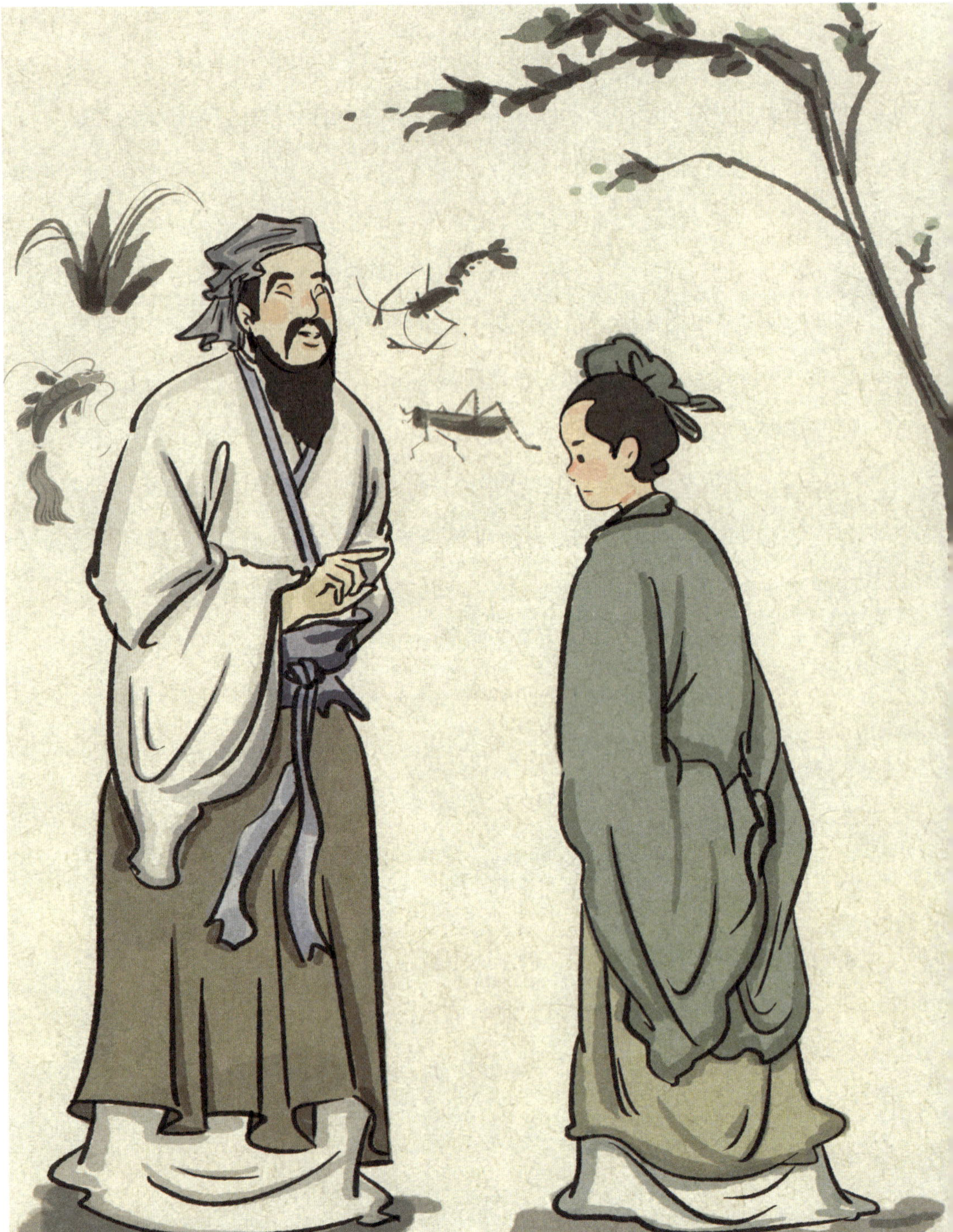

《诗经》中的《风》这个部分。另外还有一些作品，内容涉及很多上古的礼仪和历史事件，类似于我们现在说的史诗或者颂歌，这部分被收录在《诗经》中的《雅》和《颂》两个部分。《雅》和《颂》产生的时间比较早，有很多我们不认识的字，所以读起来很费劲，有时候就算看了现代文翻译也看不下去。

元元： 原来是这样。

晓丹姐姐： 所以现在中小学语文课本里选的《诗经》里的诗，基本都来自《风》。大学中文系古代文学的课本上，也还是以《风》中的诗居多，有几首来自《大雅》《小雅》，来自《颂》的则比较少。但是，如果你要研究古代历史，就会比较多地去学习《颂》这个部分了。

陶陶： 晓丹姐姐，为什么大家都要学《诗经》呢？

晓丹姐姐： 因为《诗经》的影响非常大，大到我们随口说几个词就和《诗经》有关。比如我们说"这个地方民风不好"，为什么叫民风不好，不叫"民土""民水"不好呢？

元元： 我知道，因为"民风"这个说法，就来自《诗经》的《风》这个部分。

晓丹姐姐： 没错。中国古代的书里就提到过，读《诗经》的《风》这个部分，可以让我们了解各个国家人民的气质和习性。当然，这里说的"国家"，指的是我们国家现在的各个地区。再比如，我们现在还说"高雅音乐""高雅艺术",为什么要把严肃的、艺术水准高的艺术叫作"雅"呢?

陶陶：是不是和您刚才说的《诗经》中的《雅》有关系？

晓丹姐姐：没错。古人认为《诗经》中的《雅》比《风》更严肃、更精美、更符合上层社会的品位，所以，以后严肃、精美、品位高贵的东西，也就都叫作"雅"了。所以啊，我们可以不学《诗经》，但只要我们去饭店想坐个雅座，或者我们到一个地方，想了解一下当地的民风、风土人情，我们就已经不知不觉地在使用《诗经》的语言了。

元元：以前我觉得《诗经》离我们很远，现在看来，身边处处是《诗经》啊。

晓丹姐姐：是啊，你们知道吧，卖家居用品的宜家商场也和《诗经》有关系。

陶陶：宜家？我上周刚和爸爸妈妈去过。一个商场能和《诗经》有什么关系啊？

晓丹姐姐：《诗经》中有一篇叫作《桃夭》，讲一个女孩马上要出嫁的事："桃之夭夭，灼灼其华。之子于归，宜其室家。""宜"，就是适宜的宜，也是宜家的宜。这几句翻译成现代汉语就是："春天桃花开了，正是最鲜艳的时候，女孩子长大了，正是应该出嫁的时候。这个女孩这么好，谁家把她娶回去了，家里一定会被照管得有模有样的。"这里的"宜其室家"，就是把家里弄得有模有样的意思，宜家的名字就是从这句诗来的，很符合它的市场定位。

元元： 我记得宜家是一个外国公司啊，这个给宜家选中文名字的人，太厉害了，又了解宜家，又懂中国文化。

陶陶： 嘿嘿，下次去宜家，我得考考宜家的工作人员，看看他们知不知道宜家的名字和《诗经》有关。

元元： 你可真行，陶陶。不过，晓丹姐姐，孔子说，不学《诗经》就不能好好说话了，这是真的吗？

晓丹姐姐： 孔子这么说，是有历史原因的。在孔子生活的春秋战国时期，中国大地上有很多个小国家。这些国家之间成天吵来吵去，今天你和我好了，明天你又和他好了。所以那个时代的大臣们，有一个非常重要的工作，就是出使到别的国家去，和别国的国君大臣谈判。

陶陶： 这些国家怎么像是我和我的朋友一样啊，一会儿吵架，一会儿又和好的。

晓丹姐姐： 哈哈，是啊。不知道是什么原因，在这些外交场合上，当时的人说话常常不直接说，而是引用《诗经》里的话来暗示对方。这就要求那些人要很熟悉《诗经》。因为如果你不熟悉《诗经》，就不知道对方在说些什么，也听不出对方的言外之意，没法进行外交谈判，而且还会被人家笑话。

陶陶： 啊，还会被人家笑话？

晓丹姐姐： 是啊，比如齐国的相国庆封，也就是当时齐国最大的官，他出使鲁国的时候，鲁国的官员用《诗经·鄘（yōng）风》里的《相（xiàng）鼠》这首诗来讽刺庆封。这首诗翻译成现代汉语就是："老鼠还有张皮，人倒没个人的样子。你连个人的样子都没有，还不如早点去死。"结果庆封听了这首诗，完全不知道别人是在骂他。这件事后来被史书《左传》记录了下来。

元元： 这个庆封也太惨了，以后的人都知道他被笑话了。

晓丹姐姐： 是啊，还有几个和庆封差不多的人，也被当作笑话记在了史书上。所以孔子很担心自己的儿子不好好学《诗经》，长大了也犯这种错误。不过，《诗经》的这个功能是在特定历史时期形成的，过了这个时期就用不到了。

元元： 那之后的朝代呢？是怎么使用《诗经》的呢？

晓丹姐姐：《诗经》是一个神奇的宝库。春秋战国时的人用《诗经》谈外交，汉代的学者则用《诗经》讲道德，后来的文人收集民歌，大家闺秀写诗出版，也都从《诗经》上找根据。不过在中国古代的大部分时候，人们更多是把《诗经》当作一个文学文本来读。所以，《诗经》中有趣的、美的、能打动人的部分就会被多读。

元元： 可是您刚才不是说，《诗经》越往后读越难吗？那应该怎么读呢？

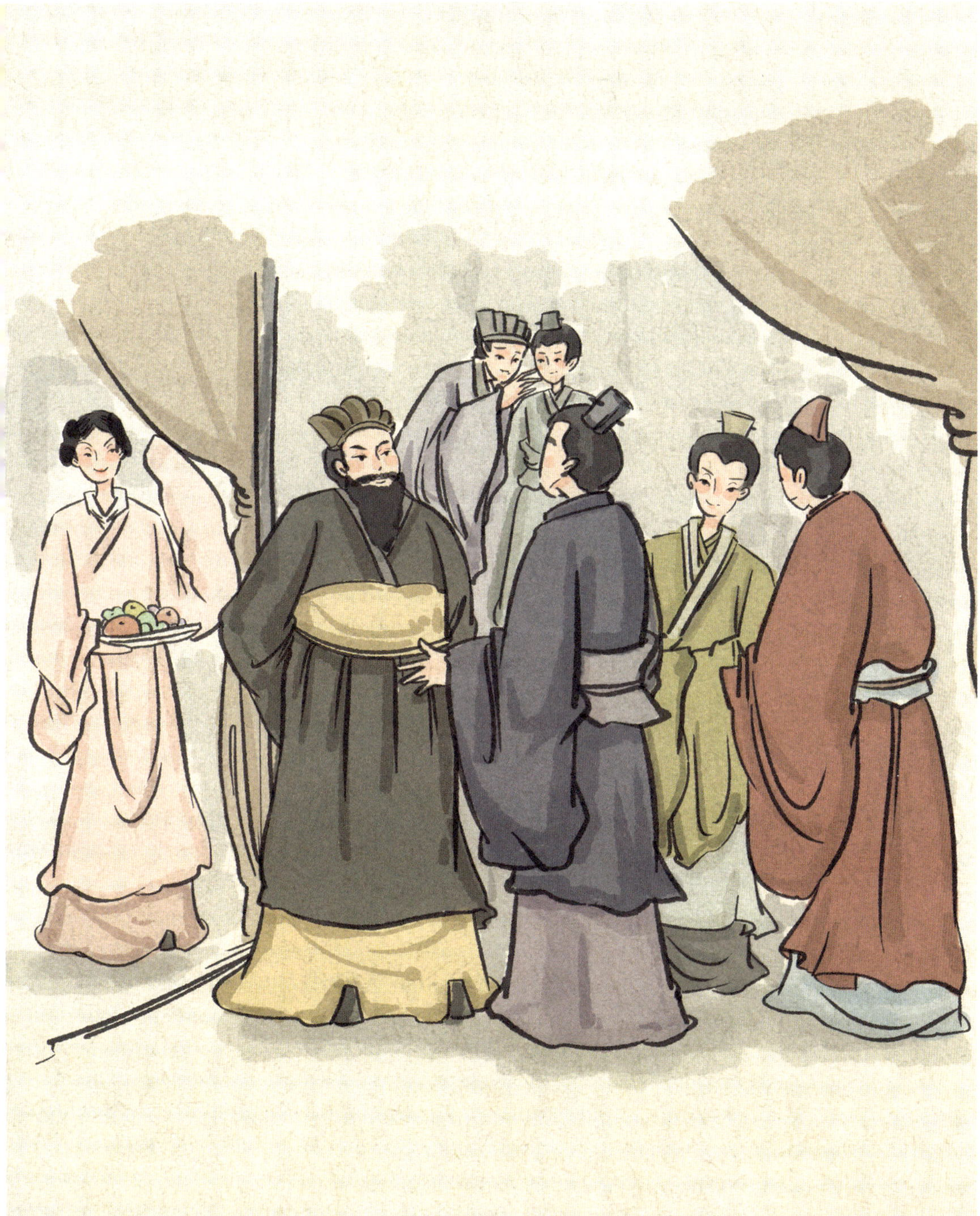

晓丹姐姐： 讲讲我上大学时读《诗经》的经历吧。那个时候，老师也知道让学生去读整本《诗经》是很难的，所以他就给我们布置了一个作业：把《诗经》中所有的植物都找出来，然后用古代的字典去查注释。我查着查着，发现这些植物都很有趣，于是就把整本《诗经》都查了一遍。

陶陶： 还要查古代的字典啊，这也太难了。

晓丹姐姐： 现在不难啦，最近这些年，我做的这个作业被出版社做了。现在市面上有很多已经给你们做好注释的《诗经》。这些书里有花草的配图，也有《诗经》的原文。你们可以看着图，去大自然中找找这些花花草草，这样再回头去读《诗经》，就能感受到它的鲜活有趣了。

陶陶： 我回去就让妈妈给我买。

晓丹姐姐： 哈哈，你们可以先从草木的角度去读《诗经》，之后再找别的角度去读，比如从动物的角度。这样你们学《诗经》就不会虎头蛇尾，永远只是"关关雎鸠，在河之洲"那两句了。

元元： 我明白了。《诗经》就像是一颗柠檬，浓度很高，想品尝出柠檬的清爽酸甜，就得把它变成很多杯柠檬茶。同样的，想读懂《诗经》，也需要从不同角度去读。

晓丹姐姐： 说得好。元元、陶陶，今天我们就聊到这里吧。

元元、陶陶： 好的，晓丹姐姐下次见！

【文学知识卡】

◎ 《诗经》分《风》《雅》《颂》三个部分。《风》记录的是不同地区的民歌，比较容易读懂。《雅》《颂》记录的是上古的礼仪和历史事件，阅读难度比较大。

◎ 古人认为，《诗经》中的《雅》比《风》更严肃、更精美、更符合上层社会的品味，所以，之后严肃、精美、品味高贵的东西，也就都称作"雅"。

◎ 《诗经》是一个神奇的宝库。春秋战国时的人用《诗经》谈外交，汉代的学者则用《诗经》讲道德，后来的文人收集民歌，大家闺秀写诗出版，也都从《诗经》上找根据。

【思考时间】

◎ 你知道有哪些成语是由《诗经》里的诗句变来的吗？

【经典赏析】

桃夭

桃之夭夭,灼灼其华。

之子于归,宜其室家。

桃之夭夭,有蕡(fén)其实。

之子于归,宜其家室。

桃之夭夭,其叶蓁(zhēn)蓁。

之子于归,宜其家人。

【译文】

桃树叶茂枝繁,花朵粉红灿烂。

姑娘就要出嫁,夫家和顺平安。

桃树叶茂枝繁,桃子肥大甘甜。

姑娘就要出嫁,夫家和乐平安。

桃树叶茂枝繁,叶儿随风招展。

姑娘就要出嫁,夫家康乐平安。

译文参考出处:《诗经》(中华经典名著全本全注全译丛书),王秀梅译注,中华书局,2015年

【推荐阅读】

1.《美人如诗，草木如织：诗经植物图鉴》，潘富俊著，九州出版社，2018年

2.《野有蔓草:〈诗经〉草木图志》，蓝紫青灰著，山东文艺出版社，2020年

3.《〈诗经〉草木汇考》，吴厚炎著，贵州人民出版社，1992年

4.其他推荐:《〈诗经〉里的植物》《诗经植物图鉴》《诗经名物图解》

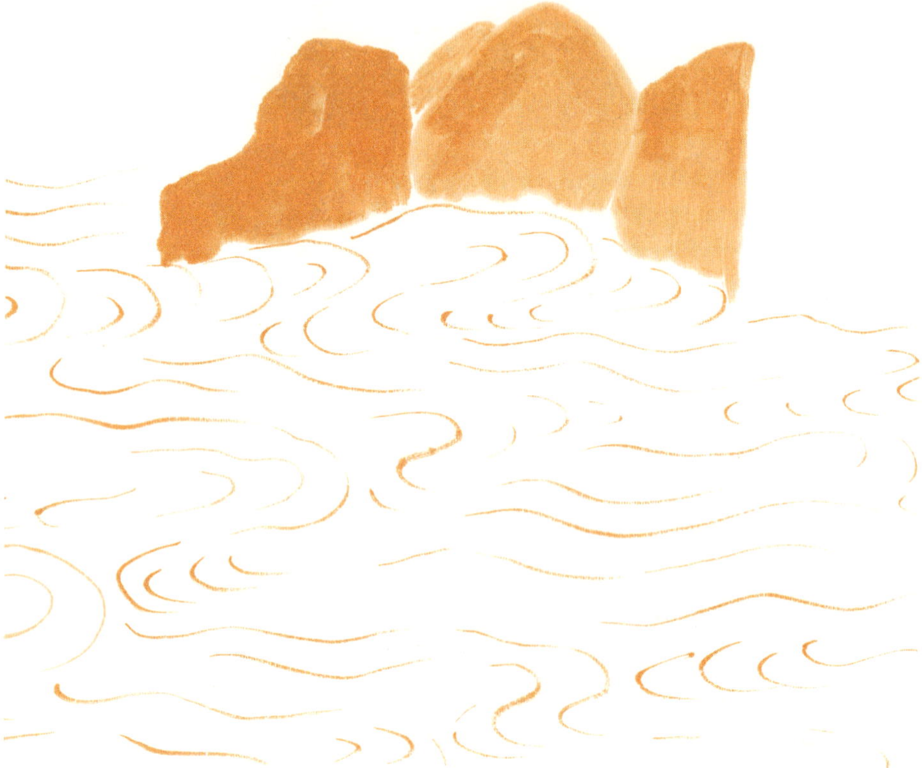

7

喜欢开玩笑的庄子

庄子是战国中期著名的思想家，是道家学派的代表人物。我们不知道的是，庄子还很会开玩笑，他的所有学说都是在开玩笑和编故事中完成的。庄子到底是一个什么样的人呢？

陶陶： 晓丹姐姐，我在我家书柜里看到一本庄子的漫画书，很好笑，我觉得他是一个很会开玩笑的人。可是元元说，在他的印象里，庄子可不是这样的。

元元： 对，我们语文老师讲过，庄子是中国古代一位很有名的思想家。这么有名的大思想家，怎么会很爱开玩笑呢？

陶陶： 你看，晓丹姐姐，这就是我们来找你的原因。我们想知道，庄子到底是谁？是有名的思想家还是一个很会开玩笑的人？

晓丹姐姐： 哈哈，我明白你们的疑惑在哪了。关于这个问题，我的答案——两者都是。也就是说，庄子既是一位有名的思想家，也是一个很会开玩笑的人。

陶陶： 啊，还有这样的人？

晓丹姐姐： 是呀。庄子的所有学说，几乎都是在开玩笑和编故事中完成的。

元元： 开着玩笑，编着故事，就能成为大思想家？庄子这么厉害，我还真不知道！

晓丹姐姐： 别着急，咱们慢慢说。先从陶陶发现的漫画书说起。告诉你们啊，我小时候也看过庄子的漫画书。当时我看的是台湾漫画大师蔡志忠画的一本庄子漫画，名字叫作《自然的箫声》。那时候我刚认识箫这种乐器，哦，我解释一下，箫是一种古老的吹管气鸣乐器。

元元： 我见过有人吹箫，那个箫是竹子做的，是一根手臂长的管子，上面排列着一些小洞，一吹就响。

晓丹姐姐： 对，就是这个样子。我小时候啊，总觉得箫应该是在皎洁的月光下，在空旷的湖面上，迎着徐徐微风吹奏出来的。而且好像如果没有那样空旷的湖面，没有那些自然的风，箫的声音就没有那么美。那时我还不知道庄子是谁。蔡志忠的这本书，翻开来就看到一张画，上面画着大地上有千万个孔洞，树叶上、树梢间也有千万个孔洞，风从中间穿过，音

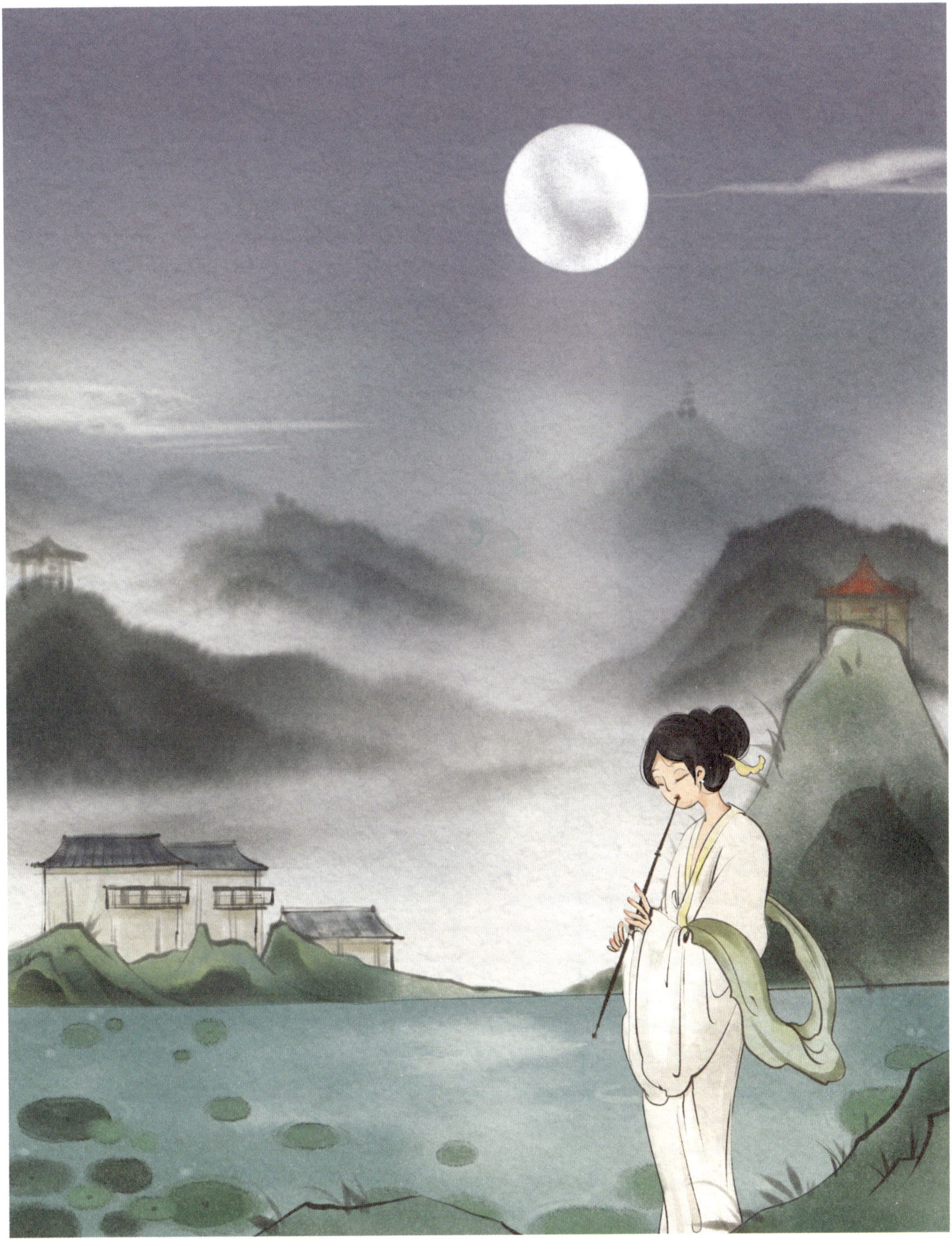

乐也从中间穿过。

元元： 哦，让我猜猜，是不是因为这些大自然中的孔洞也能产生箫声，所以这本书的名字才叫《自然的箫声》？

晓丹姐姐： 没错。我当时觉得《自然的箫声》这个书名真是太有意思了，就继续把书读了下去。这本书里面讲了七八十个故事，每个故事都有一种神奇的魅力，它既简单又丰富，所以我就读了很多遍。

陶陶： 原来晓丹姐姐也读过庄子的漫画书！

晓丹姐姐： 是啊，现在我手边还有这本书呢，你们看它的第一个故事名叫《寒蝉与灵龟》，谁来读一读？

元元： 我来吧。"世人都说彭祖活了八百岁，是人间最长寿的了。有一种小虫叫作朝菌，朝生而暮死，它根本不知道什么叫一个月；另外有一种虫叫寒蝉，春生夏死，夏生秋死，它根本不知道什么叫四季。可是楚国南方的海上有一只巨大的灵龟，五百年，对它只是一个春季，又五百年，对它只是一个秋季。上古时代有一种椿树，八千年对于它只是一个春季，八千年只是一个秋季。"

陶陶： 啊？朝菌只能活一天，可对椿树来说，八千年只是它活着的一个季节？

晓丹姐姐： 哈哈，这个故事是不是听上去特别吸引人？我接触过的小朋友，好像大部分在七八岁的时候，都开始产生一种对数学的兴趣。这样的兴趣并不一定表现为喜欢上数学课，或者背乘法口诀表，而是他们开始着迷于那些长短大小的对比，意识到有些数比另一些数大，通过叠加的方法可以得到更大的数，通过倍数的方法可以得到比更大还要大的数，而且这个数字的增加似乎是无穷无尽的。

陶陶： 对，我之前就是这样，妈妈总是说我老喜欢讲一些特别大或特别小的数，什么九万九千九百九十九个亿之类的，一讲起来就没完没了。

晓丹姐姐： 你们知道这是为什么吗？因为小朋友刚刚开始通过数字体会到"无尽"的奇妙感，所以我们常常看到小朋友会玩一种数字游戏，就是互相吹牛攀比：一个小朋友说，我妈妈的裙子很贵的，要一千块钱；另一个小朋友就会说，我妈妈的裙子更贵，要两千块钱；然后他们三千块钱四千块钱五千块钱这样叠加上去，很快就吵得不亦乐乎，最后第一个说出我妈妈的裙子要无数块钱的小朋友就赢了。

陶陶： 上个学期，我们班同学比谁的爸爸去过的地方多，有人说他爸爸去过几百个地方，然后我就说，我爸爸去过无数个地方……

元元： 你们好无聊啊……我都有点忘了，我像你们这么大的时候，不会也这样吧？

晓丹姐姐： 哈哈，大家的童年都差不多。我还发现，八九岁小朋友喜欢的科普读物上，常常标注着世界上最大的动物，世界上最小的动物；世界上最冷的地方，世界上最热的地方；世界上最高的山，世界上最深的海沟……

陶陶： 是啊，我最喜欢的就是问爸爸妈妈最什么什么的问题——最大的老鼠，最粗的树，最小的国家，我用书上看到的知识来考他们，他们经常回答不出来，哈哈。

晓丹姐姐： 哈哈，小朋友对这类知识特别着迷。不过这个着迷的时间很短暂，我们很少看到初中生、高中生和大人对这些最大最小的数字类知识如此着迷。

元元： 还真是，这些是我小学低年级的时候喜欢看的，现在已经不看了。

晓丹姐姐： 对，我也一样。我看蔡志忠的漫画版《庄子》时，大概也就八九岁，那时候我也热衷于阅读这些关于最大最小的百科全书，所以这本书里讲到八百岁的彭祖、上千岁的灵龟、上万岁的椿树，都让我很着迷。

陶陶： 是啊，我也喜欢。一万岁的老树，想想就觉得很酷！

晓丹姐姐： 而且这本书把我对数字大小的兴趣，转移到了与生命有关的事物上。之后，我开始注意那些春生夏死、夏生秋死的寒蝉，也想去寻找朝生暮死的朝菌。有时候看到一棵大树，我会想，它多大岁数了呢？松树可以活五百至六百年，无花果树可以活一千年，柏树可以活三千年呢。这棵树在它很小的时候，是我们人类的哪一个朝代，那个时候的人，是不是也像我们这样在树下休息。

陶陶：晓丹姐姐，我爷爷说过，他院子里有棵树，是当年他的爷爷亲手种下的，现在我们还可以在下面乘凉呢。

元元：和大树相比，我们人类的生命太短了，我们就像是那些春生夏死的寒蝉一样……原来，生命的长度可以有这么大的差别。

晓丹姐姐：嗯，你们发现了没有，庄子只是讲了一个故事，就让我们深深体会到了生命的不同。

元元：太佩服庄子了，晓丹姐姐，庄子到底是一个什么样的人呢？

晓丹姐姐：庄子这个人，如果你们用搜索引擎查，它会告诉你们，庄子，名周，是战国中期著名思想家，道家学派的代表人物；还会说他崇尚自由，不愿意出来做官。可是这些叙述都是冷冰冰的，但如果你们去看《庄子》这部书，看到庄子在里面是怎么得意扬扬地写自己的，你们就会觉得并不陌生。

陶陶：得意扬扬地写自己，这不就是我吗？我写作文的时候，结尾总是会写"我真是太厉害了"。

晓丹姐姐：哈哈，陶陶真可爱。以后你们长大了会发现，我们的生活中也有庄子这样的人，他比较能按照自己的天性生活，看得清这个世界的本质，所以他不太像其他人一样沉迷于名望、利益和对权力的争夺，甚至对生死也看得很透。他自己过得比较愉快，有时候还要跳出来善意地调侃

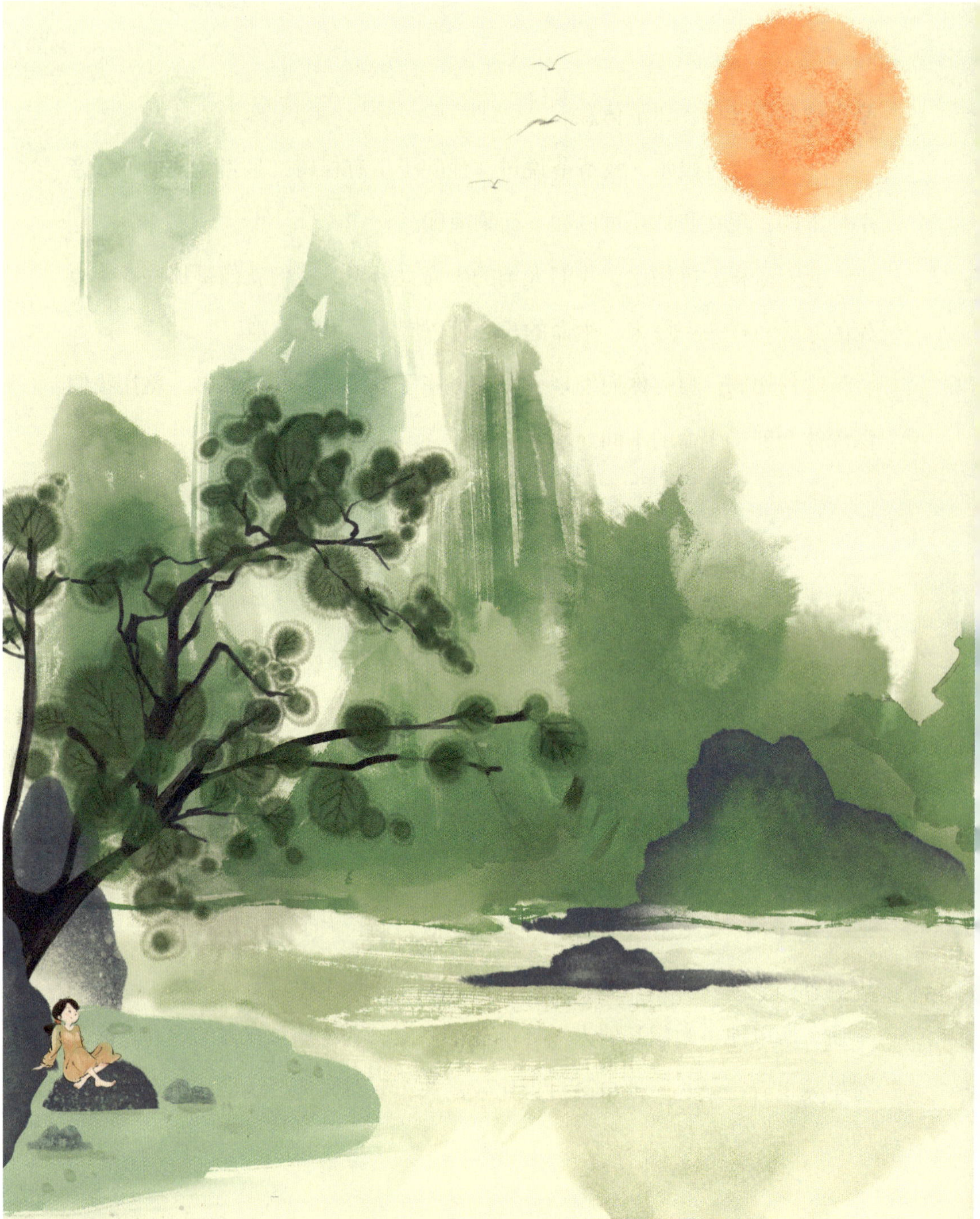

你一下。我们愿意和这样的人一起玩，因为他会让我们的生活变得轻松一点。

元元： 按照自己的天性生活，愉快又轻松，我太羡慕庄子了。

晓丹姐姐： 没错，庄子就是这么一个人。你们是不是觉得他很好玩，很可爱啊？其实不光是庄子，古代那些热爱庄子的人也都比较可爱，比如陶渊明或者苏轼，这两个人以后再给你们讲。我们接着说庄子。庄子面对他人的时候，总有一种沾沾自喜和自以为是的态度，这种态度很多人不太喜欢，可是处于"七岁八岁狗都嫌"年纪的小朋友却很喜欢。

元元： 陶陶，这差不多就是在说你，哈哈。

陶陶： 才不是呢，我都九岁了，我们家的狗可喜欢我了！

晓丹姐姐： 哈哈，我是开玩笑啦，不过庄子就是这么招小朋友喜欢。好，我们喝点水休息一下，一会儿我再来给你们说说《庄子》这部书。

元元、陶陶： 好的。

【文学知识卡】

◎ 《寒蝉与灵龟》的故事让小朋友关注到大小之间的相对性，把对数字的兴趣转移到了与生命有关的事物上，体会到生命的不同。这就是庄子的魅力。

◎ 庄子是战国中期著名的思想家，是道家学派的代表人物，同时也是一个可爱、天性自由、对世界本质看得很透彻的人。

【思考时间】

◎ 试试去读《庄子》，不用把整篇读懂，只要比较一下，里面哪个故事你最喜欢？

【经典赏析】

寒蝉与灵龟

小知（zhì）不及大知，小年不及大年。奚以知其然也？朝（zhāo）菌不知晦（huì）朔（shuò），蟪（huì）蛄（gū）不知春秋，此小年也。楚之南有冥灵者，以五百岁为春，五百岁为秋；上古有大椿者，以八千岁为春，八千岁为秋。而彭祖乃今以久特闻，众人匹之，不亦悲乎？

【译文】

  小智不能了解大智，寿命短的不能了解寿命长的。怎么知道是这样的呢？朝菌不知昼夜交替，蟪蛄不知春秋季节的变化，这些都是短寿。楚国南方有一棵叫冥灵的树，把五百年当作一个春季，五百年当作一个秋季；上古时代有一棵叫大椿的树，把八千年当作一个春季，八千年当作一个秋季。然而只活了八百岁的彭祖，现在却以特别长寿出名，众人还都希望与他齐寿，不是太可悲了吗？

译文参考出处：《庄子》(中华经典名著全本全注全译丛书)，方勇译注，
中华书局，2015 年

【推荐阅读】

《漫画庄子说》，蔡志忠编绘，河北教育出版社，2021 年

8

《庄子》是一本让人"惊悦"的故事书

庄子这个人很有趣，记录他和弟子思想的书《庄子》也特别有意思。《庄子》里有很多神话和寓言，蕴含着庄子对自然和人生的思考。这些脑洞大开的问题，可能你也无意中想过。

陶陶： 晓丹姐姐，刚才您讲完庄子这个人，我觉得他很有趣！您还说，有一本书的名字就叫《庄子》，那是什么书？

晓丹姐姐： 对，《庄子》也是一部书的名字。大多数学者认为，《庄子》这部书集合了庄子和他的弟子们的思想。《庄子》分为《内篇》《外篇》和《杂篇》。最初的时候《庄子》还有更多篇，流传到现在，剩下来的这部分中有很多神话、寓言和哲学的内容。

陶陶： 我最喜欢看神话和寓言了。不过，晓丹姐姐，神话和寓言难道不是一样的吗？

晓丹姐姐： 陶陶问得好，很多人都不太了解神话和寓言究竟有什么不同。一般来说，我们认为神话就是对自然力量的人格化。比如我跟你们说，天黑了不要出门，因为天黑了会有一个黑山老妖来捉小朋友。这就是把天黑这种自然现象转化为一个具体的人来理解。

元元： 我知道了，就像是古人还会把下雨转化为一个人，就是雨神；把打雷转化为一个人，就是雷公。

晓丹姐姐： 没错，这种把自然力量转化为一个人来理解的故事就是神话。相比之下，寓言就不一定要涉及这些神奇力量，它只是讲一个故事来打比方。比如我们刚才讲到的，那个八千年的大椿树和朝生暮死的小昆虫的故事，和超自然力量没有关系，和神仙没有关系，所以它只是一个寓言。

元元： 我明白了，神话需要神奇的力量，把自然现象转化为一个人；但寓言只是用故事打比方，不需要神奇的力量。

晓丹姐姐： 元元总结得对。

陶陶： 晓丹姐姐，我好想看看这些神话和寓言啊。

晓丹姐姐： 好呀。《庄子》里有非常多的神话和寓言。其中很多神话里都写到，人和动植物都有自己的主意，都会说话，有时候互相算计，有时候互相合作，比如"井底之蛙"和"鲲鹏之变"就是。当然了，《庄子》

《庄子》是一本让人"惊悦"的故事书

里也有一些神话说的是不存在的、抽象的神。比如《庄子》讲到南海和北海的帝王，名字加起来叫作倏忽。

陶陶： 疏忽？那不是马虎的意思吗？

晓丹姐姐： 哈哈，此倏忽非彼疏忽。这里的倏，源自古汉语，表示速度极快。忽呢，就是忽然的忽。倏忽这个词我们现在还在用，就是非常迅速的意思，所以倏忽就是时间之神。中央的帝王名叫浑沌，是浑沌之神。浑沌这个词我们现在也还在用。浑沌是没有时间，没有光明黑暗，不可区分的意思。《庄子》还讲到一个神，他的名字叫作罔象，是个稀里糊涂之神。

陶陶： 时间之神，浑沌之神，还有糊涂之神，太好玩了。这三个神都做过什么事啊？

晓丹姐姐： 在庄子写的故事里，他说掌管时间的神——倏忽凿开了浑沌之神的七窍，那个不分时间、不辨黑白的浑沌，因为七窍被凿开，分得清时间和黑白了，所以浑沌就死了，而人类的历史也就开始了。这就是开天辟地的故事。

元元： 这个故事和"盘古开天地"的故事好像。

晓丹姐姐： 没错，这两个故事的意思差不多。我们接着说，罔象的故事也很有趣。说五帝之首的黄帝丢失了玄珠，他让所有的大臣去找，结果都找不到，最后让那个稀里糊涂的罔象去找。罔象一看，那颗玄珠好端端地掉在草地中央，一下子就找到了。刚才我说的那个大椿树和小昆虫的故事，讲的是寿命长短的相对性，那么罔象找玄珠的故事，讲的就是聪明和糊涂的相对性。

陶陶： 聪明和糊涂的相对性？妈妈总说我是个小糊涂，丢三落四的。我猜，在庄子眼里，我一点都不糊涂，我这是大智若愚！

晓丹姐姐： 哈哈，元元、陶陶，这些故事是不是很好玩？像这类神话故事，在《庄子》这部书里大概有一百多个。《庄子》这部书，很好地记载了古人对于自然和人生的思考。这样的一些问题，大人常常不去想，可是每个人在他还是小孩的时候，几乎都不由自主地想过。比如说，我们生活的世界是真实的吗？在我们生活的世界之外，还有没有一个更大的世界？

元元： 对，我有时候就在想，万一我们生活的这个世界不是真的会怎么样？

陶陶： 嗯，我也想过，宇宙这么大，一定有一个比我们的世界更大的世界。

晓丹姐姐： 我小时候也想过类似的问题。我记得自己五六岁的时候，就想象地球是巨人鞋子上的一粒灰尘，而我们就住在这粒灰尘上。你们知道吗？在中国古代的小说中，就有一类是讲我们生活的地球只是一个更大世界的一小部分。

元元： 原来古人也和我们有一样的想法。

晓丹姐姐： 是呀。比如明代戏曲家汤显祖创作的传奇剧本《南柯记》，讲了"南柯一梦"的故事，就是说我们生活的这个世界，其实是槐树下的一个蚂蚁巢穴。唐代文学家沈既济创作的传奇小说《枕中记》则说，我们生活的世界是枕头上的一个梦。这一类故事的源头，就是《庄子》中蜗角国的故事。

陶陶： 蜗角国？什么叫"蜗角"？

晓丹姐姐： 蜗角就是蜗牛的触角。庄子在蜗角国的故事里讲到，在蜗牛的两根触角上有两个国家。两国经常因为争夺土地而掀起战争，死在战场的尸首就有几万具。而且，即便成为得胜的一方，去追赶败兵也要十五天才能够返回来。庄子用这个故事告诉魏国的国君，别把攻城略地太当回事。因为从一个更大的视野看，你的整个国土可能也就像蜗牛的触角那样微不足道。

元元： 这个故事听上去好有哲理，怪不得大家说庄子是伟大的思想家。

晓丹姐姐： 对，这就是庄子的伟大之处。他没有讲什么道理，只是把这些事实指给我们看，我们自然就去思考庄子所思考的那些问题。在这个故事中，庄子一会儿跳到一个极大的宇宙中，一会儿跳到一个极小的蜗牛触角上。他上天入地地讲这些故事的时候，既为我们提供了一个变化巨大的视角，又为我们提供了一种被称为"惊悦"的体验。

陶陶： "惊悦"的体验？这是什么体验？

晓丹姐姐： 惊是惊讶的惊，悦是喜悦的悦。"惊悦"其实就是对不明之物的强烈渴望，是说当我们是小孩子的时候，我们可以凭直觉感受到，

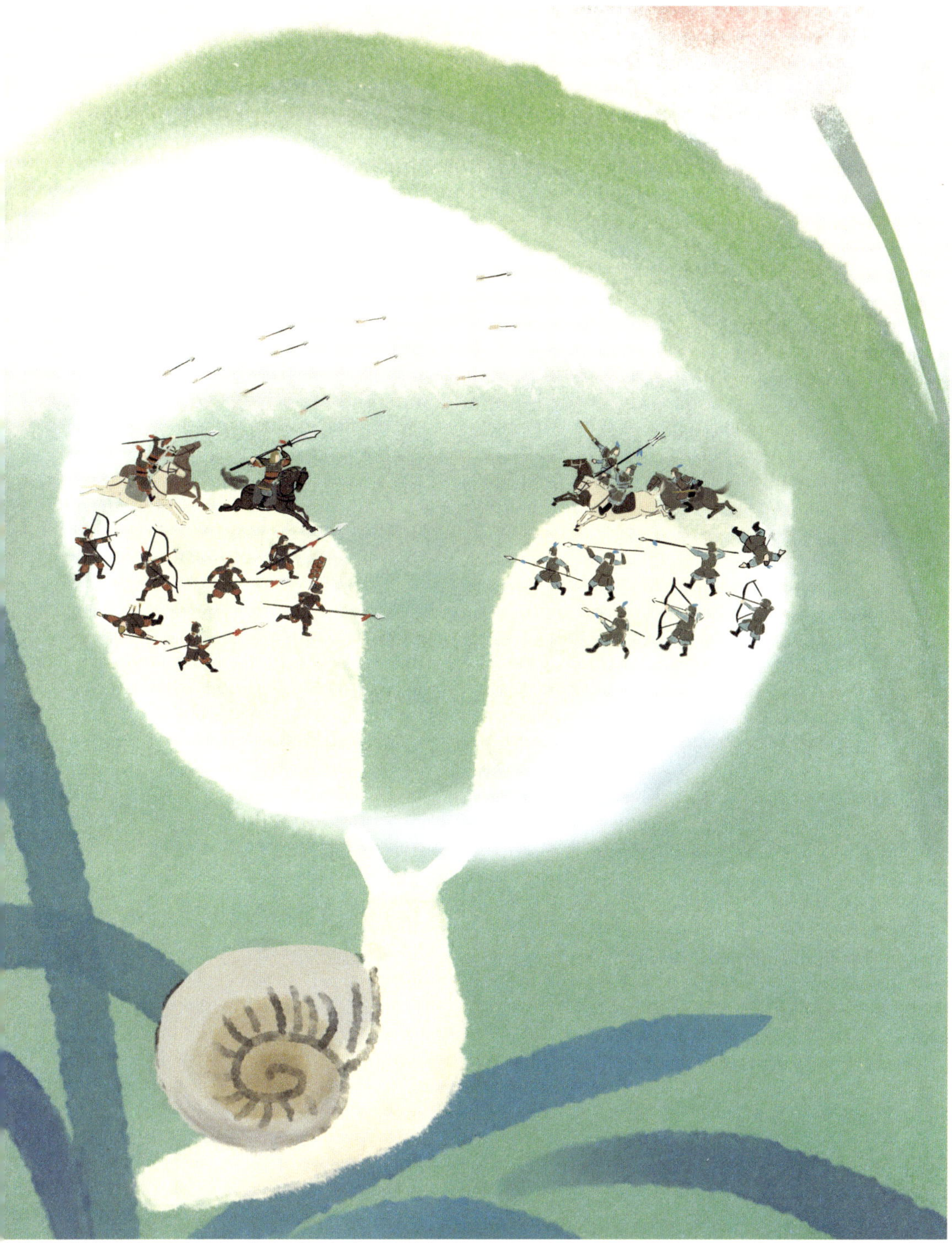

某些现在还搞不清楚的事情，是和我们密切相关的。据说，我们在凝视夏夜的星空时会有这样的体验，我们读庄子所描绘的那些故事时，也会有同样的体验。

陶陶：我的体验就是，虽然我有的还不太明白，但《庄子》这本书里的故事我从来没听过，都快听傻了。听完之后，我好像知道了什么，但我又说不出来，只想一直一直听下去。

元元：晓丹姐姐，我就喜欢仰望星空。那个时候我会想，宇宙太神秘了，而我只是宇宙中一颗微不足道的尘埃。这么一想，我的那些烦恼，学校里的，家里的，管他呢，都无所谓了，我很快就能高兴起来。现在我懂了，原来这样的感觉就是"惊悦"。

晓丹姐姐：你们说得太好了，这就是"惊悦"带给我们的体验。"惊悦"首先给我们带来的是幸福感。其次，我们以后再遇到有关宇宙人生的知识的时候，"惊悦"的体验会让我们不仅仅把它当作冷冰冰的知识，还可以当作我们的生命本真来更好地接纳。

元元："当作我们的生命本真来更好地接纳，而不仅仅是冰冷的知识"，这让我想起了小时候，我仰望星空的时候，总感觉能听到星星的声音，星星好像也能听到我的呼唤。

晓丹姐姐：元元说得好。关于庄子，我最后要说的是，如果你们要学习寓言或者小说，就怎么也避不开《庄子》这部书。因为"寓言"和"小说"这两个词在中国的书籍里第一次出现,就是在《庄子》中。从这个意义上说,我们不但可以把《庄子》看成一本故事书,还可以把它看作中国寓言和小说的始祖。

陶陶: 庄子真是太厉害了,回去我得赶紧读一读家里那本《庄子》。

晓丹姐姐: 嗯,现在市面上《庄子》的版本很多,我来说说适合你们读的吧。陶陶,你家里的那本漫画庄子的书可以接着读。中华书局出版的一套带注释和译文的《庄子》也可以读,因为它把《庄子》翻译成了你们能懂的白话文,这本书元元也可以读。

元元: 嗯,好的。

晓丹姐姐: 等你们到了高中或大学的时候再读《庄子》,就可以读《庄子集解》《庄子今注今译》这些书了。到了搞学术研究的时候,关于《庄子》的书就多得读也读不完了。

陶陶: 元元,咱们还是先一起读读《漫画庄子》吧。

元元: 行,咱们慢慢看。晓丹姐姐现在还在读《庄子》呢,看来《庄子》可以读一辈子。

晓丹姐姐: 元元说得对,慢慢读,希望庄子能成为你们一生的朋友。今天时间不早了,我们就聊到这里吧。元元、陶陶,等你们读完《庄子》,记得来告诉我,你们最喜欢哪一个故事。

元元、陶陶: 没问题,晓丹姐姐再见。我们回去读《庄子》啦!

【文学知识卡】

◎ 《庄子》集合了庄子和他的弟子们的思想,分为《内篇》《外篇》和《杂篇》,有很多神话、寓言和哲学的内容。

◎ 神话和寓言有什么不同?神话是对自然力量的人格化,比如雷公、雨神。寓言只是用故事打比方,不一定涉及神奇力量。

◎ 《庄子》是中国书籍中最早出现"寓言"和"小说"两个词的,可以把《庄子》看作中国寓言和小说的始祖。

◎ 《庄子》很好地记载了古人对自然和人生的思考。庄子的伟大之处在于,他没有讲什么道理,只是把事实指给我们看,我们自然就去思考他思考的问题。

◎ 唐代文学家沈既济创作的传奇小说《枕中记》,明代戏曲家汤显祖创作的传奇剧本《南柯记》,这一类故事的源头都是《庄子》中蜗角国的故事。

【思考时间】

◎ 你觉得《庄子》里最厉害的一个角色是谁?为什么呢?

【经典赏析】

蜗角国

惠子闻之而见戴晋人。戴晋人曰:"有所谓蜗者,君知之乎?"曰:"然。""有国于蜗之左角者曰触氏,有国于蜗之右角者曰蛮氏,时相与争地而战,伏尸数万,逐北旬有(yòu)五日而后反。"

君曰:"噫!其虚言与?"曰:"臣请为君实之。君以意在四方上下有穷乎?"君曰:"无穷。"曰:"知(zhì)游心于无穷,而反在通达之国,若存若亡乎?"君曰:"然。"曰:"通达之中有魏,于魏中有梁,于梁中有王,王与蛮氏有辩乎?"君曰:"无辩。"客出而君惝(tǎng)然若有亡也。

【译文】

惠子听到这些情况后,就引荐戴晋人去拜见魏惠王。戴晋人说:"有一种名叫蜗牛的虫,您知道吗?"魏惠王说:"知道。"戴晋人说:"在蜗牛的左角上有个国家,名叫触氏;在蜗牛的右角上也有个国家,名叫蛮氏,这两个国家经常为争夺土地而作战,倒伏在地上的尸体就有好几万,追逐败兵要经过十五天才能回来。"

《庄子》是一本让人"惊悦"的故事书

魏惠王说："唉，这是虚构的话吧？"戴晋人说："我请求为您证实它。您认为四方和上下有穷尽吗？"魏惠王说："没有穷尽。"戴晋人说："您知道精神遨游于无限广大的境域，而转过头来再看四海九洲，就好像渺小得不存在似的吗？"魏惠王说："是这样。"戴晋人说："四海之内有个魏国，在魏国中有个大梁都邑，在大梁都邑中有您这位君王，这样，君王与蛮氏有区别吗？"魏惠王说："没有区别。"戴晋人离开后，魏惠王心神恍惚，若有所失。

译文参考出处：《庄子》（中华经典名著全本全注全译丛书），方勇译注，中华书局，2015年

【推荐阅读】

1.《庄子》（中华经典名著全本全注全译丛书），中华书局，2015年（适合小学高年级、初中）

2.《庄子集解 庄子集解内篇补正》，王先谦撰，刘武著，中华书局，2012年（适合大学）

3.《庄子今注今译》，陈鼓应注释，中华书局，2024年（适合高中、大学）

9 陶渊明《停云》：让外星人了解地球

如果有一天，地球要毁灭了，人们决定把有代表性的人类文化成就打个包埋起来，让未来的外星人了解地球人的生活，晓丹姐姐最想打包的是陶渊明的诗《停云》，你想知道原因吗？

陶陶：晓丹姐姐，上次你给我们讲了庄子这个人和《庄子》这本书，今天打算给我们讲谁呀？

晓丹姐姐（笑）：今天要讲的这个古人，我很喜欢，你妈妈呀，也很喜欢他的诗。

陶陶：我妈妈也很喜欢？谁？

元元：我都猜到了，陶陶，你妈妈还用他的诗来吐槽你呢。

陶陶（笑）：我想起来了，是陶渊明！

晓丹姐姐： 答对了，就是陶渊明。不过啊，我喜欢陶渊明，可不光因为他写诗来吐槽自己的孩子。

陶陶： 那是因为什么呀？

晓丹姐姐： 我先来问你们一个问题。如果有一天，地球要毁灭了，在毁灭之前，人们决定把有代表性的人类文化成就，打个包埋起来，让未来的外星人了解地球人的生活。想想看，如果让你们往这个包裹里放一样东西，你们会放些什么呢？

元元： 嗯……最近我迷上了武术，中国的武术文化博大精深。要是我放的话，就给外星人留一本武功秘籍！

陶陶： 只能放一样东西啊？我想放的太多了，该放哪个呢？算了，就给外星人一本中国菜谱大全吧！外星人也得吃饭啊，我们中国的好吃的太多了，外星人看到这本菜谱，肯定乐坏了！

晓丹姐姐： 哈哈，你们的想法都不错。不过，要是让我来选的话，我会在包裹里放一首中国的古诗，这首诗就是陶渊明的《停云》。

陶陶：《停云》，为什么要放这首诗呀？这首诗里讲了什么呢？

晓丹姐姐：《停云》这首诗里，把地球的自然运行，人与人之间的情感，人自己的内心活动都写出来了。它写的不是什么惊天动地的大事，而是最为日常的人类生活；它写的也不是什么山呼海啸的自然奇迹，而是春天春雨到来时最普通的天气。

陶陶： 最日常的，最普通的，那为什么还要留给外星人看呢？

晓丹姐姐： 因为未来的外星人，可以通过这首诗知道，原来这个地球上曾经存在过这么普通又美好的生活和情感。能把最普通的东西写出味道来，这就是陶渊明的魅力。

元元： 我们老师说过，好的作家能把普通的东西写出不一样的感觉。

晓丹姐姐： 的确是这样。给你们讲讲我和这首诗的故事吧。记得有一年冬天，我和一个朋友在太湖中心的一个小庙里住。有一天太阳出来了，我们就坐在晒被子的高高的台阶上，晃荡着两条腿，读陶渊明的《停云》。《停云》这首诗很好听，四个字一句，朗朗上口。我和朋友像小和尚念经一样读，"霭霭停云，濛濛时雨。八表同昏，平路伊阻。静寄东轩，春醪（láo）独抚。良朋悠邈（miǎo），搔首延伫（zhù）。"

陶陶： 哇，确实很好听。

晓丹姐姐： 是啊，所以我们读的时候，下面跑来跑去的小朋友就停下来听了。那时候，我的周围是清澈的湖水，背后是温暖的阳光，远处的村庄里一片安宁。我就觉得，好像陶渊明写的世界千百年来都没有什么变化。在没有雾霾、人又不太忙碌的时候，我们好像和千百年前的古人变得很亲近。

陶陶： 太美了，我也想去这个庙里住一住，看看陶渊明当年看过的景色。

晓丹姐姐： 哈哈，陶渊明写诗还有一个特点，就是他对节气非常敏感，这和他亲自下地耕种有关。通过耕种，陶渊明和土地、自然真正建立了关系。所以他对节气的敏感是其他任何诗人都比不上的。

元元：嗯，我知道，后来大家都管他叫"田园诗人"。不过，晓丹姐姐，陶渊明这种对节气的敏感，怎么能从他的诗里看出来呢？

晓丹姐姐：我们就以《停云》这首诗作为例子来讲吧。《停云》总共有四个章节，最开始还有一个小序。这个序很短很短，只有二十二个字，但陶渊明写得真是太好了。《停云》的序中说："停云，思亲友也。罇（zūn）湛（zhàn）新醪（láo），园列初荣，愿言不从，叹息弥襟（jīn）。"

陶陶：这是什么意思呢？

晓丹姐姐："停云，思亲友也"，意思是《停云》这首诗是陶渊明因为思念亲友而写的。之后，陶渊明只用了八个字，"罇湛新醪，园列初荣"，就写出了他院子里新开始的美好的春天。"罇湛新醪"是说我新做了米酒，米酒恰好到了成熟的时候，清澈的酒浮上来，浑浊的酒糟沉下去，这个时候的酒是最好的。而"园列初荣"说的是，花苞都已经从花枝上长了出来，差一点就要开放了。元元、陶陶，你们注意过冬天快要结束、春天即将来临的时候，玉兰花快要开花时的样子吗？

元元、陶陶：没有……

晓丹姐姐：下次春天快来的时候，你们可以去找找看。那个时候，玉兰花的花苞几乎是笔直地指向天空的。虽然一片花瓣都看不到，但那个枝干和花苞的姿态，就是一种很有劲的样子，生机勃发。而且过不了一两天，这些花就一整片齐刷刷地开了，春天就来了。所以"园列初荣"就是陶渊明在说，他院子里这些铆（mǎo）着劲准备开放的花苞，已经像卫兵一样排列整齐了。

元元： 我知道了，这里就能充分体现陶渊明对节气的敏感了。如果陶渊明的观察不敏锐，他就不可能写出这么鲜活的诗句。

晓丹姐姐： 元元说得没错，我们接着讲啊。上一句里陶渊明刚说过，酒到了最好的时候，现在意思是，花也马上要到最好的时候了。就差下一两场雨，花就开放了，酒也熟透了。可是就在这最美好的时候，朋友却还没来。所以接下来，陶渊明又用了八个字，来表达自己心中的遗憾："愿言不从，叹息弥襟"，说的是"与亲友相见的愿望，每每都不能实现，所以只有满怀的叹息"。你们看，陶渊明只用了二十二个字，就写出了这么简单而又复杂的感受。

陶陶： 而且他还写得那么美！晓丹姐姐，你再讲讲，这首诗接下来还写了什么？

晓丹姐姐： 接下来啊，陶渊明整首诗就在说，他为什么忽然要写这首思念亲友的诗呢？因为春天到了，他从院子里看天空，天空中整日都是凝结而不消散的云。云走得很慢，好像停住了一样，看起来也很沉重，但是这云又带来了春天的希望。然而，当这个新的春天已经在陶渊明的院子里开始的时候，他的朋友却没有来，所以陶渊明就格外地思念朋友。

元元： 您刚才说，这首诗一共有四章，四章就写了这些内容吗？

晓丹姐姐： 是的，在这四章中，陶渊明一直反反复复地写云，写雨，写酒，写院子，写亲友，内容就是雨越下越大，路都被水淹没了，但是亲友却总是不来。整首诗就写了这么一个简单的意思，可是每一章写得都特别鲜活真挚。比如在第四章里，陶渊明写了小鸟。他不是等朋友，但朋友不来吗？这时有两只小鸟，陶渊明没等它们，它们却主动上门了。陶渊明用十六个字写这两只小鸟："翩翩飞鸟，息我庭柯。敛翮（hé）闲止，好声相和（hè）。"

元元： 这十六个字是什么意思呢？

晓丹姐姐： "翩翩飞鸟"的意思是，在雨中院子里的树上，忽然飞来了两只很轻盈的小鸟。翩翩，就是很轻盈的意思。下面一句"息我庭柯"，"柯"就是小小的枝条，意思是这两只鸟像玩杂技一样很淡定地栖息在很细的树枝上，一点都不惊慌。这么一写，我们就知道，这两只鸟轻盈到什么程度了。

陶陶： 那后面两句是什么意思呢？

晓丹姐姐： 后面两句的意思是，这两只鸟停下来之后，姿态是"敛翮闲止"的。"敛翮"是说，鸟把翅膀完全收起来了，一点都没有要随时准备逃走的样子。"闲止"是说，这两只鸟没有一点试探的意思，就是很安全、很踏实地站在这根小树枝上。下一句是"好声相和"。"好声"是说鸟

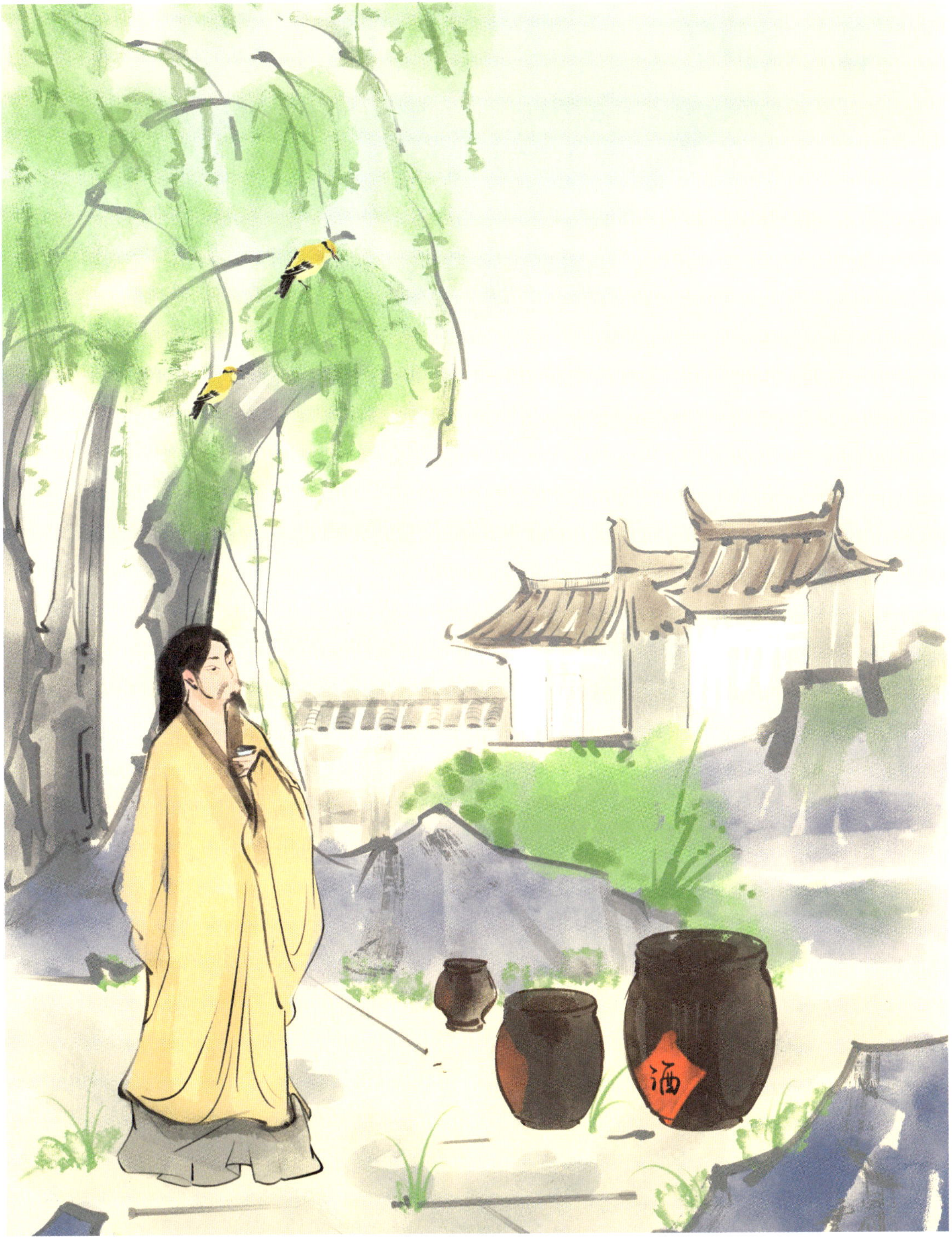
酒

的叫声很动听，不是那种在炫耀的动听，而是好声好气，很亲切的动听。陶渊明想表达的是，鸟都可以说话说得这么踏实，可以在他的院子里享受春天，而他自己却等不到朋友的到来。

元元： 一开始写鸟，最后果然如您所说，又回到"思念亲友"的主题了。

晓丹姐姐： 对，这就是陶渊明的好处。他写一些最朴实、最常见的景象，却能把它们写活，写得都和自己有关系。而且这样的感受，不需要我们有太多的阅历和文化背景都可以理解。所以你们可以读一读、背一背陶渊明的作品。他的诗不太长，文章也写得很短，意思也不是很难，和你们的生活很接近。

陶陶： 回去我就先读读《停云》这首诗，写得实在太美了。

元元： 原来我只知道陶渊明是东晋很有名的诗人，开创了田园诗，今天听晓丹姐姐讲完，我才发现陶渊明的独到之处。

晓丹姐姐： 是啊，陶渊明的人和诗都散发着独特的魅力。你们知道吗？王维、苏轼、辛弃疾这些大诗人，可都是陶渊明的粉丝。

陶陶： 真的呀，陶渊明这么厉害，那您再给我们讲讲他其他的诗吧！

晓丹姐姐： 哈哈，咱们吃点东西，休息一下，一会儿再接着讲好不好？

元元、陶陶： 好的。

【文学知识卡】

◎ 《停云》全篇分为序和四个篇章。陶渊明用二十二个字的序，表达出了自己简单又复杂的心理感受。之后的四个篇章中，陶渊明反反复复地写云、雨、酒、院子以及亲友，整首诗都在表达对亲友思念之情，每一章的文字都特别鲜活真挚。

◎ 把普通的东西写出味道来，这就是陶渊明的魅力。陶渊明的《停云》写出了地球的自然运行、人与人之间的情感、人自己的内心活动等最为日常的人类生活。陶渊明善于把一些最朴实的景象写活，写得和自己有关系。他的作品传递出来的感受，不需要读者有太多的阅历和文化背景就可以理解。

◎ 陶渊明在田园亲自耕种，和土地、和自然真正建立了关系，所以，陶渊明对节气的敏感是超过其他诗人的。

【思考时间】

◎ 你见过《停云》里写的这种天气吗？哪几句描述的场景，让你印象最清晰？

【经典赏析】

停云

[晋] 陶渊明

"停云",思亲友也。罇湛新醪,园列初荣,愿言不从,叹息弥襟。

霭霭停云,濛濛时雨。
八表同昏,平路伊阻。
静寄东轩,春醪独抚。
良朋悠邈,搔首延伫。
停云霭霭,时雨濛濛。
八表同昏,平陆成江。
有酒有酒,闲饮东窗。
愿言怀人,舟车靡从。
东园之树,枝条载荣。
竞用新好,以怡余情。
人亦有言:日月于征。
安得促席,说彼平生。

翩翩飞鸟，息我庭柯。

敛翮闲止，好声相和。

岂无他人，念子实多。

愿言不获，抱恨如何！

【译文参考】

《停云》这首诗，是为思念亲友而作。酒樽里盛满了澄清的新酒，园子里排列着初绽的鲜花，思念亲友而不得相会，叹息无奈，忧愁充满我的胸怀。

阴云密密布空中，春雨绵绵意迷蒙。

举目四顾昏沉色，路途阻断水纵横。

东轩寂寞独自坐，春酒一杯还自奉。

良朋好友在远方，翘首久候心落空。

空中阴云聚不散，春雨迷蒙似云烟。

举目四顾昏沉色，水阻途断客不前。

幸赖家中有新酒，自饮东窗聊慰闲。

思念好友在远方，舟车不通难相见。

东园之内树成行，枝繁叶茂花纷芳。

春树春花展新姿,使我神情顿清朗。

平时常听人们言,日月如梭走时光。

安得好友促膝谈,共诉平生情意长。

鸟儿轻轻展翅飞,落我庭前树梢头。

收敛翅膀悠闲态,鸣声婉转相唱酬。

世上岂无他人伴,与君情意实难丢。

思念良朋不得见,无可奈何恨悠悠。

译文参考出处:《陶渊明集译注》,孟二冬译注,中华书局,2019年

10

王维、苏轼和辛弃疾，都是陶渊明的粉丝

在流行华丽语言的东晋，陶渊明坚持用简单、质朴和自然的语言，写最普通、最日常的生活。后来，王维、苏轼、辛弃疾这些大诗人都成了陶渊明的粉丝。

元元： 晓丹姐姐，刚才您说到，好多大诗人都是陶渊明的粉丝，陶渊明真的这么厉害吗？

晓丹姐姐： 说到陶渊明的厉害之处，我们还得再说说他的诗歌。我之前讲童谣的时候说过，古代童谣里有很多是讲不同节气、不同天气的。这是因为中国古代是农耕社会，农民们需要知道土地什么时候解冻、春天什么时候下雨、什么时候虫子出洞、什么时候霜降，这样才能准确地安排农业活动，不影响地里的收成。农业社会的人对四季特别敏感，这种敏感也

慢慢转变成了一种心理模式和审美模式。

元元： 怪不得古代的诗歌里，总是会写到天气和季节。

晓丹姐姐： 对，诗人们对季节变化是很敏感的。比如，同样是写夏去秋来，晚上已经有凉气的时节，李白写"玉阶生白露，夜久侵罗袜"，意思是，玉石砌的台阶上生起了露水，深夜一个人站了很久，露水把丝罗做的袜子都浸湿了。而北宋文学家晏（yàn）殊写的是："紫薇朱槿花残。斜阳却照阑干。双燕欲归时节，银屏昨夜微寒。"意思是说，紫薇花和朱槿花已经凋落了，只有夕阳斜照在楼阁栏杆上。成双的燕子到了将要飞回南方的季节。昨天晚上，已经能感到镶银的屏风有了微微的寒意。

元元： 这两首诗的意境也挺好的。

晓丹姐姐： 对，李白和晏殊写得当然很好。但是如果我们去看陶渊明对季节的书写，就会觉得陶渊明更加敏感，而且还多了一点活泼的趣味。

陶陶： 活泼的趣味？您能举例子讲讲吗？

晓丹姐姐： 嗯，就拿陶渊明的一句诗做例子吧。这句诗出自陶渊明的诗文《拟古·其三》。这首诗讲的是春天惊蛰的时候，哦，惊蛰就是二十四节气中的第三个节气。

元元： 我知道，到了这个节气，天气就开始回暖，雨水也开始增多了。

晓丹姐姐： 对，在这首诗里，陶渊明有一句"众蛰各潜（qián）骇，草木纵横舒"。说的是第一场春雷响起时，人们还不知道春天到了，感觉身体还是冷飕飕、僵硬硬的。但是这雷正在打、雨正在下的时候，整个世界的情况就开始不一样了。"众蛰"，就是一大群在地下冬眠的虫子；"潜骇"是说这些虫子藏在泥土里，别人看不见它们，但它们自己偷偷地吓了一跳，醒了过来。

陶陶： 哈哈，虫子自己偷偷地吓了一跳，这也太搞笑了。

晓丹姐姐： 是呀。陶渊明接着写"草木纵横舒"，意思是说冬天的时候草是缩紧身体的，可是到了惊蛰，草木也像刚睡醒伸懒腰的人一样，四仰八叉地舒展开身体了。

元元： 陶渊明写的好像他自己就是那条虫、那些草木一样。

晓丹姐姐： 没错，这就是我要说的，陶渊明对四季的变化很敏感，他跟李白、晏殊这些文人不一样。李白在旁边观看台阶上生出的露水，晏殊观看燕子往南飞，他们是比较旁观的。陶渊明则是直接深入到虫子和草木的生命之内，去体会虫子的吓一跳和草木的伸懒腰。所以，陶渊明诗歌中，语言的生命力和感染力是不一样的。

元元： 那有没有诗人像陶渊明一样，也深入到各种动物植物的生命中去呢？

晓丹姐姐： 也有，比如辛弃疾。辛弃疾仰慕陶渊明，想达到陶渊明那样深入自然的状态。辛弃疾有一句词说："一松一竹真朋友，山鸟山花好弟兄。"意思就是，松竹是我的真朋友，花鸟是我的好弟兄。不过，和陶渊明比，辛弃疾还是多了一些刻意。相比之下，陶渊明不会直接表达他和其他生命的关系。他是自然而然就知道，那些春雷春雨、虫子草木在想些什么，要些什么。这里面就有一种活泼的趣味了。

陶陶： 陶渊明好像知道自然中的一切。

晓丹姐姐： 对，陶渊明把自然和人类情感打通了，好像他有一颗万物之心，能够体会、理解和接纳所有生命体的感受。而且，这些花花草草、小虫小鸟也可以理解和接纳他。于是，他们就成了好朋友，一起拥有了这个世界。

陶陶： 我也想像陶渊明一样，和花花草草、小虫小鸟成为朋友。

晓丹姐姐（笑）： 那你可以再了解一下陶渊明这个人。陶渊明在自己的诗歌中创造了一个真实、平和的自我形象。有时候我们觉得诗人都是疯疯癫癫的，像李白一样成天喝得醉醺醺的，但陶渊明不是，他就是一个正常人。

元元： 怎么能看出来，陶渊明是个正常人呢？

晓丹姐姐： 说到这儿，我们就可以说说陶渊明吐槽自己孩子的那首《责子》了。陶陶，你还记得那首诗具体写了什么吗？

陶陶： 我只记得陶渊明说，他那五个儿子没有一个好好学习的。什么"懒惰无人敌"，还有什么"不识六和七"。

晓丹姐姐： 哈哈，不错，重点都记住了。在这首诗里，陶渊明说：我已经人到中年了，养了五个儿子，可惜呢，每个都不争气。老大叫阿舒，已经十六岁了，是个小懒虫；老二叫阿宣，十四岁了，一点都不想学习；

老三、老四都是十三岁，可惜数数都数不清；最小的一个叫通子，八岁，你就别指望跟他讲学习的事了，因为他每天都只知道找好吃的。天哪，我的运气实在是太坏了，我还是喝酒吧。

元元： 哈哈，陶渊明是在开玩笑吧，怎么可能这么倒霉，五个儿子都不争气。

晓丹姐姐： 是啊，我也觉得陶渊明是在卖萌，就是老爸写诗来吐槽儿子的。估计吐槽完，儿子们肯定是一通抗议，把老爸打翻在地，然后嘻嘻哈哈地叠罗汉趴在老爸身上。不过，有一次我把这首诗拿给一个特别严肃的朋友看，他就说："天哪，喝酒真的不好。你看，陶渊明肯定是酒喝多了，生的儿子都是傻子。"

陶陶： 啊，那陶渊明的儿子到底傻不傻啊？

晓丹姐姐： 其实这首诗在古代也有两种看法。杜甫觉得，这首诗是陶渊明在严肃地批评儿子们不好（hào）学。但是北宋的文学家黄庭坚却说："看这首诗，你就可以想到，陶渊明这个人是多么慈祥、平和，还爱和孩子开玩笑。有些笨蛋看到这首诗，以为陶渊明真的是在为孩子不学习发愁呢。"

元元： 哈哈，杜甫这个大诗人，被说成了笨蛋。

晓丹姐姐（笑）： 我并不认为杜甫是个笨蛋，但我还是赞同黄庭坚对这首诗的看法，这就是一个慈祥的老爸在黑儿子呀。陶渊明觉得，我家的小笨蛋，笨也笨得很可爱啊。你们看，陶渊明就是这样一个真实、平和、

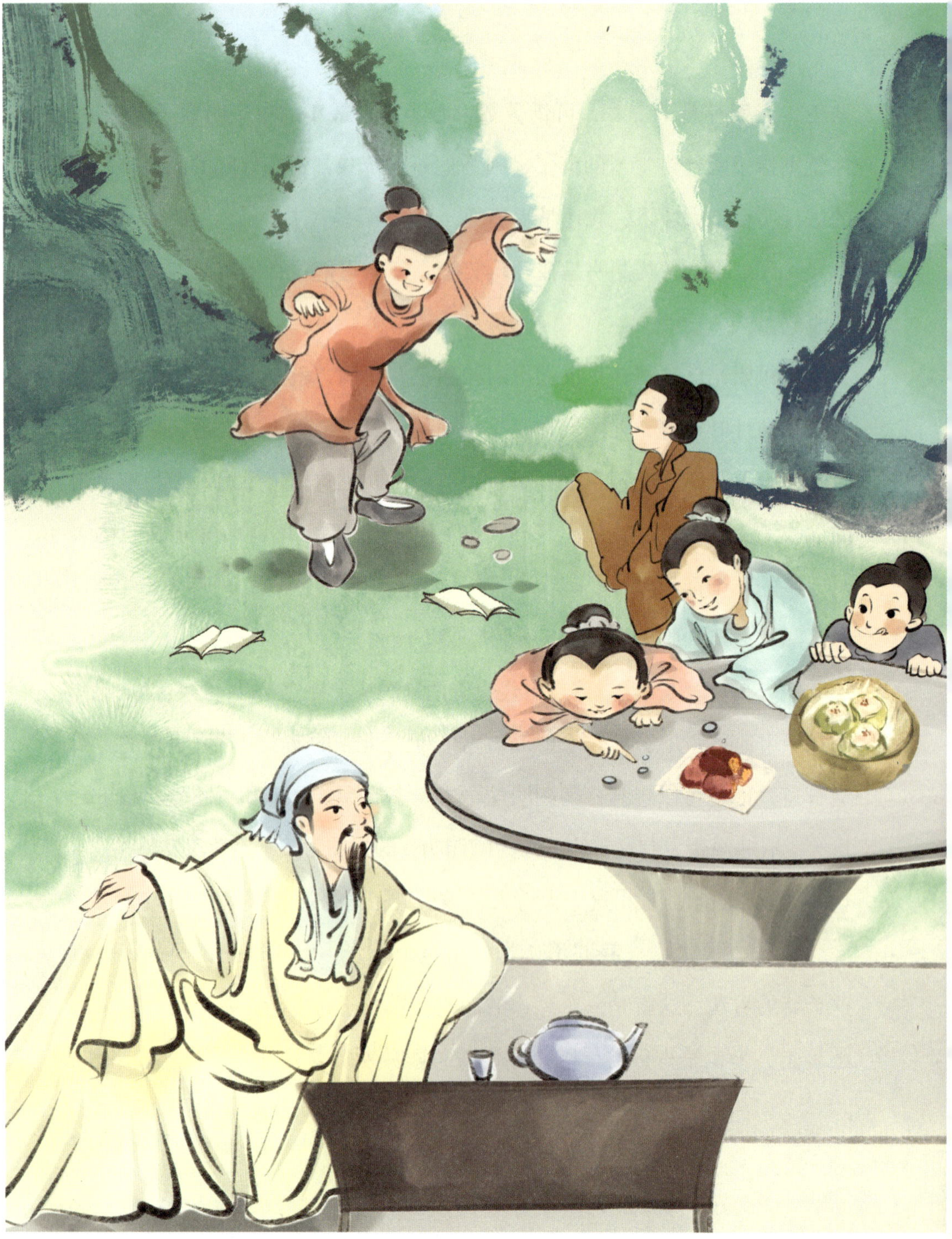

亲切的人，所以他能用特别简单的语言，写最普通、最日常的生活。

元元： 我记得陶渊明是东晋的诗人，那个时代的诗人，像陶渊明这样的应该不多吧？

晓丹姐姐： 是的，陶渊明比较特殊。在陶渊明生活的时代，流行的语言是那种特别华丽的好词好句。诗人要抱着字典写诗，一边写还一边数，我这个诗里有八十个典故，你这个诗里有一百个典故。所以那时候的诗写得一般人都看不懂。可陶渊明呢，他心里怎么想就怎么说，从来不和别人比什么修辞用得好不好，典故用得多不多。这也是为什么他的诗到了唐代、宋代甚至是现代，人们都还读得懂。

陶陶： 我写作文的时候，也是心里怎么想就怎么写，看来我也可以成为第二个陶渊明！

晓丹姐姐（笑）： 陶渊明的语言虽然简单，但并不粗糙。学者顾随评价陶渊明的语言，用了三个比喻。第一个比喻是"日光七色，合而为白"，意思是说，陶渊明的语言看起来很质朴，但是所有的美都在其中了，而且美得叫你看不出痕迹。第二个比喻是"譬（pì）如食蜜，中边皆甜"，就像吃到蜂蜜一样，哪儿哪儿都一样甜，意思是说陶渊明的诗没有什么好词好句，而是全首、全本都很均匀完美，没有哪一句比另一句更好。

元元： 那第三个比喻呢？

晓丹姐姐： 第三个比喻是"瓜熟蒂落，水到渠成"，意思是说陶渊明的文笔完全是顺着自己的感情走的。感情和体验有多流畅，文笔就有多流畅，没有一点点刻意的构造和不诚实的造假。

元元： 这三个比喻真是太美妙了。

晓丹姐姐： 没错。在中国古典文学中，在以简单、质朴和自然为特点的这一路上，陶渊明的诗文达到了最高的成就。所以后来，王维、苏轼、辛弃疾这些大诗人都成了陶渊明的粉丝。辛弃疾更是到了晚年每天都在读陶渊明的诗，说他是"千载后，百篇存，更无一字不清真"。你们看，连辛弃疾都说，你要读诗就去读陶渊明吧，因为他留下的诗不多，只有一百多首，但每一首诗都是精品，每一个字都这么纯粹、真挚。苏轼呢，更是抄了一整本陶渊明的诗。

陶陶： 妈妈总是让我抄写生词，我以后可以像苏轼一样，改成抄写陶渊明的诗。

晓丹姐姐： 可以啊，抄陶渊明的诗可比抄生词有价值多了。而且陶渊明的诗字数不多，生字也不多。

元元： 听您讲完，我也快成陶渊明的粉丝了，回去我要多读一读他的诗。

晓丹姐姐： 好呀，元元、陶陶，今天时间不早了，我们下次再接着讲吧？

元元、陶陶： 好的，晓丹姐姐下次见！

通儿年龄近九岁，只知寻找梨与栗。

天命如果真如此，姑且饮酒莫论理。

译文参考出处：《陶渊明集译注》，孟二冬译注，中华书局，2019 年

【推荐阅读】

1.《叶嘉莹说陶渊明饮酒及拟古诗》，叶嘉莹著，中华书局，2018 年
2.《陶渊明》（少年丛书），孙毓修著，团结出版社，2015 年
3.《陶渊明》（中华先贤人物故事汇），程磊著，中华书局，2022 年

11 《唐诗三百首》，从后往前读

很多小孩都背过《唐诗三百首》，可是大部分小孩都没有背完，半途而废了。你知道《唐诗三百首》一书的来历吗？我们应该怎么背《唐诗三百首》，才能体会学诗的乐趣？

元元：晓丹姐姐，周末我去图书馆，发现一套书叫《全唐诗》，里面居然有五万多首唐诗。我们平时老读的唐诗三百首，和这唐诗五万首，是什么关系呀？

陶陶：啊？三百首我还背不过来呢！唐诗竟然有五万多首？

晓丹姐姐（笑）：陶陶别着急，既然元元问到了，那我就来给你们讲讲《唐诗三百首》这本书的来源吧！《唐诗三百首》的编者是清代一位叫孙洙（zhū）、号蘅（héng）塘退士的人。他生在无锡，学问还不错，乾隆年间曾经考中进士。蘅塘退士在《唐诗三百首》的序言里说，谚语说"熟读唐诗三百首，不会吟诗也会吟"，所以他才要编一本有三百首唐诗的书。

陶陶： 为什么一定是三百首，不是四百首或者两百首呢？

晓丹姐姐（笑）**：** 问得好。这是因为蘅塘退士想编一本像《诗经》那么伟大的书，而《诗经》又叫《诗三百》。事实上，《诗经》是三百零五篇，《唐诗三百首》是三百一十首，不过这可不是因为两个编者的数学都不大好，而是因为"三百"这个词本身指的就是个大致的数。蘅塘退士的《唐诗三百首》选篇精简，符合当时科举考试的应试需要，在编成之后非常流行。一直到现在，我们都认为这是一个很棒的选本。

元元： 这个蘅塘退士是怎么从五万多首唐诗中选出三百首的呢？

晓丹姐姐： 蘅塘退士选择唐诗有三个标准。第一个标准当然是，这首诗要有名。第二个标准，要符合蘅塘退士所处的时代，也就是康熙乾隆年间的官方价值观，比如体现对君主忠诚，赞颂皇帝圣明的诗一定要选几首，教育女性要恪（kè）守妇道的诗也一定要选几首。而那些风格不太温柔敦厚的诗，比如"诗鬼"李贺的诗，风格瑰丽奇特，就不能入选。

元元： 那第三个标准呢？

晓丹姐姐： 编《唐诗三百首》的目的，是为了让考生在科举考试中把诗写好，所以蘅塘退士选择唐诗的第三个标准是体裁要丰富。在《唐诗三百首》中，他把各种古体、近体、律诗、绝句都选了一些放进去。

陶陶： 晓丹姐姐，那你小时候也背过《唐诗三百首》吗？

晓丹姐姐： 当然背过啦，说到这儿，我还有个故事要给你们讲讲呢。我上中学的时候，语文老师有个伟大的计划，她想让我们按照《唐诗三百首》的顺序一天背一首诗。可是这个计划不到一周就破产了，因为大家都背不出来。后来大部分同学买的书也就扔在那里荒废了。可是呢，过了一两个月，有一天我闲着无聊胡乱翻书，从最后一页翻起《唐诗三百首》，忽然觉得"这最后一首诗很好理解也很好背啊"。

陶陶： 真的吗？最后一首是什么诗呀？

晓丹姐姐： 这首诗叫作《金缕衣》："劝君莫惜金缕衣，劝君惜取少年时。花开堪折直须折，莫待无花空折枝。"这首诗很短，它的意思也很清楚，就是说金银财宝不稀罕，少年的时光才珍贵。因为少年时代就像春天的花枝那么美好又短暂，你现在踌躇着不去尽情欢乐，那等到没有欢乐的时候，你要上哪里去寻找欢乐呢？

元元： 那读完这首诗之后呢？

晓丹姐姐： 因为觉得这首《金缕衣》挺好理解的，我就把《唐诗三百首》看进去了。我从后往前翻，看到有趣的诗就抄下来，不知不觉就把《唐诗三百首》翻了一遍。

元元： 难道《唐诗三百首》这本书，是越往后面越好懂？

晓丹姐姐： 元元猜的没错，这和《唐诗三百首》的编纂（zuǎn）体

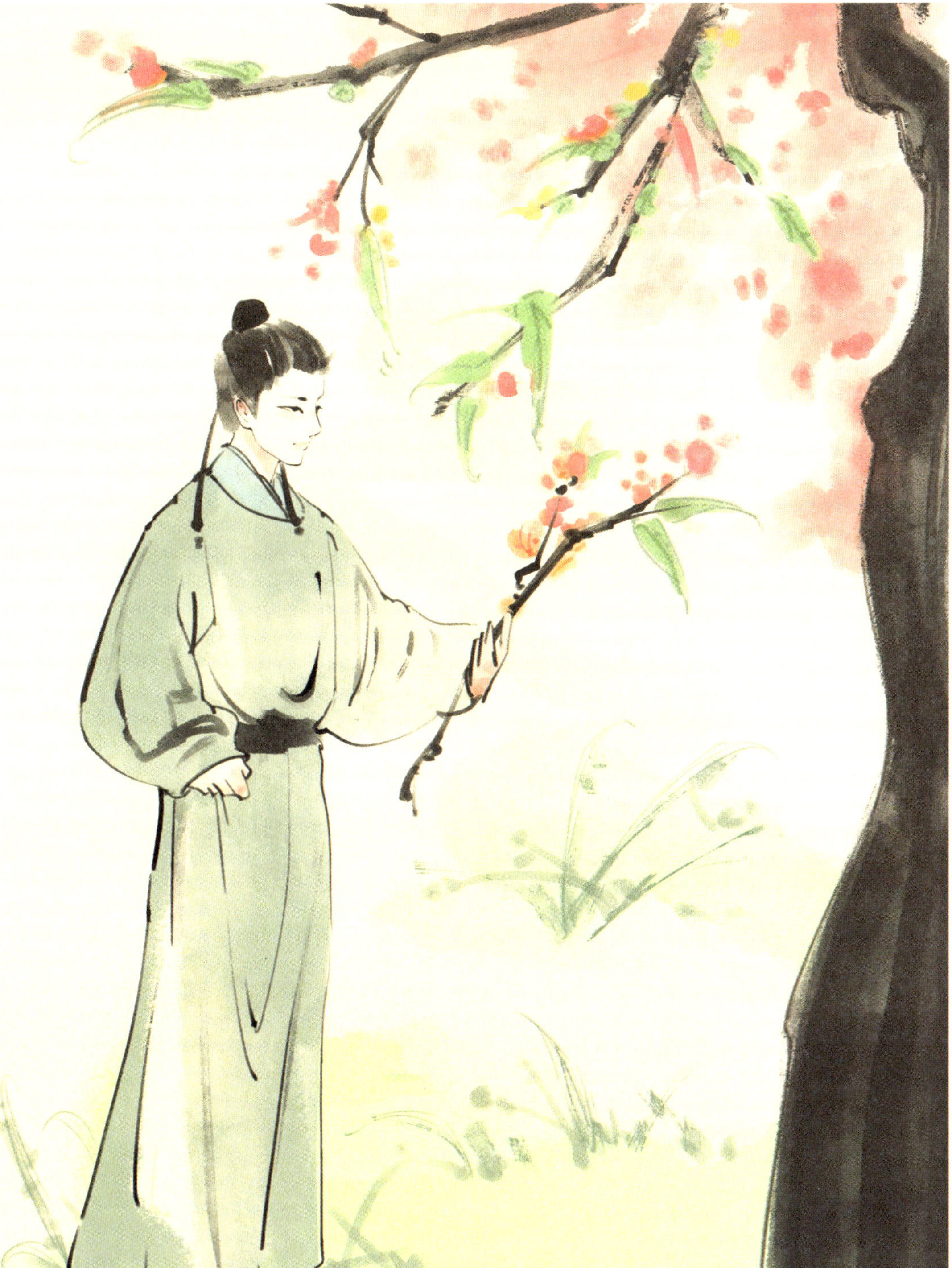

例有关系。如果我们去翻目录，会发现《唐诗三百首》是以"五言古诗""七言古诗""五律""七律""五绝""七绝"这个顺序安排的。也就是说古诗在前，律诗、绝句在后。

陶陶： 五言、七言这些我知道，就是五个字或者七个字一句的诗，可是古诗、律诗和绝句又有什么不同啊？

晓丹姐姐： 绝句其实也算是一种袖珍版的律诗。我来给你们讲讲古诗和律诗的区别吧。首先，从时间上来说，古诗是东汉至魏朝产生的旧体诗，而律诗是隋唐时代产生的新体诗。再有，从格律上来说，律诗在格式和音律方面要遵循一定的规范，而古诗则比较自由，没有格律上的要求。最后，从内容上来说，古诗的传统，特别是五言古诗的传统，要讲仁者、君子深刻的情感和高尚的追求，内涵比较厚重；而律诗中的绝句，只是去描写日常生活中的一个片段，是短小轻盈的。

元元： 我明白了，您刚才说《唐诗三百首》中，古诗在前，律诗、绝句在后。而律诗、绝句是比较晚产生的，而且描写的是日常生活，内容没那么厚重，所以从后面开始读《唐诗三百首》更容易懂。

晓丹姐姐： 没错。如果你们顺着读《唐诗三百首》，就是从深往浅读，从难往容易读，从不好把握往好把握读。那样的话，你们估计就会像我一样读不下去了。所以，你们可以倒着学，先学"五绝""七绝"，再学"五律""七律"，最后再慢慢地往"古诗"走。

元元： 那整本《唐诗三百首》都需要背完吗？

晓丹姐姐： 不需要。从后往前读的过程中，你们可以跳过一些不符合咱们现代人价值观的诗，比如刚才我提到的赞颂君主、表达效忠的忠君诗，教育妇女恪守妇道的贞女诗。然后，你们还可以搁下那些绕弯子、需要一堆背景知识才能读懂的诗，以及那种篇幅过长的诗。这样筛选下去，最后也就剩下一百首左右的诗了。这些诗对你们来说，就比较容易理解和背诵了。

陶陶： 太好了，晓丹姐姐帮咱们把《唐诗三百首》缩成《唐诗一百首》了！

晓丹姐姐（笑）： 你们可以和爸爸妈妈一起，先看一遍《唐诗三百首》中的七绝和五绝，大概有八十多首吧，然后像小和尚念经一样，把那些诗念一遍，把其中不需要看注释，就大概明白是什么意思的诗先勾出来。那些看了注释还不太明白的，就可以先放过去。你们勾选出来的这部分绝句肯定又短又简单，还有音律上的规律。这样你们念着念着，对这些诗就很容易上手了。

元元： 绝句学完之后，是不是再看律诗，也没那么难啦？

晓丹姐姐： 是啊，学完了绝句，你们就有一定的诗歌素养了。这时候再看律诗的部分，你们还是可以挑自己喜欢的诗往下学，暂时不喜欢的就跳过。等有了一部分律诗的积累，你们对前半部分的古诗就有理解的基础了。一般来说，有一定诗歌素养的孩子到了初高中阶段，会自然而然地爱上那些很长很长的乐府古诗，因为这些诗脱离了律诗的格律要求，写得情绪饱满、一泻千里、文辞华美，让人目眩神迷。

元元： 听您这么一说，我好想能快点读到那些古诗。

陶陶： 那你得先和我一起，把绝句和律诗背完。

晓丹姐姐（笑）： 说了这么多，你们应该明白该怎么背《唐诗三百首》了吧？

陶陶： 我知道了。不用全背，不懂的就先放下。

元元： 用从后往前的顺序背，跳过那些没用的、不理解的或者太长的。

晓丹姐姐： 没错。我对背诵《唐诗三百首》的观点就是，不要求全背、全懂、按顺序背。唐诗有五万多首，你们即便把三百首都背了，也只是沧海一粟（sù）而已。和背诵相比，更重要的是你们找到读诗的感觉，对诗产生兴趣。

陶陶： 是啊，之前我一提到背诗就头疼，哪有什么兴趣啊。

晓丹姐姐： 就在大约一百年前，民国的时候，清华大学有一个学生名叫浦薛凤，他不在乎什么《唐诗三百首》，他二十岁时，就从《全唐诗》中选了一些自己认为有趣的、有感觉的诗，编成了一本书，叫作《白话唐人七绝百首》。北大校长蔡元培还给他的书作了序，这本书在当时连印了十几版，是绝对的畅销书。你们看，这才是学诗的乐趣。而且，能自己选编唐诗出书的人，他对唐诗的理解力和选择眼光，肯定比生吞活剥背了三百首的人，不知要高到哪里去了。

陶陶： 自己选诗，自己编书，这个好玩，我以后也要这么做。

元元： 确实有意思，我也可以把适合我们初中生读的唐诗挑出来，做成一本《唐诗一百首》或者《唐诗五十首》。

晓丹姐姐： 好呀，那我就期待看到你们编选的唐诗书啦。元元、陶陶，今天时间不早了，我们就先聊到这吧。

元元、陶陶： 好的，晓丹姐姐下次见！

【课程要点】

- ◎ 《唐诗三百首》的编者是清代孙洙，号蘅塘退士，生于江苏无锡，乾隆年间考中进士。

- ◎ 蘅塘退士编选《唐诗三百首》的三个标准是：第一，诗要有名；第二，诗要符合康熙乾隆年间官方的价值观；第三，体裁要丰富。

- ◎ 《唐诗三百首》中的"三百"指的是一个大致的数。实际上，《唐诗三百首》中共有唐诗三百一十首。"三百首"源于蘅塘退士想编一本像《诗经》那么伟大的书，而《诗经》就叫《诗三百》（《诗经》实际是三百零五篇）。

- ◎ 古诗和律诗的区别：从时间上来说，古诗是东汉及魏朝产生的旧体诗，而律诗是隋唐时代产生的新体诗；从格律上来说，律诗在格式和音律方面要遵循一定的规范，而古诗则比较自由，没有格律上的要求；从内容上来说，古诗的传统，特别是五言古诗的传统，主要讲仁人君子深刻的情感和高尚的追求，内涵厚重，而律诗中的绝句（绝句算是一种袖珍版的律诗）只是描写生活中的一个片段，短小轻盈。

【思考时间】

◎ 如果让你从《唐诗三百首》中精选出五十首,你会怎么选?

【经典赏析】

金缕衣

[唐] 杜秋娘

劝君莫惜金缕衣,劝君惜取少年时。
花开堪折直须折,莫待无花空折枝。

【译文参考】

劝您不要可惜那金丝织成的舞衣,劝您千万珍惜大有作为的少年时。鲜花开了能摘采的就尽管去摘采,可不要等到没花了才去攀折空枝。

译文参考出处:《唐诗三百首译注》,〔清〕蘅塘退士编,史良昭、曹明纲、王根林译注,上海古籍出版社,2019年

【推荐阅读】

1.《诗境浅说》,俞陛云著,中华书局,2015年
2.《唐诗三百首》,顾青编注,中华书局,2016年

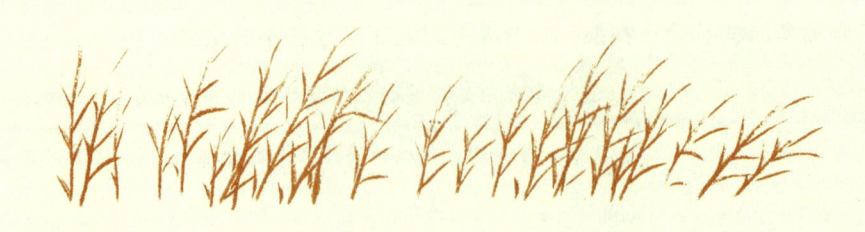

12

古代文言小说：有趣的鬼怪故事和奇闻异事

古人认为鬼神是真实存在的，在古代文言小说中，有大量写神仙鬼怪的志怪文学。唐宋时期，还出现了一种比志怪文学更好看的小说文体，叫作传奇。如果你喜欢好玩的故事，千万不要错过古代文言小说。

晓丹姐姐： 元元、陶陶，你们一定喜欢看故事吧。你们读过中国古代的短篇小说吗？那里也有好玩的故事。

元元： 中国古代的短篇小说？这我接触得不多。我们老师要求读四大名著，都是长篇小说。

晓丹姐姐： 我小时候，不知道哪天，在我家书架上看到一本《古小说选》，就拿下来开始看了。这本书里有六十篇文言短篇小说，从汉代到清代的都有，每一篇都很好看。

元元： 文言文的啊，古人的那些话太难了，我看起来可有点费劲。

晓丹姐姐： 这本《古小说选》有白话文的翻译，翻译得也很好。一开始，我只是看这本书中白话文翻译的部分，后面看着看着，越看越熟，就开始去看书中文言文的部分了。因为我已经熟悉这些故事了，等我再去看文言文的时候，我基本上就可以连猜带蒙地知道那些文言文是什么意思了。可以说，我最初的文言文阅读能力，就是看这本书获得的。这本书我拿在手里，翻来覆去地看了两三年，到现在这书的封皮已经没了。

陶陶： 啊，封皮都没了，看来您真的看了很多遍。

元元： 您看了这么多遍，除了觉得那些故事有意思，难道是为了学文言文？

晓丹姐姐： 我当时还真没有要学文言文的意思，也没有人告诉我学习文言文很重要。可是在上初中一年级时的一次语文课上，老师讲《木兰诗》，里面有一句"朔气传金柝（tuò），寒光照铁衣"，老师就问大家，这个"朔"字是什么意思。

陶陶： 朔字，怎么写的啊？

晓丹姐姐： 就是塑料的"塑"字的上半部分。这个字我们现在很少用到了。所以当时我们老师提出问题之后，同学们都没吭声。我呢，一边想

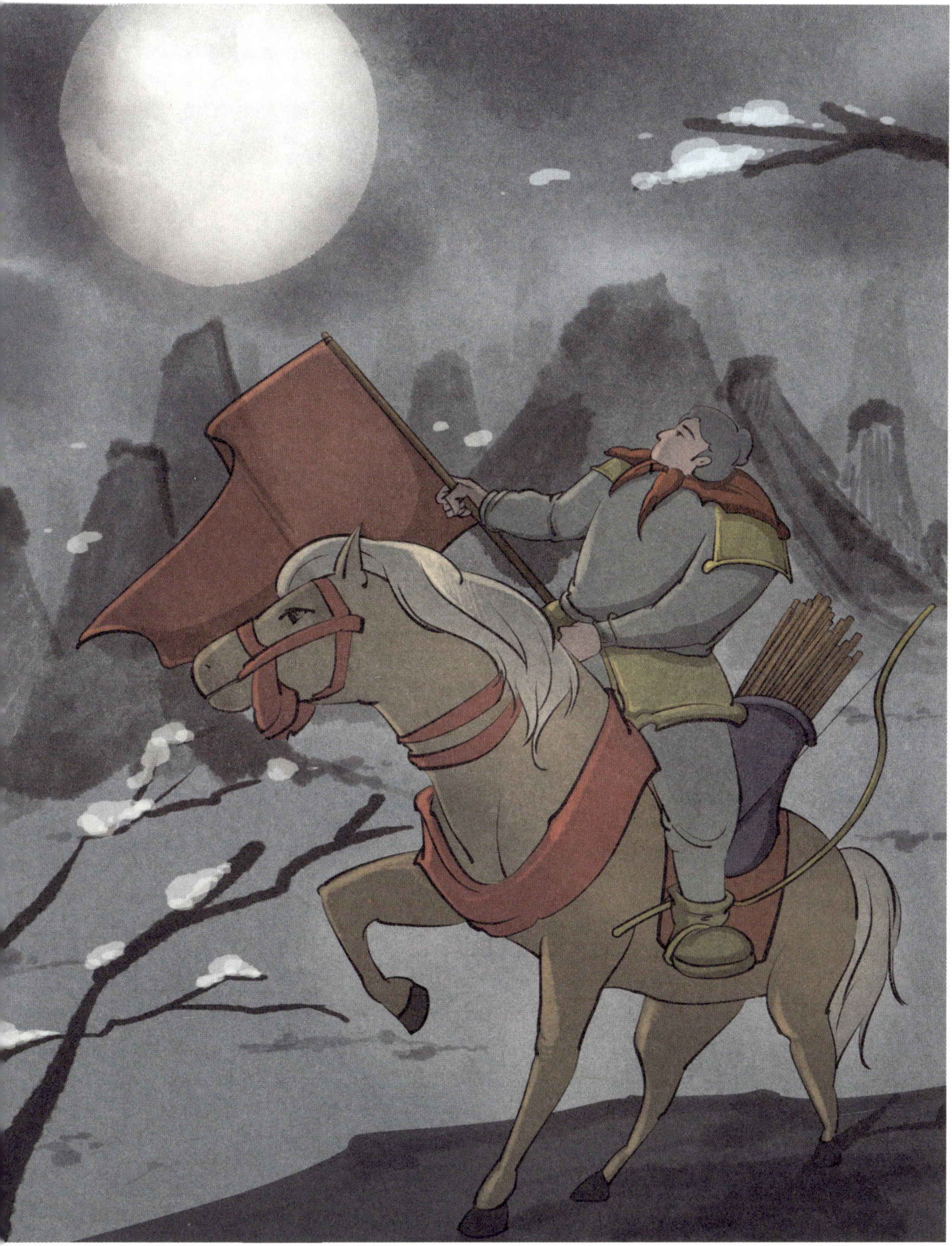

一边小声说，"朔"应该是寒冷的意思吧，结果我的自言自语刚好被老师听到了，老师就让我来回答。站起来的一瞬间，我忽然意识到，"朔"是北方的意思。

陶陶：您怎么知道的？是之前学过吗？

晓丹姐姐：你们看，这就是一个模糊学习的例子了。一定是我在看那本《古小说选》或者其他书时读到了这个"朔"字。我当时读到的那个文本，讲的是一个北方的故事，所以在我的印象里，"朔"这个字大概是和寒冷、北方有关系。但这只是一种感觉，没有被我充分地意识到，直到有一天，老师把它当成一个问题提出来，我才在意识层面上确认了这个字的含义。

陶陶：晓丹姐姐真厉害，别人都不知道，就你知道。

晓丹姐姐（笑）：我也是后来才明白的。为什么一个孩子能够理解某个现代汉语中已经不常用的词呢？他不是靠背，而是靠我们所说的语感。

元元：我常听人说"语感"，但不是特别明白，语感到底是什么呢？

晓丹姐姐：语感就是书读多了之后，能够直接快速地感悟语言文字的一种能力。而文言文的语感，首先要来自有趣的阅读。我当时读的《古小说选》十分有趣，一个原因是编选这本书的人编得好，更重要的原因是，古代的小说本身就写得很有趣。

陶陶：古代的小说里，都写了什么呀？

晓丹姐姐： 这就要先谈到古人的信仰了。按照大文学家鲁迅的说法，中国人本来就有巫术信仰，巫就是巫婆巫师的巫，也就是说，我们会相信某种超自然能力的存在，相信这种能力可以控制其他的人和事。秦朝汉朝的人也相信神仙的存在，西汉末期佛教传入中国后，佛教信仰和巫术、神仙这些信仰相结合，产生了特别多的记录鬼神故事的书。

陶陶： 我问过爸爸妈妈，他们说世界上根本没有鬼。

晓丹姐姐： 是啊，现代科学进步了，很多人不相信鬼神这种说法了。不过古时候的人，认为鬼神确实是存在的，所以古代那些写小说的人并不认为自己在虚构故事，他们写起鬼神故事来特别认真。还有一点，无论在哪个时代，人们都特别喜欢讲鬼神故事，所以那些作者写起小说来也会添油加醋。这样一来，古代就产生了一大堆又神奇又好看的志怪文学。

元元： 我们书上有一篇课文，叫作《宋定伯捉鬼》，是东晋志怪小说集《搜神记》里的一篇，讲的就是一个人在路上遇到了鬼，一路上和鬼斗智斗勇的故事，很有意思！

晓丹姐姐（笑）： 嗯，不过啊，志怪文学还是没有唐宋时代的传奇好看。

陶陶： 晓丹姐姐，传奇又是什么呀？

晓丹姐姐： 传奇是一种小说文体，专门指唐代流行的一类文言小说。这类小说的名字，常常叫什么什么记，或者什么什么传（zhuàn），比如《李娃传》《莺莺传》。传奇记录的是一些奇闻异事，但写得比志怪小说更复杂，故事更曲折，词语更优美，篇幅也更长。传奇的作者会把自己的各种才华都表现在传奇小说中。

元元： 那唐代的传奇看起来肯定更有意思。

晓丹姐姐： 是呀，看唐代传奇时，我们会觉得它既有诗歌的美感，又有历史书的故事性，还有作者自己思想的表达。我小时候的作业不是很多，在放学之后吃晚饭之前的那段时间，我会经常看三四页唐代传奇，读了之后感觉真是余味无穷。

元元： 为什么唐代的人能写出这么好看的传奇呢？

晓丹姐姐： 元元的问题特别好。按照著名的历史学家陈寅（yín）恪（què）先生的说法，唐代的科举考试还不像后来的科举考试那么正规，考官是可以看见考卷上考生的姓名的。对于考生来说，在正式开考之前，让考官记住他的名字，给他留下深刻印象很重要。所以，唐代的考生就把自己平时写作的诗文编成册子，提前交给那些在政治上和文坛上有影响的人，让他们推荐自己。这个用作品打动别人，让别人推荐自己的过程叫作"行（xíng）卷（juàn）"，行就是行使的行，卷是卷子的卷。

元元： 考试之前，还要先求关注求推荐，这也太有意思了。我知道，唐代的大诗人也参加科举考试。他们也会"行卷"吗？

晓丹姐姐： 有些人是的，比如白居易年轻时就曾经向当时的官员、大诗人顾况行卷。顾况看到白居易的名字，就开他玩笑，"你叫白居易，可是长安米贵，白居不易呀"，意思是长安城可不是那么容易待下去的。不过，顾况在看完白居易行卷的诗之后，就改口赞叹道："能写出这样的诗句，想在京城白居也是很容易的啊！"你们看，这就是一次成功的行卷。

元元：那这个行卷和唐代的传奇有什么关系呀？

晓丹姐姐：我们设想一下，那些考官平时都很忙，每天都有很多人把自己平时写的文章交给考官看，考官不是很烦吗？为了让考官愿意看，考生们就发明了写传奇。选一个生动有趣的故事，然后把自己写作历史、讨论政治、创作诗歌的才华，都体现在一篇传奇中，这样考官们既有兴趣看，也能够了解考生的水平。一篇传奇要在一堆无聊的应试作业中脱颖而出，吸引考官的注意力，那必须写得非常有趣。

元元：原来是这样啊。对了，您刚才提到"唐宋传奇"，宋朝人也写传奇吗？

晓丹姐姐：对，唐宋两代都有传奇。唐代之后，用传奇来行卷的方法不存在了，不过传奇还在继续写。宋代的传奇似乎比唐代传奇少了一些诗意，多了一些篇幅更长、与历史更相关的内容。比如我们现在知道的唐玄宗时期杨贵妃的故事，很多都来自宋代人写的一部传奇，叫作《杨太真外传》，太真就是杨贵妃的号。

元元：那宋代之后呢，还有传奇吗？

晓丹姐姐：到了元代、明代、清代，这些志怪传奇的文言小说虽然还有人在写，但是白话的市井小说成了主流。这些小说写的内容已经不再是奇闻异事了，而是市井生活，东家长西家短。比如，这家怎么发财的，那家的花园如何被恶霸占了。这些小说虽然语言是白话的，比较容易理解，但对于小朋友来说，就没有唐宋传奇那么吸引人了。

元元： 我明白了。不过，晓丹姐姐，我们平时上学文言文也接触不少了，还有必要专门读古代文言小说吗？除了读起来有趣，读文言小说还有什么用呢？

晓丹姐姐： 这个问题很重要。我们先休息一下，一会儿再接着讲怎么样？

元元、陶陶： 好的。

【文学知识卡】

◎ 古人认为鬼神是真实存在的，西汉末佛教传入中国后，佛教信仰和巫术、神仙信仰结合，产生了大量写神仙鬼怪的志怪文学。

◎ 传奇是唐代流行的文言小说文体，是参加科举考试的考生为行卷而发明的。传奇记录的是一些奇闻异事，传奇的作者会把自己的各种才华都表现在传奇小说中，传奇既有诗歌的美感，又有历史书的故事性，还有作者自己思想的表达。传奇比志怪文学更复杂曲折，更好看。

◎ 唐代的考生把自己平时写作的诗文编成册子，提前交给那些在政治上和文坛上有影响的人，让他们推荐自己。这个用作品打动别人、让别人推荐自己的过程叫作"行卷"。

◎ 元、明、清时期，白话的市井小说成了主流。这些小说写的内容不再是奇闻异事，而是市井生活。

【思考时间】

◎ 你最喜欢的一个中国妖怪是谁？说说他的故事。

13

古代文言小说：连猜带蒙地读，好处多多

古代文言小说，除了读起来有趣，还有几个你意想不到的好处。听了晓丹姐姐的讲解，你可能迫不及待地要找几本古代文言小说读一读。

元元： 晓丹姐姐，您接着给我们讲讲，为什么您建议我们小孩儿也要读古代文言小说？

晓丹姐姐： 对你们来说，读古代文言小说有几个好处。第一个好处我刚才提到了，可以帮助你们比较容易地去理解文言文。现在小学中学的语文课本里，文言文的总量已经增加了，不过语文课上，老师是用精读的方法来教你们读文言文的。精读就是要一字一句地对文言文进行分析，还要了解其中的各种文言常识。

元元： 确实是这样，每次讲到文言文的时候，老师都讲得很细致。晓丹姐姐，和精读对应的，还有一种阅读方式，是叫泛读吧？

晓丹姐姐： 元元说得对。泛读的泛，是广泛的泛。泛读要求我们在一定的阅读速度下，对作品有整体的理解，而不要求我们逐字逐句地去分析文章。其实，如果我们能有比较多的文言文的泛读经验，就相当于我们给自己积累了一个巨大的数据库。虽然我们不需要对这个数据库中的所有内容进行精细的了解，但是当我们面对一个具体的文言方面的问题时，这个数据库就可以给我们提供很多经验材料。

陶陶： 哇，这个数据库听上去很酷！

晓丹姐姐（笑）： 要想拥有这样的数据库，首先我们得有数据，也就是说要多读文言文。古代也有立志抒情类的散文，但我猜，这些散文不太能吸引你们这些中小学生，反倒是那些讲述奇闻异事的志怪传奇，能让你们有耐心越过文言文的障碍，"连猜带蒙"地读下去。

元元： 哈哈，还是晓丹姐姐了解我们。那读文言小说，还有什么别的好处呢？

晓丹姐姐： 读文言小说的第二个好处就是，你们可以熟悉典故，了解古代生活的方方面面。比如我小时候看的那本《古小说选》里有六十个故事，其中有昭（zhāo）君出塞、文君卖酒的故事，也有汉武帝和李夫人的故事，杨玉环、花木兰的故事。这些故事都是作为历史典故存在的。如果你不熟悉最基本的典故，那即便读了诗词，也读不出味道来。

陶陶： 典故，是什么意思呀？为什么不懂典故，连诗也读不好呢？

晓丹姐姐： 在很多诗词里都有古代的故事传说，只不过当这些故事在诗词中出现的时候，不会被写得这么长，常常只是用两三个字来代表整个故事，这两三个字就是我们常说的典故。比如宋词中有一个词牌，就是一种固定的曲调，叫《阮（ruǎn）郎归》。《阮郎归》讲的是刘晨、阮肇（zhào）一起到天台山遇到仙女，后来又从天台山归来的故事。这个故事在传奇小说里就有，如果你读过，就能更好地理解《阮郎归》这个词牌。

元元： 嗯，我们现在读的书里，如果遇到这样的典故，大部分会有注解的。

晓丹姐姐： 如果书上注解《阮郎归》，一般会这么写：有两个人，一个叫刘晨，一个叫阮肇，他们到天台山去采药。路上他们碰到了两个仙女，仙女请他们住下来，于是他们就在天台山里和仙女一起生活了半年。等他们厌烦了山里的生活回到故乡的时候，才发现故乡早已物是人非。再一问，原来人间已经经过了七代人了。

陶陶： 啊？他们是怎么碰到仙女的，仙女住的地方是什么样的啊？

晓丹姐姐（笑）： 要想知道这些，我们就得去看志怪小说集《幽明录》中的《刘阮入天台》了，那里面有很多细致的描写，但诗词的注解里一般就只有干巴巴的解释。

陶陶： 您快给我们讲讲，小说里是怎么写这个故事的。

晓丹姐姐： 小说里写的是，刘晨、阮肇进入天台山采药，在山里迷路了十三天，几乎要饿死了。忽然，两个人看到山崖上有一棵大桃树，树上结满了果子。于是，他们就爬到山崖上，吃了这些果子。之后这两个人就再也不觉得饿了。等到他们想下山的时候，忽然看到山中有一条小溪，小溪上漂着新鲜的大头菜叶子，还漂着一个杯子，杯子里还有带着芝麻的米粒。他们就这样找到了仙女居住的地方，看到了仙女华丽的闺房。那闺房的屋顶覆盖着筒瓦，床上挂着红罗帐，悬着金银交错的铃铛。

陶陶： 哇，我也想住这样的房子。

晓丹姐姐（笑）： 你们看，这些细节只有小说里有，注解里是不会有的。虽然小说所讲的并不是事实，却可以大大加深我们对典故的感受，拓展我们对典故的理解。

元元： 我知道了，如果我们看过很多这样的文言故事，那么遇到典故时我们就能明白，作者到底想表达什么了。

晓丹姐姐： 没错。我们接着说，阅读文言小说的第三个好处是，通过读这些本身就有诗意的小说，我们可以理解中国诗歌的意境。一般来说，诗歌的意境是难以言说的，只能靠我们自己多读，才能慢慢地感受和领悟。

元元： 嗯，我们老师上课讲诗歌的时候，也常常提到意境这两个字。

老师说，诗歌的意境从字面上是看不出来的，需要自己去体会。有时候读同一首诗，我们班有些同学就能读出意境来，有些同学却怎么读都读不出来。

晓丹姐姐：是啊，对诗歌没什么兴趣的人，即便大声朗读诗歌，也是有口无心，很难体会到诗歌的"言外之意"。可是文言小说，特别是唐代传奇，用具体的故事来表达意境，故事本身又很有趣，可以帮助我们更好地去体会诗歌中的意境。

元元：用小说中的故事，来体会诗歌中的意境？我还是没太明白。

晓丹姐姐：还是拿我儿时的经历给你们举个例子吧。小时候我读过一个故事，叫作《袁氏传》。有一个叫孙恪（kè）的人，有一天忽然遇到一个特别美丽的女子。这个女子姓袁，父母都去世了。后来孙恪和袁氏结婚，在一起生活了十几年。他们生了两个孩子，孙恪还当上了大官。最后他们一起在江上坐船，要去孙恪任职的地方，半路上在一个寺庙里借住一晚。这晚，江边的松树上，有一群猴子发出了悲哀的叫声。袁氏听了也很悲哀，于是她在寺院的墙上题了一首诗，之后就变成一只猴子，长啸一声，跳上树走了。她一直爬到深山里，才回头看了看孙恪和孩子们。

陶陶：啊，这袁氏难道是一只猴子变的？

晓丹姐姐：没错，袁氏其实是一只特别聪明的猴子，它当年成精变成了人形。那天她和孙恪走到半路，恰好回到了故乡。听到其他猴子啼叫，看到那些深山和古树，她最终选择了自由，放弃了人间的生活。我看到这个故事的时候，恰好是猴年。我家有一本挂历，就是那种挂起来使用的日历。挂历上每一页都是水墨画的猴子，其中有一页的题词是一句诗，"远寻红树宿，深向白云啼"。

陶陶： 这句诗是什么意思啊？

晓丹姐姐： 讲的是一只猴子去寻找它的自由。它到哪里去找呢？为了寻找心灵的家乡，它翻越千山万水，去寻找一棵在秋天树叶会变红的古树。为了寻找心灵的家乡，它向白云生处，到比远更远的地方去啼叫、去寻找。这句诗讲的是一种对心灵自由的追求和对回归自然的渴望。如果光读这句诗，读不出来它想表达的意思，而我恰好读了那篇《袁氏传》的传奇，于是便明白了。

元元： 我懂了，因为看了《袁氏传》，您体会到了挂历上诗句的含义。这就是您说的，传奇可以帮助我们了解诗歌的意境。

晓丹姐姐： 对，其实唐宋传奇中，差不多每篇都夹杂着诗歌。借助这些传奇本身的故事和语境来理解这些诗歌，就能够提升我们对诗歌的阅读能力。

陶陶： 原来读古代小说有这么多好处啊，晓丹姐姐，我也想看你讲到的两本书。

元元： 对，我也想读《古小说选》和《唐宋传奇集》。

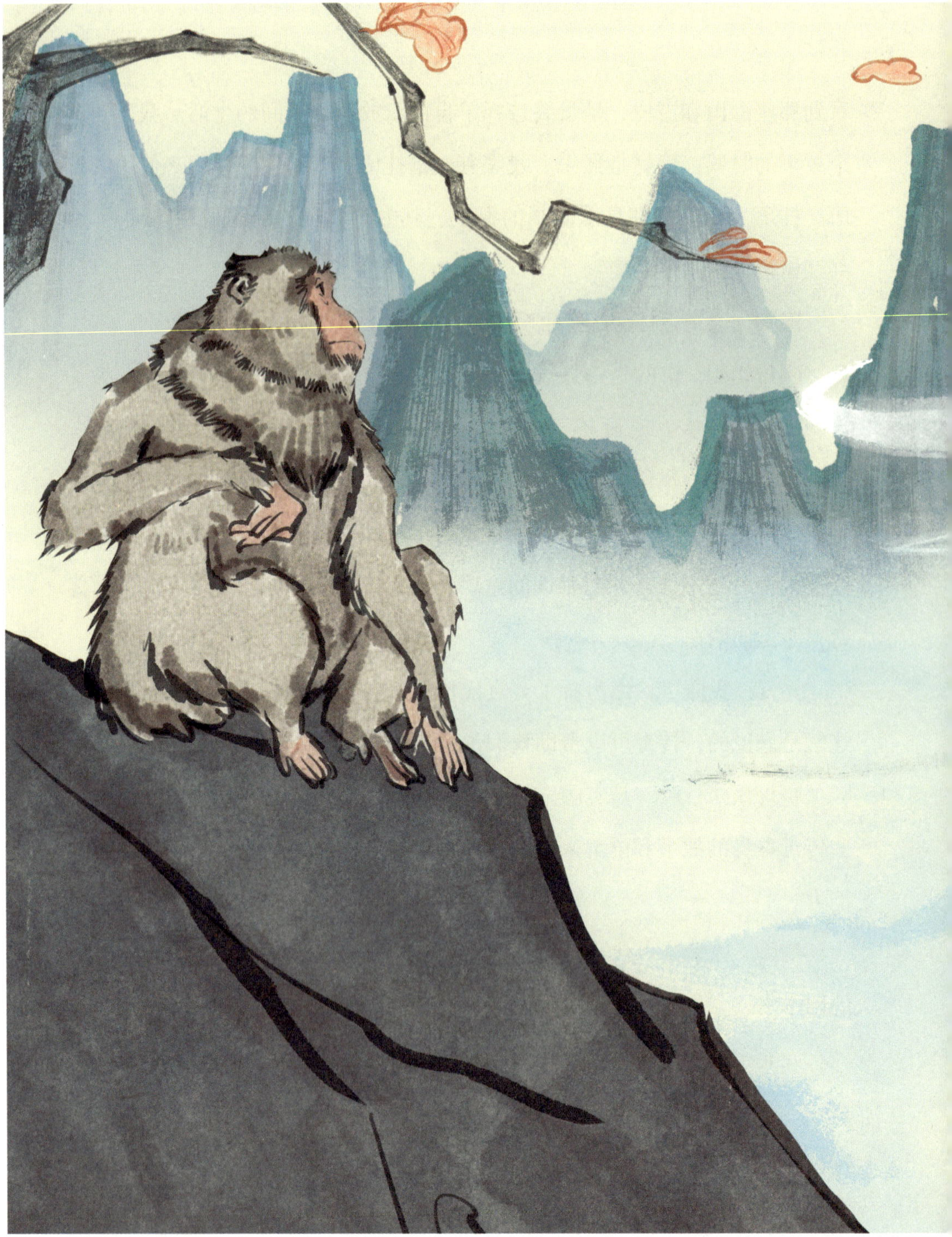

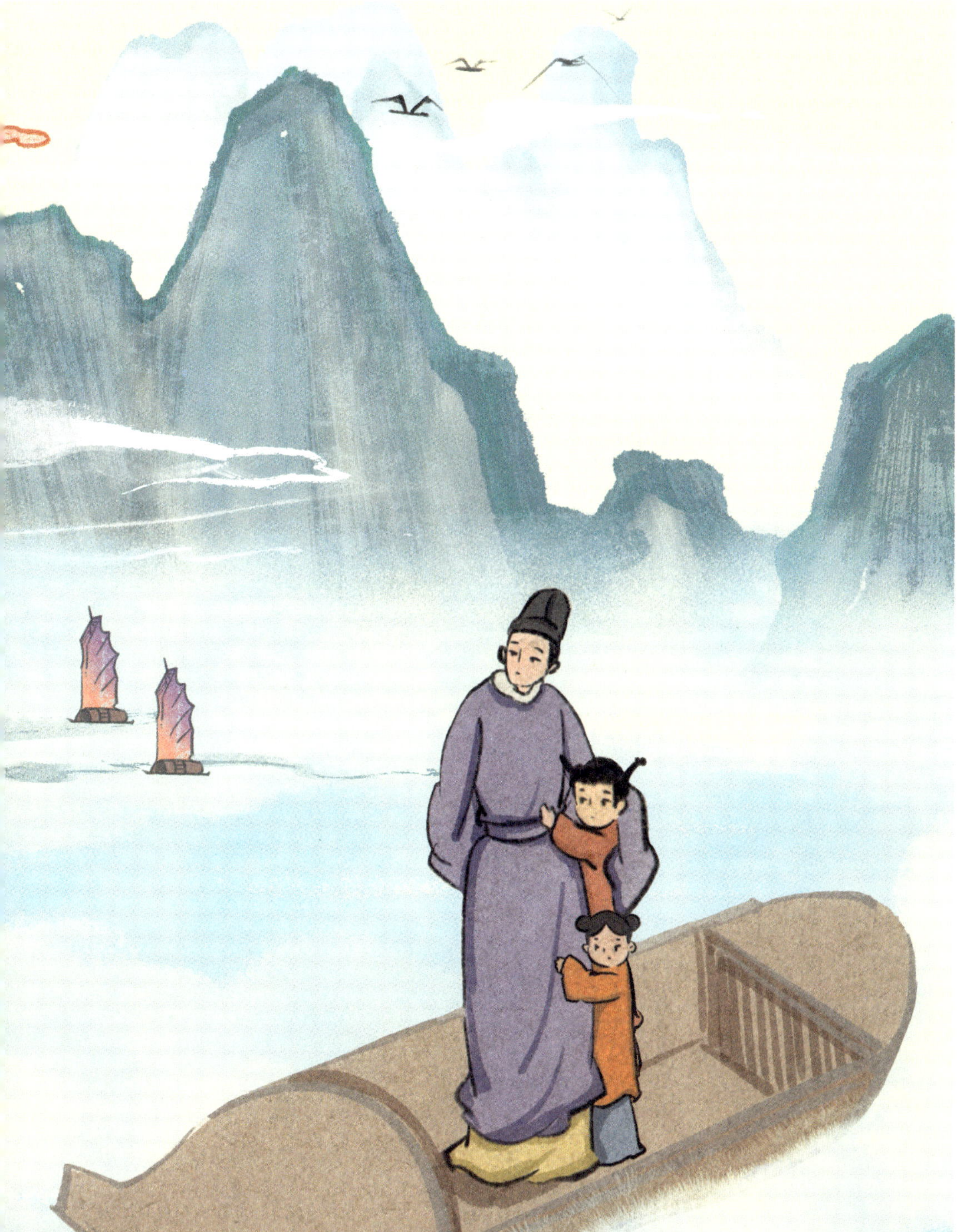

晓丹姐姐： 我小时候看过的《古小说选》，现在不太容易找到了。不过你们可以去看看鲁迅编的《唐宋传奇集》，这本书收录了最经典的四十八篇唐宋传奇。还有上海古籍出版社出的《唐宋传奇集全译》，也是带有白话文翻译的版本。借助白话文的翻译，你们可以连猜带蒙地去读懂那些文言文。这样就不会觉得文言文枯燥、难懂了。你们会像我小时候一样，自然而然搞定文言文。

元元： 太好了，我要赶紧去读读《唐宋传奇集》，把自己的文言文数据库尽快建起来，以后遇到文言文，就不会太头疼了。

晓丹姐姐： 这也是我的希望。好了，今天时间不早了，我们就先讲到这吧！

元元、陶陶： 好的，晓丹姐姐下次见！

【文学知识卡】

◎ 读古代文言小说的三个好处：第一，积累文言文的阅读经验，更容易理解文言文。第二，熟悉典故，加深对典故的感受和理解。第三，阅读有诗意的传奇小说，能更好地体会诗歌的意境。

【思考时间】

◎ 因为某种类型的书读多了，后来遇到新的书，你不需要读完就能猜个八九不离十。这种经历你有过吗？

【推荐阅读】

1.《唐宋传奇集》，鲁迅校录，蔡义江、蔡宛若译，浙江文艺出版社，2018年

2.《唐宋传奇集全译》，鲁迅校录，杜东嫣译，上海古籍出版社，2014年

14

《太平广记》：古代人的奇妙脑洞

古人很有想象力，《太平广记》这部中国古代故事总集，就是一部脑洞很大的书。《太平广记》前面有很大一部分写的是神仙鬼怪，后面一百多卷写了动物、植物、自然万物、宝物、龙，还有外国人的故事。故事又短又有趣，读起来特别好玩。

元元： 晓丹姐姐，上次您讲的《唐宋传奇集》，我已经开始看了，那些故事真的很有趣。古时候还有哪些有意思的书啊，您再多给我们讲讲吧！

晓丹姐姐： 好啊，没问题。元元、陶陶，我先来问问你们，你们看过哪些童话故事或是魔幻故事呀？

陶陶： 童话故事我看过很多啊，灰姑娘的故事，还有动画片《冰雪奇缘》。

元元： 我刚看了全套的《哈利·波特》，这应该算是魔幻故事吧！

晓丹姐姐： 嗯，你们刚才说的这些都是外国的童话或故事。有时候我们会认为，和西方相比，我们中国的童话故事没那么多。但其实，中国的古人是很有想象力，很有脑洞的。今天我就给你们介绍一部脑洞很大的书，叫作《太平广记》。我先给你们讲讲这部书里的故事吧，看看是不是你们喜欢的类型。

陶陶： 好呀，又到了我最喜欢的故事时间。

晓丹姐姐（笑）:《太平广记》里有一些故事是专门讲"草"的，就是花花草草的草。有一种草，在这部书里是这么写的，"常山北有草，名护门。置诸门上，夜有人过，辄（zhé）叱（chì）之"。什么意思呢？就是说，有一种草长在常山的北面，叫作护门草。为什么要叫护门草呢？因为如果你把这种草放在门上，白天的时候，它看起来很平常，但是到了夜里，只要有人经过这个门，这种草就会开始骂人，于是坏人就不敢接近这个门了。

元元： 哈哈，我以前只听说过看家狗，没想到还有护门草。

晓丹姐姐（笑）： 还有一种草，叫作跳舞草。《太平广记》上说，这种草只有三片叶子，一片在顶上，另外两片对称地长在茎的中间。顶上的那片叶子就好像是一个头，旁边的两片叶子就好像左右手一样。如果有人走近这种草，它就会开始晃动；如果人对着这个草唱歌，它就会开始跳舞。

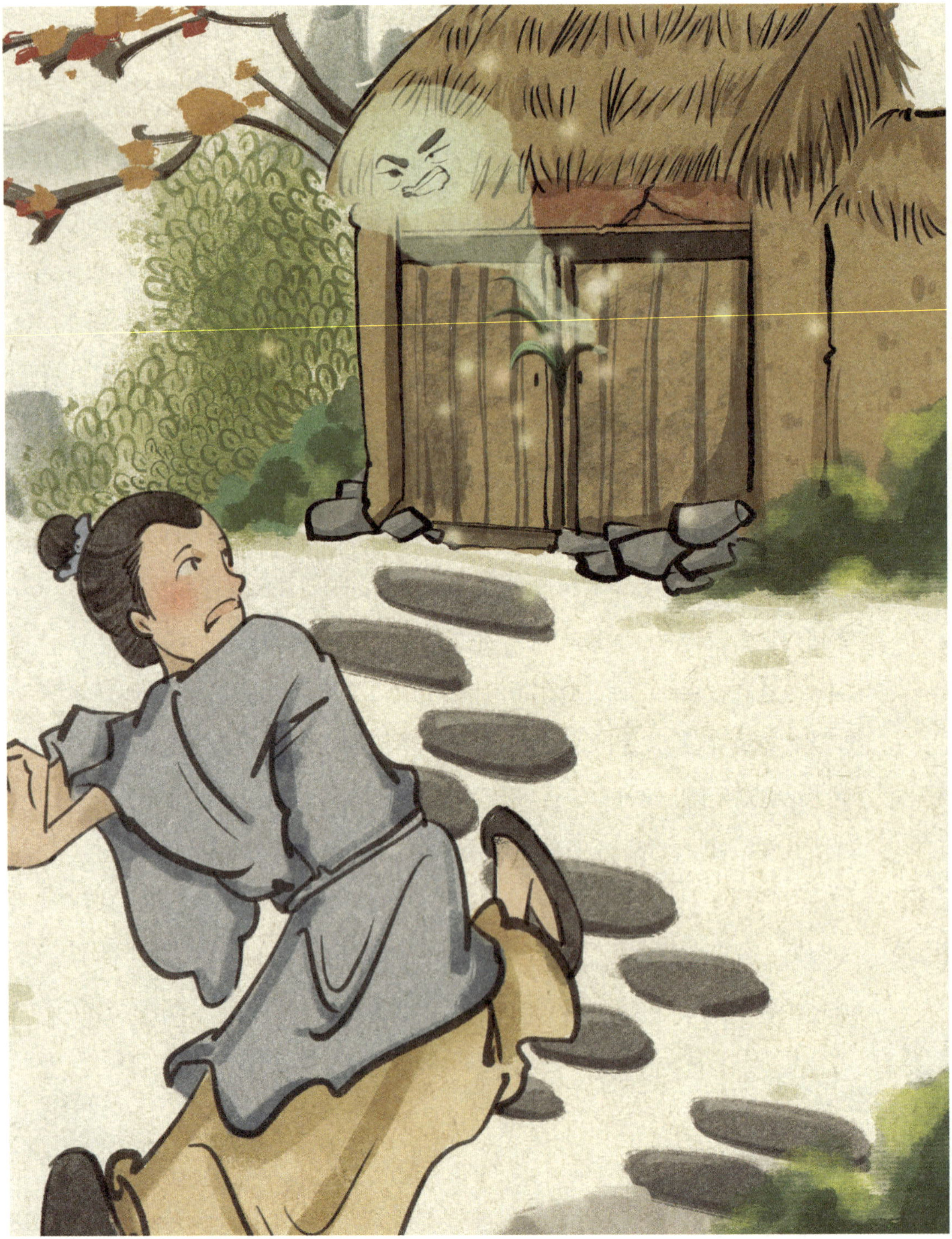

陶陶： 会跳舞的草，哈哈，太好玩了！

晓丹姐姐： 还有梦草，也好玩。《太平广记》上写，梦草是汉武帝时外国人进献的。这种草很神奇，它白天会缩到地底下去，晚上又会从地里面长出来。这个梦草有什么用呢？只要把梦草放在怀里，你想梦见什么就会梦见什么。所以汉武帝的宠妃李夫人死了之后，他就把这个草放在怀里，他想梦见李夫人的时候，就能梦见李夫人了。

元元： 护门草，跳舞草，还有梦草。《太平广记》上一共写了多少种草呢？

晓丹姐姐： 几百种呢，而且每一种都很神奇。

陶陶： 哇，《太平广记》到底是什么样的书啊？怎么写了这么多好玩的故事？

晓丹姐姐：《太平广记》是一本中国古代的故事总集。在唐朝末年的战乱中，有很多书丢失了，剩下来的书也大多残缺不全。后来，宋朝的皇帝宋太宗召集了当时最有文化的十四个大臣，一起把从汉代到宋朝初期的故事全部编成了一部总集，这就是《太平广记》。《太平广记》有五百卷，总共有几千个故事。当时为了编《太平广记》，人们引用了四百多部书。可惜的是，这些书大多没有流传下来。幸好有《太平广记》，收录了书中的故事，我们今天才能看到这些有意思的东西。

元元： 原来《太平广记》里有古代好几个朝代的故事，真是太宝贵了。

那除了草的故事，这部书里还写了什么故事呢？

晓丹姐姐：这部书里的故事，绝大多数是神仙故事、精怪故事和狐仙故事。有的精怪故事让人读起来莫名其妙，比如书上写一种花，"大食西南二千里有国，山谷间，树枝上生花如人首，但不语。人借问，笑而已，频笑辄（zhé）落"。意思是说，大食国西南二千里有一个国家，那里有一种花，长得像人头，人问它路，它就嘿嘿一笑，笑多了，这人头一样的花就掉下来了。

元元：嗯……这个故事……

晓丹姐姐（笑）：让人莫名其妙吧？我每次讲给别人听，他们反应都和元元差不多，大家都搞不懂这个故事要说什么。

陶陶：对呀，要说什么呢？

晓丹姐姐：这个故事没要说什么，就是在讲一个当时的人认为真实存在的花。咱们之前聊古代文言小说的时候我讲过，古时候的人认为鬼神是真实存在的，所以他们写这些故事是很正经的，觉得自己是在写真实的事情，不是在虚构。他们认为，世界上就是有这样的花、这样的草、这样的神仙鬼怪。

陶陶：也有神仙鬼怪的故事？

晓丹姐姐：《太平广记》五百卷里，最前面很大一部分都是讲神仙鬼怪的。《太平广记》的第一个故事，是老子的故事，就是写《道德经》的那个老子。《太平广记》把老子归在神仙类里，所以这个故事也特别神奇。

陶陶： 您快讲讲。

晓丹姐姐：《太平广记》里说，老子的母亲看到空中有一颗流星飞过，然后就怀孕生下了老子。老子的出生也很不容易，他的母亲怀孕七十二年之后，把左边的胳肢窝切开，才生下了老子。因为老子在妈妈子宫里待的时间实在太长了，所以他一生下来就白发苍苍，于是起名叫作老子。

元元： 我们书上说，老子姓李。他的本名并不叫老子。

晓丹姐姐： 在《太平广记》里，老子姓李这个事的解释是，老子一生下来就会说话，他看到旁边有棵李树，就说，那我就姓李吧……

元元： 这故事真把老子写成神仙了。

晓丹姐姐： 是呀，不过我小时候，并不是很喜欢《太平广记》里神仙和仙女的部分，我更喜欢看从三百九十三卷开始的一百来卷，也就是整部书后五分之一的部分。

陶陶： 后五分之一，还有一百来卷啊。这要是看的话，什么时候才能看完啊？

晓丹姐姐： 哈哈，你们不要一听上百卷就害怕了。古时候的一卷书没有多少，因为那时候的书字很大，行与行之间空很多。像是《太平广记》的五百卷，现在被出版社编辑出版的版本，也就十册左右。我小时候喜欢看的这一百来卷，大概就是现在版本的最后两本。

元元： 您为什么不喜欢看前面的三百多卷啊？

晓丹姐姐： 因为前面那些神仙故事，有时候看起来挺麻烦的，涉及很多时代背景和那些神仙的人生。比如他是怎么成仙的，他成仙之后干了什么好事，他和皇帝的关系又如何，写写就很长了。

陶陶： 那您爱看的那些，是什么故事呢？

晓丹姐姐： 从第三百九十三卷开始，有七卷写的是雷、雨、山、石、水的故事，紧接着有六卷写的是宝物的故事，十二卷写的是草木的故事，还有八卷写的是龙，八卷写的是老虎，九卷写的是狐狸，七卷写的是昆虫，九卷写的是水里的动物，四卷写的是外国人，最后还有十几卷乱七八糟不能归类的故事。这些故事通常又短又有趣，脑洞不但开得很大，而且还是往四面八方开的，你根本看不出来这个故事有什么教育意义，但是故事本身就很好玩。

陶陶： 我就喜欢这样的故事，您再讲个好玩的故事给我们听听吧！

晓丹姐姐： 好，那我再讲一个雷的故事吧。你们小时候，是不是也害怕打雷？

陶陶： 是呀，一打雷我就吓得躲进被窝里。

元元： 我小时候一遇上打雷，就会赶紧把耳朵捂上。

晓丹姐姐： 我有个朋友的孩子上幼儿园小班，上次我去他们家吃饭，正好打雷，这个小朋友也很害怕，他不停地问爸爸，打雷是什么，然后他爸爸就很费劲地给他讲了雷电的科学原理。你们想知道《太平广记》里是怎么写打雷的吗？

陶陶： 想！

元元： 您快说说。

晓丹姐姐： 话说晋代有一个人，夏天在田地里干活。这时正好打雷了，他就躲到桑树下去避雨，可是雷偏偏追着他要来打他。他没有办法，只好用锄头和雷对打，结果他打赢了，雷打输了。

元元： 哈哈，雷打输了？那是什么样子啊？

晓丹姐姐： 我一猜你们就想知道。书上说，打输了的雷，长着猴子的脑袋、驴的身体，眼睛像镜子，嘴唇像朱砂，雷的头上长着三尺长的角，而且胳膊还被晋代的那个人给打断了。

陶陶： 这样的雷太搞笑了。我小时候要是有人这么给我解释，我肯定就不会害怕打雷了。

元元： 晓丹姐姐，你刚才说《太平广记》里还有写宝物的？

晓丹姐姐： 是呀，你们是不是对宝物特别感兴趣？

陶陶： 肯定呀。

晓丹姐姐： 好，那我们先休息一下，吃点水果，一会儿就给你们讲宝物的故事好不好？

元元、陶陶： 好！

【文学知识卡】

◎ 《太平广记》是一本中国古代的故事总集。在唐朝末年的战乱中，很多书丢失了，剩下来的书也大多残缺不全。宋朝的皇帝宋太宗召集了当时最有文化的十四个大臣，一起把从汉代到宋朝初期的故事全部编成了一部总集，这就是《太平广记》。

◎ 《太平广记》有五百卷，总共有几千个故事。当时为了编《太平广记》，人们引用了四百多部书。这四百多部书大多没有流传下来。幸好有《太平广记》，我们今天才能看到这些有意思的东西。

【思考时间】

◎ 结合你的历史知识，想一想宋太宗要有怎样的物质和文化条件，才能编出《太平广记》这样一部大书？

【经典赏析】

护门草

常山北有草，名护门。置诸门上，夜有人过，辄叱之。

【译文参考】

常山北有一种草,名叫护门草。把它放到门上,夜间有人通过,它就发出呵斥声。

译文参考出处:《太平广记》,李昉等编,高光、王小克主编,

中华书局,2021 年

15

中国古代的《哈利·波特》

《哈利·波特》是孩子们喜欢的现代魔幻小说。这部小说不是J.K.罗琳的大脑凭空构想出来的,而是来源于整个英国古典文学。如果你想写一部中国的魔幻小说,也有一个集合了法术、宝物、神奇精怪的中国古典宝库可以用,那就是《太平广记》。

陶陶: 晓丹姐姐,您快给我们讲讲《太平广记》里那些"宝物"的故事吧。

晓丹姐姐: 好。这么着急想听,我猜你们很喜欢各种法术和宝物的故事吧?

元元: 是啊,《哈利·波特》就是。伏地魔有魔杖,哈利·波特也有魔杖。各种魔杖的法力不一样,特别酷!

晓丹姐姐：《哈利·波特》是非常优秀的西方文学作品，一会儿我还要好好讲讲它。现在我最想说的是，其实啊，我们中国古典文学里关于法术和宝物的描述一点都不比西方文学差。比如《太平广记》，这部书里提到的宝物太多了。我就给你们简单讲两个宝物的故事吧。

陶陶： 太好了，晓丹姐姐快讲。

晓丹姐姐： 这第一个故事说的是，如果你在书里看到一个头发卷，而这个头发卷和普通的头发不太一样，它找不到头发的两端，只能看到一个封闭的环，那你就一定要小心了。因为这个头发卷可是一个宝物，它的名字叫作脉望。

陶陶： 脉望，是哪两个字啊？

晓丹姐姐： 脉是脉搏的脉，望是希望的望。

元元： 那这个脉望有什么用呢？

晓丹姐姐： 如果你拿到了脉望，就要在夜晚用这个头发卷对准天空中间的那颗星星看，这时会有一个使者从星星走下来，给你一颗仙丹。你吃了仙丹就能变成神仙。

陶陶： 哇，这么厉害，这个脉望是哪来的呀？怎么会在书里？

晓丹姐姐： 陶陶问得好。脉望之所以会在书里，是因为它是专门吃书的虫子变的。这种吃书的虫子，我们把它叫作蠹（dù）虫。如果我们现在翻开一本古书，看到上边有虫子啃过的歪歪扭扭的痕迹，那就是蠹虫啃的。可是，蠹虫也不是随随便便就能变成脉望的。在蠹虫的一生中，它要三次正好吃到"神仙"这两个字，才会变成让人成仙的头发卷。

元元： 哈哈，要真有这样的事儿就好了。

晓丹姐姐： 是呀，这是个非常美好的故事，不同时代的人完全可以根据不同的知识背景来理解。比如生活在古代的人，他们可能更多地把脉望当成是一种宝物。

元元： 嗯……我觉得脉望就是一个能和外星人保持联系的通信工具。它把人类、书、外星人，还有神仙联系在一起了。这么一想，这个故事好厉害，很有深意，感觉都可以拍成一部科幻电影了。

晓丹姐姐： 是啊，这样的故事肯定有一个复杂的发展过程，不是靠一般的胡思乱想就可以写出来的。

陶陶： 晓丹姐姐，您说过要给我们讲两个宝物的故事，还有一个呢？

晓丹姐姐： 这第二个故事，也是《太平广记》里一类故事的代表。它们表现了当时唐代中国和周边国家的交往关系。故事里说，一个人得到了一颗黑色的大珠子，有一天他去长安，遇到了一个外国人。没想到，这个外国人愿意用自己所有的财产来换这颗珠子。

陶陶： 为什么呀？这颗珠子很厉害吗？

晓丹姐姐： 这个人也觉得很奇怪，他就问那个外国人：什么珠子值得你花这么多钱呢？外国人说，这颗珠子是他们国家的国宝。把这个珠子放在浑浊的水里面，水就会变清。自从三年前丢失了这个国宝之后，他们国家所有的泉水都变浑浊了，没办法喝。所以，他们国家派他到中国来寻找这颗珠子，已经找了三年了。

元元： 那后来呢？这么珍贵的珠子，就给这个外国人了？

晓丹姐姐： 是呀，珠子给他了。这就是中国寻宝故事的特点。你们肯定有印象，西方的寻宝故事里，主人公常常需要克服很多困难才能找到宝物，而且宝物一旦被找到，就会回到它原来的地方，之后世界重新获得秩序，故事也就到此结束了。

元元： 嗯，还真是这样。那我们中国的寻宝故事有什么不同呢？

晓丹姐姐： 比如在《太平广记》里，这类寻宝故事中的宝物常常是主人公无心得到的，而且主人公似乎并不在意拥有这个宝物。他只是让宝物在手上过了一遍，在生命中出现了一瞬间，之后宝物就流到下一个未知世界中去了。所以，《太平广记》里的这些寻宝故事，也构造了一种中国式的充满诗意的审美，那就是一种对不确定性、对变化的世界的接受。

元元： 您讲的这些，让我想起了我爸妈总说的一句话——这世界上唯一不变的就是变化本身。

晓丹姐姐（笑）： 对了元元，刚才你提到《哈利·波特》，我也挺喜欢看的。

元元： 是吗？那七部小说里，您最喜欢看第几部？

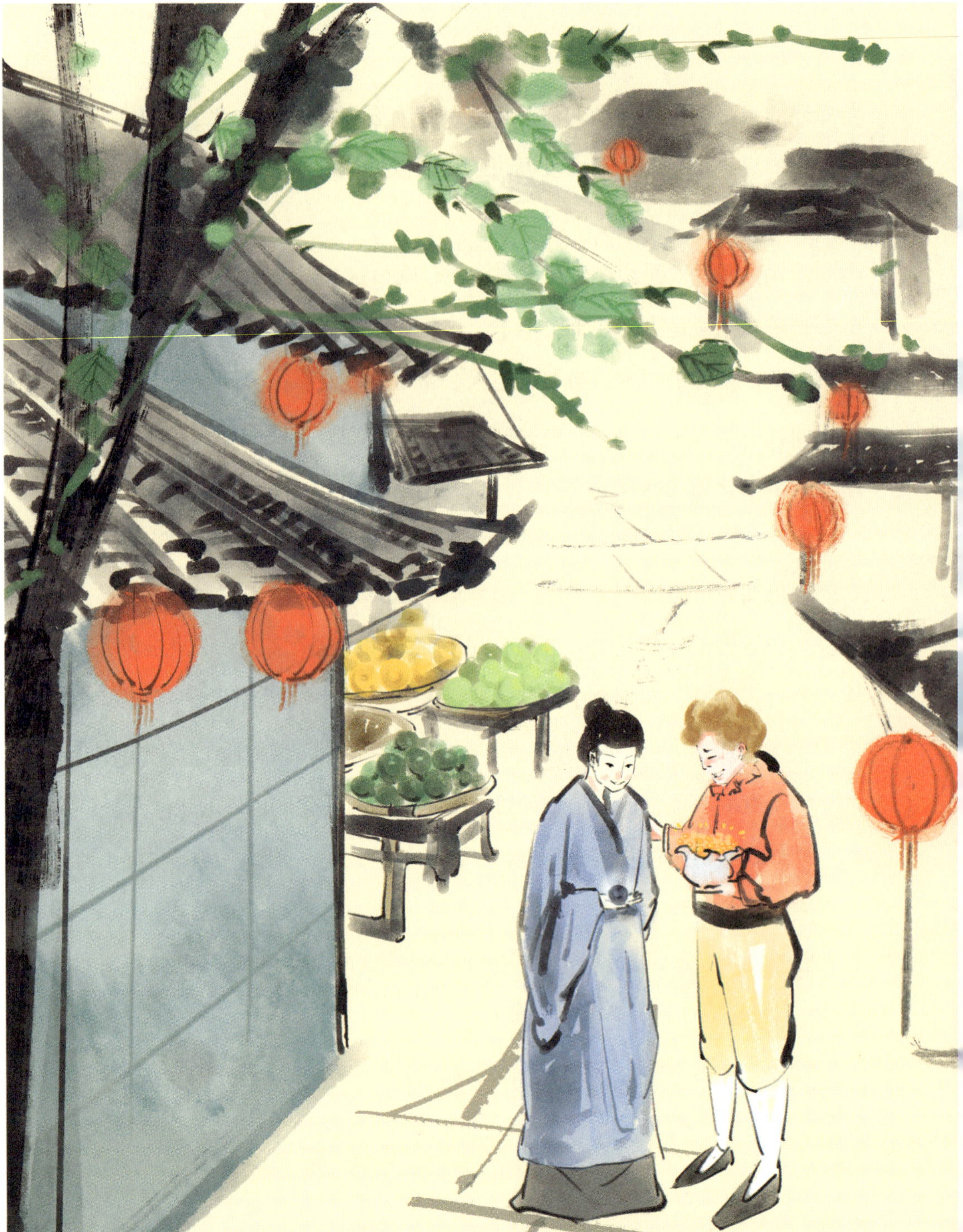

晓丹姐姐： 哈哈，这个问题我可得好好想想。不过，一个好故事，有时候吸引我们的不仅仅是故事的主线，还可能是故事中间随时出现的彩蛋。比如说，我除了喜欢看《哈利·波特》的故事情节，还喜欢看里面提到的那些神奇法术、魔药，还有各个家族的历史。有时候，我一边看一边琢磨，《哈利·波特》的作者J.K.罗琳，是怎么煞有介事地编出这些彩蛋来的呢？

元元： 对，我也有这样的疑问。

晓丹姐姐： 后来我就去找了J.K.罗琳的访谈看。原来她在成为一个魔幻作家前，读的是英国古典文学专业。所以，她上学时学过的很多课程，比如拉丁文课程、讲词语来源的词源学课程、中世纪传说课程，等等，都成了她创作《哈利·波特》的基础。也就是说《哈利·波特》这样一部现代魔幻小说，并不是J.K.罗琳的大脑凭空构想出来的，而是来源于整个英国古典文学。

元元： 原来是这样，那如果J.K.罗琳没有学过英国古典文学，她有可能就写不出《哈利·波特》这么精彩的魔幻小说了。

晓丹姐姐： 是的。所以有时候我在想，如果我们写一部中国的魔幻小说，能够充分运用《太平广记》里的这些资源，在一个宏大的故事架构下，把那些非常精美的法术、宝物、神奇的精怪和国家整合起来，也许就可以构造出一部既古典又现代的魔幻经典。

元元： 看来我要好好读读《太平广记》，说不定以后，我就能写出中国的《哈利·波特》！

陶陶： 那可不一定，也许是我先写出来呢！

晓丹姐姐： 哈哈，好啊好啊，我也好期待看到你们写的故事啊。最后我再来叨唠两句。《太平广记》里实在是有太多故事了，其中也有很大一部分是不好看的。但因为故事的总量很大，哪怕只有三分之一可以看，也是一个宝库了。

陶陶： 嗯，我要赶紧让妈妈给我找到这个宝库。

晓丹姐姐（笑）**：** 你们可以从刚才我讲到的草木的部分开始读，这部分内容比较短，也比较好读。总之，希望你们都能在《太平广记》中找到自己感兴趣的故事。好了，今天时间不早了，元元、陶陶，我们下次再接着讲吧？

元元、陶陶： 好的，晓丹姐姐下次见！

【文学知识卡】

◎ 西方的寻宝故事里，主人公需要克服很多困难才能找到宝物，宝物一旦被找到，就会回到它原来的地方，之后世界重新获得了秩序，故事到此也就结束了。

◎ 中国的寻宝故事里，宝物常常是主人公无心得到的，主人公似乎并不在意拥有这个宝物。他只是让宝物在手上过了一遍，在生命中出现了一瞬间，之后就让宝物流到下一个未知世界中去了。

◎ 《太平广记》的寻宝故事，构造了一种中国式的充满诗意的审美，是一种对不确定性、对变化的世界的接受。

◎ 成为魔幻作家前，J.K. 罗琳读的是英国古典文学专业。拉丁文课程、讲词语来源的词源学课程、中世纪传说课程等，都成为她创作《哈利·波特》的基础。也就是说，《哈利·波特》这样一部现代魔幻小说，其实来源于整个英国古典文学。

◎ 如果在一个宏大的故事架构下，充分运用《太平广记》的魔幻资源，把非常精美的法术、宝物、神奇的精怪和国家整合起来，也许就可以构造出一部既古典又现代的魔幻经典。

【思考时间】

◎ 你能对一个中国寻宝故事和一个西方寻宝故事做出比较吗?它们有哪些有趣的不同?你能找更多的故事来印证你的发现吗?

【经典赏析】

何讽(fěng)

唐建中末,书生何讽尝买得黄纸古书一卷。读之,卷(juàn)中得发卷(juǎn),规四寸,如环无端。讽因绝之,断处两头滴水升余,烧之作发(fà)气。讽尝言于道者,道者曰:"吁(xū)!君固俗骨,遇此不能羽化,命也!据仙经曰:'蠹鱼三食"神仙"字,则化为此物,名曰脉望。'夜以规映当天中星,星使立降。可求还(huán)丹,取此水和而服之,即时换骨上升。"因取古书阅之,数处蠹漏,寻义读之,皆"神仙"字。讽方叹伏。

【译文参考】

何讽

唐建中末年，书生何讽曾经买到黄纸古书一卷。何讽读它时，在书卷中找到一个头发卷，周长约四寸，像一个环而没有接头。何讽就随意地弄断了它，断处两头滴出水有一升多，用火一烧有头发的气味。何讽曾把这事告诉一个道人，道人说："唉！你本是俗骨凡胎，遇到此物不能飞升成仙，这是命啊！据仙经说：'蛀虫几次吃到书页上的"神仙"二字，就变化成了这种东西，名叫脉望。'夜里用这个东西映照天空中运行至中天南方的星宿，星使立刻就会降临。可以求得仙丹，取你弄断脉望时流出的水一起服下，当时就能脱胎换骨，飞升成仙。"何讽听了之后，就取来那古书查阅，有几处蛀虫咬坏的地方，前后对照文义，都是"神仙"二字。何讽这才赞叹信服。

译文参考出处：《太平广记》，李昉等编，高光、小小克主编，
中华书局，2021 年

【推荐阅读】

《太平广记》，李昉等编，高光、小小克主编，中华书局，2021 年

16
《镜花缘》：大作家小时候最喜欢的幻想文学

你读过讲"大人国、小人国"故事的《格列佛游记》吗？中国古代也有一本类似的书，叫《镜花缘》。大作家周作人说，这是他小时候最喜欢看的书。

元元： 晓丹姐姐，最近我在看《格列佛游记》，写一个人到世界各地旅行，见到了好多有意思的事儿，特别好看。

陶陶：《格列佛游记》，是那本有大人国、小人国故事的书吗？我们学校读书节的时候，我听高年级的一个姐姐说过。

元元： 对，就是那本。晓丹姐姐，咱们国家古代有没有类似《格列佛游记》的书呀？

晓丹姐姐： 哈哈，元元问着了，还真有！

陶陶： 啊？那您快给我们讲讲，是什么书啊？

晓丹姐姐： 这本书的名字叫作《镜花缘》，是清朝人写的小说，也写了在世界各地漫游的故事，而且里面也有大人国和小人国的故事。

元元： 这么巧？具体是什么样的故事呢？您快说说。

晓丹姐姐：《镜花缘》大致讲了三个世界的故事：一个是天上的神仙世界，一个是唐朝的现实世界，还有一个就是外国的奇幻世界。

元元： 一本书里写了三个世界的故事？

晓丹姐姐： 对，《镜花缘》里用了一个办法把这三个世界给串起来了。书在开篇写天上的百花仙子得罪了嫦娥，于是嫦娥使了个计策，让百花仙子和她管的一百个仙女都被贬到了人间。

元元： 哦，这样就把天上和人间联系在一起了。

晓丹姐姐： 对。这个时候，人间正好有一个人生不太顺利的读书人叫唐敖，他不能待在唐朝了，就跟他妻子的哥哥、做海外贸易的林之洋一起出海了。于是读书人唐敖、商人林之洋和船夫多九公组成了一支海外探险队伍，把海外的奇幻世界逛了个遍，顺便认识了很多漂亮姑娘，她们每个都是天上的仙女下凡变的。这样一来，本国、外国、天上，这三个世界的故事就串到一起了。

陶陶： 那这三个探险的人都去了哪些地方呢？

晓丹姐姐： 这三个人一共去了三十三个奇怪的国家。比如有一个国家叫聂耳国，这个国家的人耳朵都很大，大到垂到腰部，走路的时候要两只手捧着耳朵。还有一个国家叫深目国，这个国家的人眼睛不是长在脸上，而是长在手上，所以可以一边往前走，一边往后看。

陶陶： 这两个国家真够奇怪的。

晓丹姐姐： 不过，我小时候看《镜花缘》记得最清楚的两个国家，第一个是白民国，第二个是淑士国。

元元： 这两个国家有什么特别的吗？您为什么记得最清楚？

晓丹姐姐（笑）： 因为我小时候特别喜欢看那种讽刺读书人、说读书人坏话的书。在《镜花缘》里，白民国的人看起来很爱读书，特别喜欢读儒家经典，自认为是礼仪之乡，但问题是白民国的人把字都读错了，完全不知道自己读的是什么意思，还一本正经地背来背去。淑士国的人稍微好一点，字倒是读对了，国内到处也都写着什么贤良方正、聪明正直，连卖酒的人说话也满口之乎者也，说的别人都听不懂。可是，淑士国的人就只是嘴上说说而已，行为却很吝啬（lìn sè），很虚伪。

元元： 哈哈，我也很喜欢这种讽刺的故事。

晓丹姐姐： 总之，《镜花缘》里写的国家，都有着不一样的奇怪和有趣之处。除了三十三个国家之外，三个主人公还遇到了很多好玩、神奇的东西。比如他们遇到一种米，三寸宽、五寸长，大概就是我们现在的10厘米宽、15厘米长，大小和大人的手掌差不多。这种米的名字叫"木禾"，木头的木，禾苗的禾。

陶陶： 啊，一个手掌那么大的米，这也太大了吧？

晓丹姐姐： 还有更大的呢！看到木禾这种米之后，唐敖特别惊讶。可多九公却说，他之前曾经吃过一种更大的米，每粒宽五寸、长一尺，相当于三个大人的手掌连起来那么大。米的名字叫作"清肠稻"，字面上就是清理肠子的稻米。这种米吃一粒饱一年，人吃过之后，一年之内都不会想吃东西了。

陶陶： 一年都不想吃东西，怪不得这种米叫清肠稻。

晓丹姐姐： 他们还遇到一种草，叫"朱草"，这种草是朱红色的，长得像珊瑚一样，不过它遇到金属就会变成一摊泥。一旦你把这摊泥吃下去，五六百斤的东西提在手上都会很轻松，就像拿泡沫塑料一样。

陶陶： 哇，这么神奇，我也想吃。

晓丹姐姐（笑）： 这个朱草还很智能，有很好的判断力呢。《镜花缘》里说，唐敖吃了朱草之后放了一个屁，放完之后，他发现自己失忆了，以前为准备科举考试写的文章几乎都忘掉了，只记得十分之一。这是为什么呢？因为朱草觉得唐敖写的那些文章太烂了，就把那些烂文章变成屁放出去了，只留下了一些朱草认为写得比较好的文章。

陶陶： 哈哈，朱草太有意思了，我要能有一棵就好了。

晓丹姐姐（笑）： 我小时候看《镜花缘》，也有过类似的幻想。我最喜

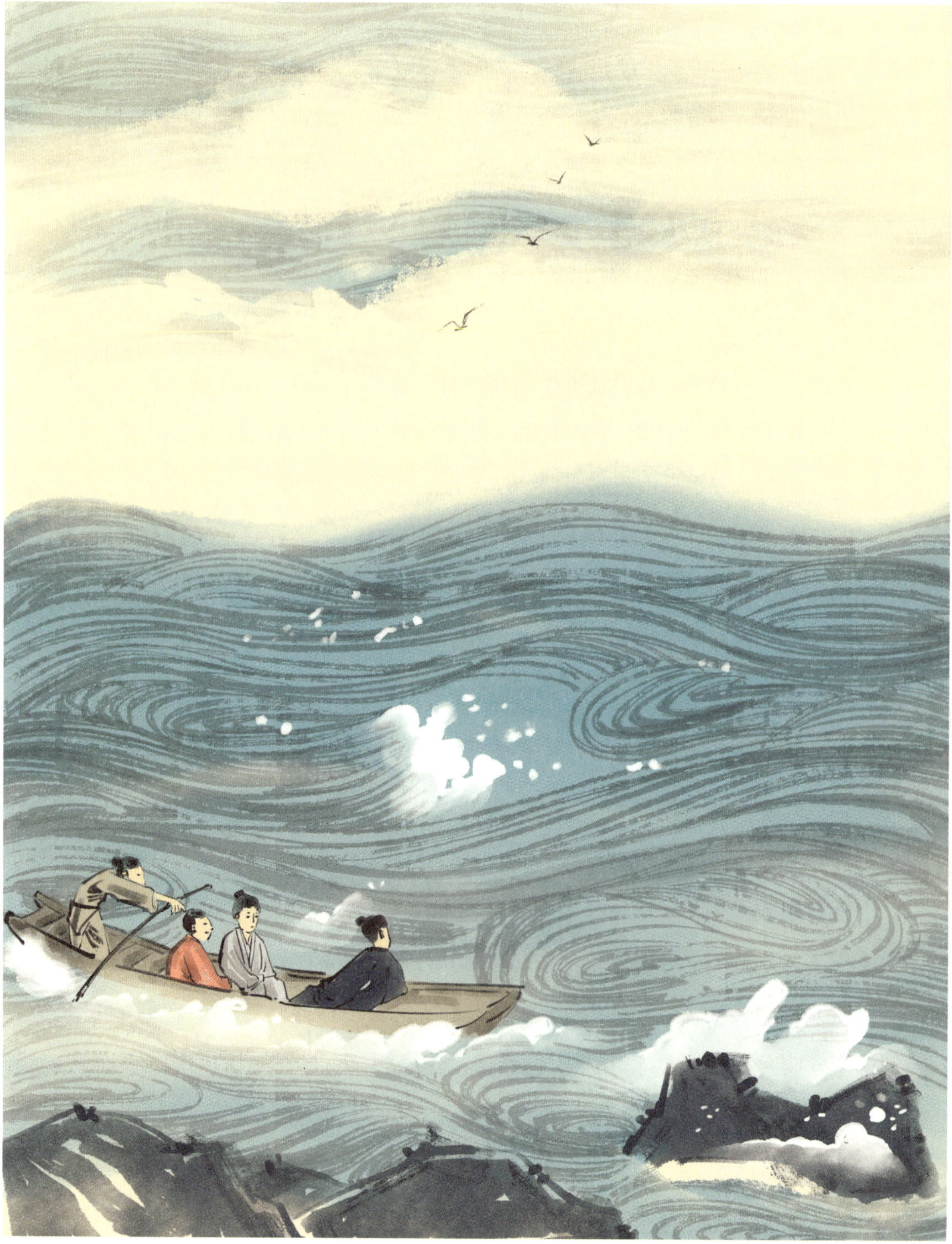

欢幻想自己在森林里遇到一匹小马，上面骑一个只有一尺长的小人，我把它吃下去就可以成仙了。这个骑小马的小人叫作"肉芝"，也是《镜花缘》里写的。后来我发现，很多人小时候看了《镜花缘》都有过类似的幻想。《镜花缘》要是放在今天，应该属于幻想文学。

陶陶： 幻想文学，我喜欢！我也要看《镜花缘》。

晓丹姐姐： 看来陶陶的喜好和咱们中国的两个大作家一样呢。

陶陶： 啊，哪两个大作家呀？

晓丹姐姐： 其中一个是鲁迅，你们肯定知道吧？元元应该早就读过鲁迅先生的文章了吧？

元元： 对，我们上学学过鲁迅先生的小说。

晓丹姐姐： 还有一个人是鲁迅的弟弟周作人，他也是非常著名的文学家。周作人在社会批判上的贡献没有鲁迅大，可是他在散文上的成就很高，而且他对儿童文学也非常感兴趣。

陶陶： 他们这样的大作家，小时候最爱看的都是幻想文学？

晓丹姐姐： 是呀，鲁迅在他的散文集《朝花夕拾》里说过，他小时候最喜欢看的书是《山海经》。《山海经》是一部上古时代先秦时期的神话地理著作，现在也应该算是幻想文学了。

元元： 那周作人呢？

晓丹姐姐： 周作人说，他小时候最喜欢看的书是《镜花缘》。这部书里他最喜欢的人物角色是多九公。

元元： 多九公，就是您刚才说的那个船夫？

晓丹姐姐： 对，刚才我对多九公的介绍比较简单，但其实在《镜花缘》的故事设定中，多九公本来是一个饱读诗书的文人，后来因为生活不如意，才在海船上做了很多年的舵手。多九公去过很多奇怪的国家，认识很多奇怪的东西，比如刚才我提到的那种清肠稻。他上知天文，下知地理，古今中外无所不通，可以算得上一位博物学家。所以，多九公是那种几分钟之内就可以让小朋友很服帖的老头。

元元： 怪不得周作人最喜欢的人物是他。

晓丹姐姐（笑）： 我还记得，小时候家附近的路口有一座白铁皮做的房子，住着一个老皮匠。他每天开着一个收音机听评书，我们这些小孩一放学就围着他，听他讲故事，一直讲到大人下班做好饭把我们抓回去为止。当时我们那些小孩都觉得，这个皮匠是世界上最厉害的人，他什么都知道。所以你们看，小的时候，我们都喜欢博物学家，连大作家周作人也不例外。

陶陶： 我也喜欢！

晓丹姐姐（笑）： 刚才我说到的这些好玩的故事，都在《镜花缘》的前半部分。这本书的前半部分写的是探险三人组的海外冒险，后半部分写的是一百个仙女吟诗作赋。那些仙女比《红楼梦》里的姑娘还爱写文章，一百个姑娘都在写,而且写起来没完没了。最后她们一起到唐朝去参加武则天专门为女孩子举办的科举考试,而且都考中了。从文体的角度来说,《镜花缘》只有前半本是幻想文学,后半本则是诗词歌赋的选集。如果不是专门研究《镜花缘》,只是想看一看故事的话,看前半本就够了。

元元: 谢谢晓丹姐姐,又帮我们把书压缩了。

晓丹姐姐(笑)**:** 好啦,今天时间不早了,我们下次再接着聊吧?

元元、陶陶: 好的,晓丹姐姐下次见!

【文学知识卡】

◎ 《格列佛游记》是西方的幻想小说，写一个人到世界各地旅行，遇到很多有意思的事。

◎ 《镜花缘》是一本清朝人写的幻想小说，讲了三个世界的故事：一个是天上的神仙世界，一个是唐朝的现实世界，还有一个就是外国的奇幻世界。

◎ 《镜花缘》有三个主人公——读书人唐敖、商人林之洋和船夫多九公，他们一共去了三十三个奇怪的国家，见到很多好玩、神奇的东西。

◎ 《山海经》是一部上古时代先秦时期的神话地理著作，也是幻想文学。

【思考时间】

◎ 鲁迅小时候最喜欢读的书是《山海经》，周作人小时候最喜欢读的书是《镜花缘》。你觉得小孩子喜欢读幻想文学的原因是什么？

【经典赏析】

其人面上无目，高高举着一手，手上生出一只大眼：如朝上看，手掌朝天；如朝下看，手掌朝地；任凭左右前后，极其灵便。

【推荐阅读】

《镜花缘》，〔清〕李汝珍著，生活·读书·新知三联书店，2022年

17 《夜航船》：读书人与伸脚和尚的知识小竞赛

我们遇到不懂的知识，可以随时在电脑上搜索。古时候没有搜索引擎，古人怎么查询知识呢？中国古代有一本百科全书式的书《夜航船》，是明朝末年的散文家张岱写的，他希望读书人看了这本书后，能真的知识渊博。

元元： 晓丹姐姐，您今天给我们讲哪本书呀？

陶陶： 随便讲哪本都行，反正只要是晓丹姐姐介绍的书，都特别有意思！

元元： 对！

晓丹姐姐： 哈哈，谢谢元元、陶陶的夸奖。我想想啊……这样吧，今天我就给你们讲一本叫作《夜航船》的书。

元元： 夜——航——船？在夜晚航行的船？

晓丹姐姐： 对，夜航船指的就是在夜里航行的船。古时候在中国东部的江浙一带，大约就是今天的江苏、浙江这两个省，因为水路密集，船是最普遍的交通工具。人们在夜间坐船时没什么东西可看，就不免要互相聊聊天。

陶陶： 那这本书为什么要叫《夜航船》呀？

晓丹姐姐： 这本书是明朝末年的散文家张岱写的，他在书的一开始讲了一个故事，用来解释这本书名字的来源。

陶陶： 故事里是怎么说的？

晓丹姐姐： 故事里说，有一个和尚和一个读书人，一起坐在一条夜里航行的船上。船舱很狭窄，没办法让所有人都坐得很舒服，就有一些人坐得比较宽敞，一些人坐得比较蜷缩。在那艘夜航船上，读书人一直高谈阔论，显得很有文化，于是和尚感到很敬畏，就缩起脚来，好让读书人坐得更宽敞一点。可是听着听着，和尚发觉读书人的话里有很多错误。于是他就想试探一下那个读书人是不是真有文化，就问了对方一个问题。

陶陶： 什么问题？

晓丹姐姐： 和尚问的是，澹（tán）台灭明是一个人还是两个人？我来解释一下，澹台灭明是孔子的七十二门生之一，澹台是姓，灭明是他的名字。读书人一听，澹台灭明是四个字，就回答说是两个人。于是这个和

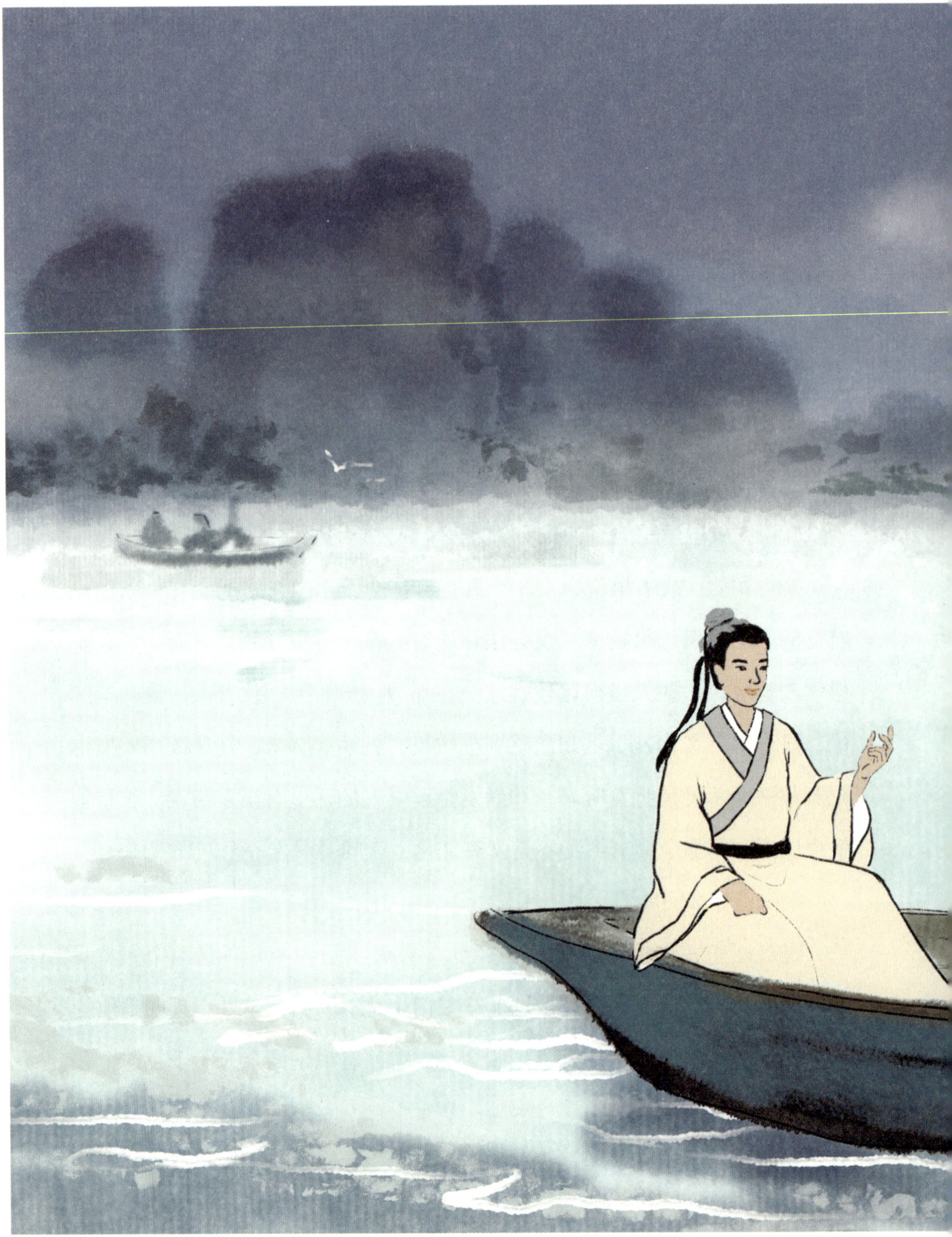

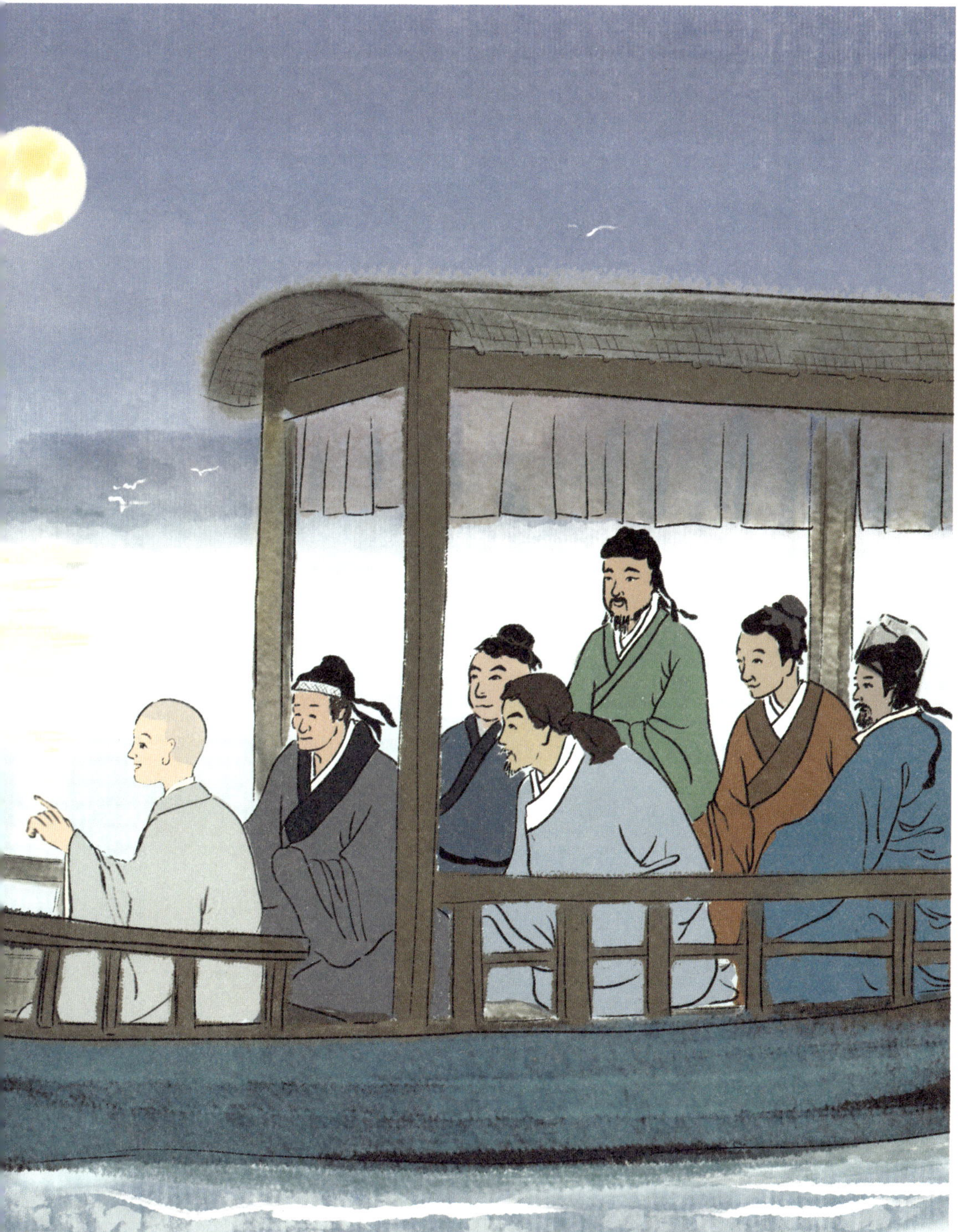

尚又问读书人：尧舜是一个人还是两个人？

元元： 尧舜禹是古代三个有名的君主，尧舜当然是两个人了。

晓丹姐姐： 对啊，可是这个读书人听到尧舜只有两个字，就以为指的是一个人。这下和尚就明白了，这个读书人其实是个不学无术的家伙！于是和尚就不怕他了，也不想再给他让位置了。他就说："还是让小和尚我来伸伸脚吧。"

元元（笑）： 可是这个故事和这本书有什么关系呢？

晓丹姐姐： 因为这本书的作者张岱认为，"天下学问唯夜航船中最难对付"。

元元： 为什么这么说呢？

晓丹姐姐： 因为大家在船上聊天，一旦比试起学问大小来，没有书可以查，又没有办法提前准备，只能靠自己的积累。古时候的读书人好像都有这样的焦虑，他们没有手机可以随时搜索，所以就特别在意对知识的积累。于是张岱就写了一本百科全书式的书，给书起名字叫《夜航船》。他应该是希望读书人看了以后，能真的有文化，别再让小和尚笑话了。我在网上看到过一个好玩的说法，说这本书真正的名字应该叫《张岱与伸脚和尚赌气的知识小竞赛》。

陶陶： 哈哈，这个书名太搞笑了吧。

元元（笑）： 那这本"知识小竞赛"里到底讲了什么呢？

晓丹姐姐： 这本书讲了四千多个故事，里面包括二十大类，一百二十五个小类。这二十个大类是：天文、地理、人物、考古、伦类、选举、政事、文学、礼乐、兵刑、日用、宝玩、容貌、九流、外国、植物、四灵、荒唐、物理、方术。

元元： 听上去真是一本百科全书呀！

晓丹姐姐： 是呀。这本书里的故事都非常简短，与其说是四千多个故事，不如说是四千多个词条。书里的每个词条一般只有十几字到几十字，顶多一两百字，都写得非常简明优美。这本书前面的一半，更多是文化典故，后面的一半，就变成了居家生活小词典。所以，这个书不用从头读到尾，可以把它放在枕头边，没事翻一翻，每次看那么几小条，也会觉得特别有趣。

元元： 您刚才说二十个大类里有一类是天文，天文里也写了有趣的故事吗？

晓丹姐姐： 对，比如《夜航船》里写了长庚星，也就是咱们现在说的金星的故事。故事里说，李白在出生之前，他妈妈梦见长庚星落在了自己怀中，所以李白长大之后才这么有仙气、有文采。除了长庚星，这本书还写了很多其他星星的故事，比如北斗七星的故事、彗星的故事，荧惑星也就是火星的故事。这么说吧，中国古代诗歌中能看到的关于星星的典故，这本书中基本都有。

元元： 我最喜欢看星空了，这么多星星的故事，我一定得好好读读。

晓丹姐姐（笑）： 当然了，有星星，就有太阳，有月亮，有云和雨。仅仅是天文这一部分，就有几百个故事，而且都写得简洁有趣。

陶陶： 晓丹姐姐，您刚才说，这本书的后半本，是居家生活小词典？

晓丹姐姐： 是的，《夜航船》的后半本开始讲家庭生活百科了。比如衣服上碰到酱油，用莲藕的汁就可以洗干净；衣服发霉了，用枇杷（pí pɑ）核磨成的粉末就可以洗干净；烤肉的时候，要在肉上面放一点芝麻花，这样肉的油就不会流下来；炖鸡的时候要在里面放一点山楂，鸡肉就比较容易炖烂；等等。

陶陶： 太有意思了，书里这样的记录很多吗？

晓丹姐姐： 对。比如书里还写了，煮鹅肉的时候在炉灶旁找一块瓦片放到汤里容易烂；吃螃蟹的时候要用螃蟹的肚脐来洗手；竹子做的家具生虫后，就要用莴苣（wō jù）煮汤烧淋；还有更加古怪的，说珍珠的光泽变暗淡了，可以找一只鸡或者鸭来让它把珍珠吃下去，从鸡或鸭大便时排出的珍珠，会光洁如新。

陶陶： 哈哈，我回家要照着书上写的试一试，一个一个去做做试验。

晓丹姐姐（笑）： 讲这些生活常识的时候，张岱用的都是非常浅白的文言文，每一个词条都只有十几个字，你们看起来也不难。这些常识现在不太用了，但正因为这样，张岱的记录好像有了一种魔力，有趣极了。

元元： 是挺有意思的。这本《夜航船》里真是什么都有，就像搜索引擎一样，什么都能查到。

晓丹姐姐： 元元这个比方打得好。其实啊，古代这种有着搜索引擎功能的书，有一个专门的名字，叫作类书。

元元： 类书？这我还真没听说过。是哪个类呢？

晓丹姐姐： 类别的类。这样吧，我们先喝点水，吃点点心，一会儿再来接着讲好不好？

元元、陶陶： 好的。

【文学知识卡】

◎ 张岱认为,"天下学问唯夜航船中最难对付",所以他写了一本百科全书式的书,给书起名叫《夜航船》,希望读书人看了以后,能真的有文化。

◎ 《夜航船》讲了四千多个故事,里面包括二十大类,一百二十五个小类。这二十个大类是:天文、地理、人物、考古、伦类、选举、政事、文学、礼乐、兵刑、日用、宝玩、容貌、九流、外国、植物、四灵、荒唐、物理、方术。

◎ 《夜航船》的前一半,主要讲的是文化典故,后一半就变成居家生活小词典了。书里的故事大多简短、优美而有趣。

【思考时间】

◎ 张岱说"天下学问唯夜航船中最难对付",但我们现在都有手机了,随时可以搜索,你觉得张岱的道理是不是该作废了?

【经典赏析】

收枣子,一层稻草一层枣,相间藏之,则不蛀。

藏栗不蛀，以栗烧灰淋汁，浸二宿出之，候干，置盆中，以沙覆之。

藏西瓜，不可见日影，见之则芽。

收鸡豆，晒干入瓶，箬包好，埋之地中。

藏金橘于绿豆中，则经时不变。

藏柑子，以盆盛，用干潮沙盖。木瓜同法。

收湘橘，用汤煮过，瓶收之，经年不坏。

【译文参考】

收藏枣子的时候，铺一层稻草放一层枣，这样隔着收藏，就不会被虫蛀。

要想贮藏的栗子不被虫蛀，要用栗蒲烧成灰用水调成汁，把栗子泡两个晚上再拿出来，晾干后，放在盆里，用沙子盖住即可。

贮藏西瓜的时候，不能让太阳照到，照到就会发芽。

收藏鸡头，要晒干后再放到瓶中，用竹叶包好，埋到地下。

把金橘藏到绿豆中间，就长时间不会变坏。

贮藏柑子，要用盆来盛，并用于潮沙子盖住。贮藏木瓜用相同的方法。

收藏湘橘，用开水煮过的器皿收藏，就可以多年不坏。

【推荐阅读】

《夜航船》，〔明〕张岱撰，李小龙译，中华书局，2015年

18

类书：中国古代的百科全书

在古代，把常用知识分门别类编排起来的书，叫类书。类书文字简短，编排主题集中，很适合已经有一定阅读量、喜欢收集某一类知识的孩子阅读。你知道古人编过哪些好玩的类书吗？

元元： 晓丹姐姐，您继续给我们讲讲什么是类书吧？

晓丹姐姐： 好，咱们接着讲。现在我们生活在一个搜索引擎非常普及的时代，书店里的百科全书都已经要卖不出去了，也很少有人会像以前那样买那么多纸质的词典。现在我们只要把手机打开，就可以查字和词条了。可是古时候，没有搜索引擎，也没有公共图书馆，书籍也非常昂贵。一个人想要随时获得知识，最好的办法就是有一本已经把常用知识分门别类地编排起来的书，这样的书就是类书。

元元： 那古人得把类书放在身边才行，这样随时随地都可以查了。

晓丹姐姐： 对，这类书写出来，不是为了让人们当作课本来阅读的，而是当作一个数据库来查询的。类书有的是按照门类来编排的，有的是按照字的音韵来编排的。古时候编纂类书，有时候是政府行为，有时候是个人行为，比如像张岱这样的文人，他们编纂类书的目的是为了展示自己的才华。

元元： 那之前您给我们讲过的《太平广记》，是不是也算类书啊？

晓丹姐姐： 没错。宋代的皇帝特别喜欢编纂类书。除了五百卷的《太平广记》，宋太宗赵光义还让他的大臣编纂了一部《太平御览》，包括五十五部、五百五十个门类的知识，总共有一千卷，简直是包罗万象。

陶陶： 啊，一千卷，这也太多了吧？

晓丹姐姐： 据说宋太宗每天看其中的三卷，平均每一卷差不多四千字。一年之后就把这部书全都读下来了，于是宋太宗就成了一个特别有文化的人。不过，在中国古代，除了一些想要当百科全书式学者的人会把整本类书都读下来，其他人使用类书一般是在写诗的时候。

陶陶： 写诗的时候？

晓丹姐姐： 对。因为写诗要用典故，谁能把那些典故都记全呢？所以当古人需要引用典故的时候，就到类书里去查。比如要写一首关于星星的诗，古人就去类书里查星星的典故，要写一首关于太阳的诗，就去查太阳

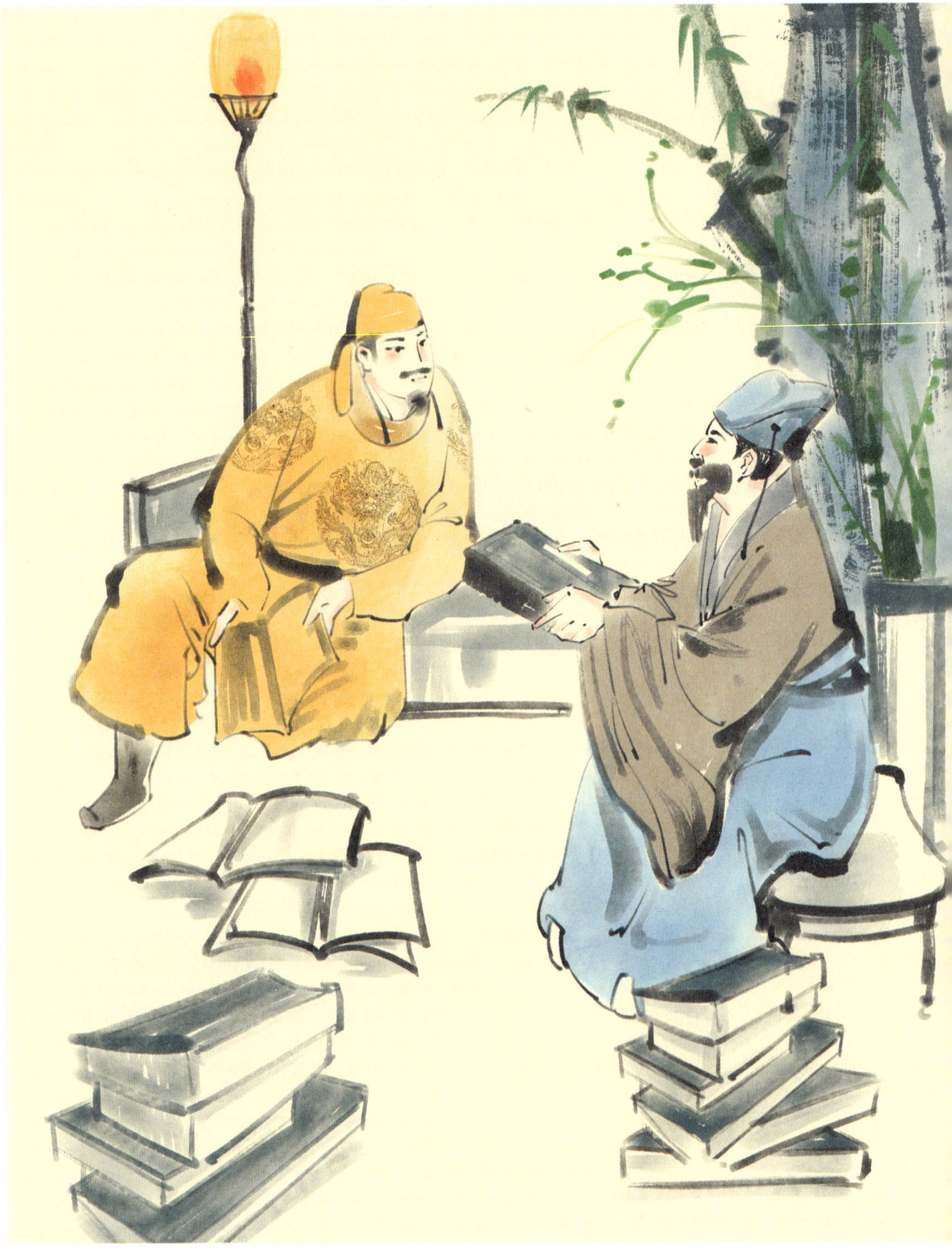

的典故。

元元：就像我看电视的时候，听到一些不熟悉的有关太空的词，我就会去家里那本厚厚的、全都是太空知识的书里查一查。

晓丹姐姐：对，类书本来不是为了你们这些孩子编的，但是类书很符合你们的阅读习惯。特别是像陶陶这个年龄段的孩子，会特别注意收集某一类的知识。我一个朋友的孩子特别喜欢收集关于天文的知识，另一个朋友的孩子特别喜欢收集关于恐龙的故事。

陶陶：哈哈，我最喜欢收集的是怪兽的故事。

晓丹姐姐（笑）：类书文字简短，编排主题集中，对你们这些已经有一定阅读能力的孩子来说，如果拿到一本类书，恰好翻到自己感兴趣的内容，很有可能愿意用这本书把自己武装成一个在某个领域掌握了很多知识的人。

陶陶：没错，我是我们班最会讲怪兽故事的人！

晓丹姐姐（笑）：对了，上次我们提到鲁迅喜欢看幻想小说，其实啊，鲁迅和他同时代的好多文人，小时候都常常把父亲收藏的类书当百科全书看着玩。类书里那些关于具体事物的记录，比如生活常识、花花草草、神仙怪兽，都很受他们喜欢。

元元：大文人都这么喜欢，那您再多给我们介绍几本类书吧？

晓丹姐姐：没问题。有一本类书叫《事林广记》，是古代衣食住行的百科全书，内容包括天象、节气、农桑、养身、算命、饮食、化妆、风水，等等，现在已经有白话文版本，还配上了插图，你们看了就能知道古人的生活是什么样的。还有一本类书叫《广群芳谱》，几乎就是一本关于花卉植物的百科全书。鲁迅说他小时候特别喜欢看《广群芳谱》，因为这本书可以帮助他了解身边的植物。

陶陶： 晓丹姐姐，妈妈总说我是个小吃货，我想问问，古代有关于食物的类书吗？

晓丹姐姐： 哈哈，有的。有两个明代的人写得关于野菜的书很有名。一个叫王磐（pán），他写了《野菜谱》，另一个叫鲍山，写了《野菜博录》。这两本书讲的都是各种野菜的样子、味道和做法。元元应该听说过汪曾祺老先生吧？

元元： 嗯，我学过汪老先生的美食散文《端午的鸭蛋》，据说汪老先生不光是个作家，还是个美食家。

晓丹姐姐： 对。汪老先生的散文《故乡的野菜》，就是仿照《野菜谱》这本类书的写法创作的。这些写野菜的类书，记录了哪些野菜可以吃叶子，哪些野菜可以吃茎，汪老先生仔细看过这些书，他还在自己的散文里引用过。

陶陶： 那这些书里写的野菜现在还能找到吗？

晓丹姐姐（笑）： 如果感兴趣，你们可以找一本这样的书来看看，再去问问家里的长辈，在他们的童年、他们的家乡，是不是有过这样的花草，那些花草是不是和书里有着不一样的名字。找个风和日丽的天气，你们可以和爷爷奶奶或外公外婆一起，到田野上去找一找野菜。如果能采些回来吃一吃，也是一件很有意思的事。

陶陶： 哇，想起来就很有趣。

晓丹姐姐： 最后啊，我要提醒你们一句，不是所有的类书都是很好看的。类书是文献的整理，有一些文献是我们现代普通读者不感兴趣的，比如关于古代政府制定的行为规范方面的文献。所以，如果你们是第一次看类书，我还是推荐张岱的《夜航船》。一是因为《夜航船》的内容比较丰富；二是因为张岱生活的明朝晚期，写日常生活的小品文是散文中成就最高的一支，而张岱是最好的小品文作者。

元元： 原来张岱这么厉害。

晓丹姐姐： 是啊，《夜航船》虽然是按照类书体例编纂的，读起来却有小品文的情趣和味道，是非常优美的文言文。这本书不但能满足你们的求知欲，还能让你们和文言文更亲近。以后再读古代诗歌，你们会很熟悉其中的典故。而且，读《夜航船》还能让你们了解，什么是优美的文言文，提高你们的文言文审美品位。

元元： 又是一本有趣又有用的必读书啊，我记在我的书单里了。

陶陶： 我也记下来啦！

晓丹姐姐（笑）：你们喜欢读就好！今天时间不早了，元元、陶陶，咱们下次再聊吧？

元元、陶陶： 好的，晓丹姐姐下次见！

【文学知识卡】

- 把常用知识分门别类地编排，以便读者随时获得知识的书，称作类书。
- 类书有根据门类编排的，也有根据字的音韵来编排的。古时候的政府和个人都会编纂类书。古人写诗想查询典故的时候会经常用到类书。
- 宋代的皇帝特别喜欢编纂类书。宋太宗组织编纂了一部类书《太平御览》，包括五十五部、五百五十个门类的知识，总共有一千卷，包罗万象。
- 《事林广记》，是古代衣食住行的类书，内容包括天象、节气、农桑、养身、算命、饮食、化妆、风水，等等。
- 《广群芳谱》，是一本关于花卉植物的类书。鲁迅小时候喜欢读《广群芳谱》，了解身边的植物。
- 明代王磐的《野菜谱》，鲍山的《野菜博录》，是很有名的野菜类书，讲的是各种野菜的样子、味道和做法。
- 第一次读类书，推荐张岱的《夜航船》。一是《夜航船》典故丰富；二是明朝晚期写日常生活的小品文，是散文中成就最高的一支，而张岱是最好的小品文作者，文笔优美。

【思考时间】

◎ 了解了这么多类书,你最想读哪一种?你对它有怎样的期待呢?

【推荐阅读】

《事林广记》,〔宋〕陈元靓编,耿纪明译,江苏人民出版社,2011年

19

张岱笔下最富裕、最风雅的江南

除了《夜航船》，张岱还写过著名的《陶庵梦忆》。张岱通过描绘明朝末年最富裕、最风雅的江南，来怀念自己过去的生活。在张岱笔下，明末江南的山川景物、市井生活是什么样的？

元元：晓丹姐姐，我最近在看您上次讲的《夜航船》，那个作者张岱写的可真好，怪不得您说他是当时最好的小品文作家。

陶陶：我也在看，这本书写得真有趣。

晓丹姐姐（笑）：和你们一样，我也特别喜欢张岱的文字。

元元：张岱还写过其他书吗？我都想找来看看。

晓丹姐姐：写过。这样吧，咱们今天就来讲他的另外一本书《陶庵梦忆》。陶庵是张岱的号，梦是做梦的梦，忆是回忆的忆。

陶陶： 这本书写的难道是张岱的梦和回忆？

晓丹姐姐： 怎么说呢，《陶庵梦忆》这本书，你说它是日记也行，说它是回忆录也行。这本书和《夜航船》相同的是篇章都很短小，读起来没什么难度。不过，从知名度或文学性上来说，《陶庵梦忆》比《夜航船》更重要。

元元： 那您快给我们讲讲，这本书具体写了什么？

晓丹姐姐：《陶庵梦忆》写的是张岱对自己过去生活的回忆。他觉得过往的一切繁华都像是一场梦。张岱想用文字把这场梦记录下来，用文字来纪念和追忆过去的生活。

元元： 您的意思是，张岱前后经历过两种不同的生活？一开始他过得很好，后来突然就变差了？

晓丹姐姐： 没错。张岱生活上的变化，要从明朝末年清朝初年的历史说起。张岱原本是明朝末年的一位贵公子。他的家住在绍兴，当时他家族的藏书数量在全国都名列前茅。可是清朝的军队南下后，国破家亡，张岱家里那些珍贵的藏书都被清军用来烧火做饭了。

陶陶： 啊，那张岱还有家吗？

晓丹姐姐： 没了，那之后张岱的家就不存在了。按照张岱自己的说法，他从此以后"披发入山"，过着像野人一样的生活。

元元： 原来是这样。怪不得他说过去的一切繁华就像是一场梦。

晓丹姐姐： 是啊。不过当张岱像野人一样生活的时候，他心里其实有一个问题。

陶陶： 什么问题？

晓丹姐姐： 张岱回想过去，他当过富贵人家的公子哥儿，整日穿着华丽、游手好闲，他喜欢繁华，喜欢大房子，喜欢漂亮衣服、骏马和烟火，喜欢唱戏、音乐、古董和花鸟，还喜欢好茶和果品，喜欢书籍和诗歌，等等。过去的日子真实存在过，他喜欢的这些东西真实存在过，现在失去了它们，如果张岱不记录下来，就再也没有人知道了。所以，张岱就为他失去的一切写了两本书，其中一本叫《西湖梦寻》，另外一本就是《陶庵梦忆》。

元元： 我们历史课上学过，江南地区一直是中国古代比较富裕的地方，张岱又是富贵人家的孩子，他以前一定见过很多好东西。

晓丹姐姐： 对。《陶庵梦忆》和《西湖梦寻》两本书写的都是明朝末年那个最富裕、最风雅的江南。《陶庵梦忆》有一部分内容是在明朝灭亡之前写的，但大部分内容，包括这部书最终写成的时间，都是在明朝灭亡之后。那时江南已经沦陷了，所以，《陶庵梦忆》中充满了对以往那些美好之物的珍爱和遗憾。张岱每篇文章都写得很短，却把明朝末年江南的山川景物、市井生活都写得十分鲜活生动。

陶陶： 您给我们举些例子吧！

张岱笔下最富裕、最风雅的江南

晓丹姐姐： 没问题。这本书里有写节日风俗的，比如《虎丘中秋夜》和《西湖七月半》；有写人物的，比如《闵（mǐn）老子茶》和《柳敬亭说书》，《闵老子茶》讲的是开茶馆的人，柳敬亭说的是明朝晚期最有名的说书艺人；书里还有一篇《秦淮河房》，写的是明朝末年南京秦淮河畔的繁华；而《二十四桥风月》写的是明朝末年扬州的奢靡。还有被选进中学语文课本的《湖心亭看雪》，写的是张岱在杭州西湖的湖心亭上观雪的经历。

陶陶： 晓丹姐姐，您小时候最喜欢哪一篇文章呀？您喜欢看的，我们肯定也喜欢。

晓丹姐姐： 哈哈，《陶庵梦忆》中总共有一百二十六篇文章，除了写风景，还写了斗鸡养鸟、吃喝玩乐、唱曲听戏、造假山、吃螃蟹等各种各样的事情。每篇文章的篇幅大概在两百字到五百字之间，读起来非常舒服。要说我小时候最喜欢的文章嘛，那得是《方物》这一篇了。

陶陶：《方物》？这篇文章写的是什么？

晓丹姐姐： 这篇文章总共有三百五十四个字，除了第一句和最后三句，其他全部内容都是在报菜名。比如第一句说："越中清馋，无过余者，喜啖（dàn）方物。"意思就是说，喜爱吃而不俗气，这样的人，我大概算是浙江第一，而我最爱吃的不是山珍海味，而是各地的特产。

陶陶： 我也喜欢吃特产，因为特产和平时老吃的东西不一样。

晓丹姐姐（笑）：《方物》这篇文章的最后三句说："远则岁致之，近则月致之、日致之。耽耽（dān）逐逐，日为口腹谋，罪孽固重。但由今思之，四方兵燹（xiǎn），寸寸割裂，钱塘衣带水，犹不敢轻渡，则向之传食四方，不可不谓之福德也。"

元元：这三句话是什么意思？

晓丹姐姐：意思是说，这些特产如果是产在远方的，我过去每年也得找来吃一次；如果是产在近处的，我过去就每个月吃一次，甚至每天吃一次。过去吃的时候不觉得，现在想起来，每天为了满足自己的口腹之欲到处寻觅，真是罪孽深重。现在，明朝已经灭亡了，国家四分五裂，到处都是战乱，哪怕想渡过钱塘江，去对岸吃一口莲藕、韭芽都无法做到。想起过去居然能享用到四方的食物，我觉得那真是这辈子再也不会经历的福报了。

元元：哎，张岱肯定很怀念他之前的生活。

晓丹姐姐：是啊。张岱在《陶庵梦忆》中写了最繁华的都市、最清幽的山林、最精彩的说书人、最高雅的古琴曲、最美貌的戏曲里的角色、最精妙的杂耍，他把这些都写得活灵活现，就好像那些人和事就在眼前一样。不过，这些文章有一个共同的特点，就是不管张岱把过去的江南写得多么好，到最后他一定要说，这些美好的东西已经彻底消逝了。

陶陶：真的都消失了吗？

晓丹姐姐：对，在当时是没了。比如我刚才提到的《秦淮河房》这篇

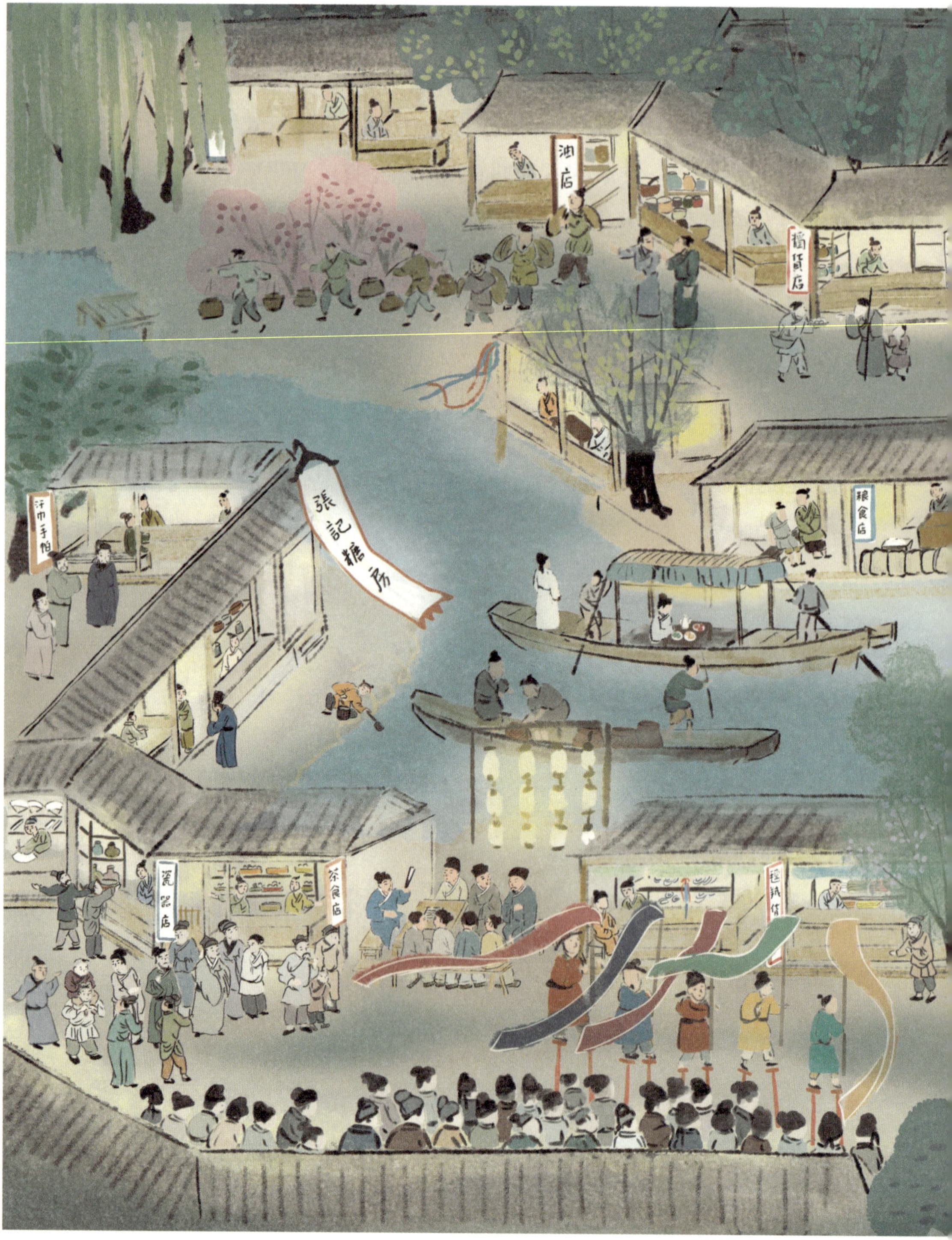
油店
汗巾手帕
張記糖坊
粮食店
瓷器店
茶食店

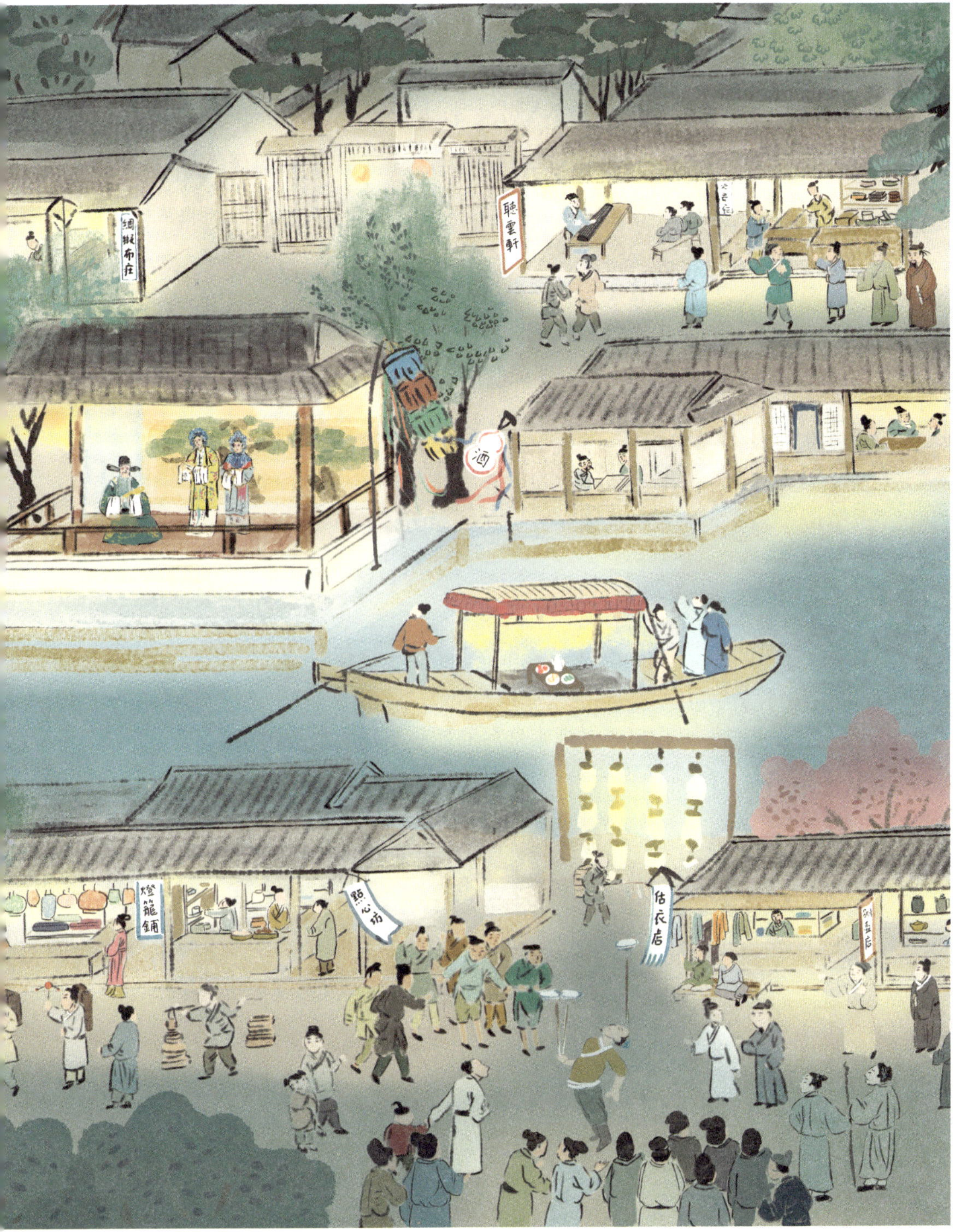

绸缎布庄
聽雲軒
酒
燈籠鋪
點心坊
估衣店

文章，讲的是南京秦淮河两边的房子，那些房子是世间第一等繁华之地。张岱花了两百多个字把这种繁华写到了极致，但到了文章的最后一句，他写"午夜，曲倦灯残，星星自散"，意思是说，到了午夜，再好的曲子也唱得疲倦了，再精致的花灯也不亮了，所有聚集在这里的好东西都散落了。

元元： 那他文章里写的人物和风俗呢？也都没了？

晓丹姐姐： 是的，张岱把所有美好的东西都写到消散了。他写一个人，到最后这个人肯定是不知去向；写一只宠物，这个宠物到最后一定是死了；他写一个技术，这个技术到最后肯定也失传了。

陶陶： 怪不得张岱写的那些好吃的，到最后也吃不到了。

晓丹姐姐： 是这样的。所以我们看《陶庵梦忆》时，会有一种很复杂的感觉，一面是美好，一面是失落；一面是真实，一面是虚无。这就是《陶庵梦忆》的魅力所在。

元元： 哎，如果我还能看到张岱写的那些美好的东西就好了。

陶陶： 哎，如果我还能吃到张岱写的那些好吃的就好了。

晓丹姐姐： 你们的愿望能实现！

元元、陶陶： 真的吗？

晓丹姐姐： 当然。这样吧，我家里正好有一些江南特产，你们来尝尝，一会儿我们再接着讲好不好？

元元、陶陶： 太好啦！

【文学知识卡】

◎ 《陶庵梦忆》是张岱在清军南下、国破家亡之后，对自己过去生活的回忆。陶庵是张岱的号，张岱觉得过往的一切繁华就像一场梦，他用文字记录了这场梦，描绘出了明朝末年最富裕、最风雅的江南，以此怀念自己过去的生活。

◎ 张岱为他失去的一切写了两本书，一本是《西湖梦寻》，另一本是《陶庵梦忆》。

◎ 《陶庵梦忆》中总共有一百二十六篇文章，有江南风景、茶楼酒肆、说书演戏、斗鸡养鸟、放灯迎神、吃喝玩乐、唱曲听戏、造假山、吃螃蟹等内容，每篇文章的篇幅在两百字到五百字之间。

◎ 《陶庵梦忆》的文章有一个共同特点——不管张岱把过去的江南写得多么好，写到最后，他一定要说，这些美好的东西已经彻底消逝了。

◎ 《陶庵梦忆》给读者一种很复杂的感觉，一面是美好，一面是失落，一面是真实，一面是虚无。这就是《陶庵梦忆》的魅力所在。

【思考时间】

◎ 在《陶庵梦忆》中，张岱为什么总要把美好的东西写到彻底消逝？说一说你的理解。

【经典赏析】

方物

越中清馋，无过余者，喜啖（dàn）方物。北京则蘋（píng）婆果、黄鼠（liè）、马牙松；山东则羊肚菜、秋白梨、文官果、甜子；福建则福橘、福橘饼、牛皮糖、红腐乳；江西则青根、丰城脯；山西则天花菜；苏州则带骨鲍螺、山查丁、山查糕、松子糖、白圆、橄榄脯；嘉兴则马交鱼脯、陶庄黄雀；南京则套樱桃、桃门枣、地栗团、窝笋团、山查糖；杭州则西瓜、鸡豆子、花下藕、韭芽、玄笋、塘栖蜜橘；萧山则杨梅、莼菜、鸠（jiū）鸟、青鲫（jì）、方柿；诸暨（zhū jì）则香狸、樱桃、虎栗；嵊（shèng）则蕨粉、细榧（fěi）、龙游糖；临海则枕头瓜；台州则瓦楞蚶（hān）、江瑶柱；浦江则火肉；东阳则南枣；山阴则破塘笋、谢橘、独山菱、河蟹、三江屯蛏（chēng）、白蛤（gé）、江鱼、鲥（shí）鱼、里河鲻（zī）。远则岁致之，近则月致之、日致之。耽耽逐逐，日为口腹谋，罪孽固重。

但繇（yáo）今思之，四方兵燹（xiǎn），寸寸割裂，钱塘衣带水，犹不敢轻渡，则向之传食四方，不可不谓之福德也。

【译文】

越中清雅嘴馋的人，没有超过我的，我喜欢吃各地的土产。北京的土产是苹果、黄芽菜、白菜；山东的土产是羊肚菌、和秋白梨、文官果、甜子；福建的土产是福橘、福橘饼、牛皮糖、红腐乳；江西的土产是青根鱼、丰城脯；山西则是天花菜；苏赤州则是带骨鲍螺、山楂丁、山楂糕、松子糖、白圆、橄榄脯；嘉兴则是马交鱼脯、陶庄黄雀；南京则是套樱桃、桃门枣、地栗团、葛笋团、山楂糖；杭州则是西瓜、鸡豆子、花下藕、韭芽、玄笋、塘栖蜜橘；萧山则是杨梅、莼菜、鸠鸟、青鲫、方柿；诸暨见则是香狸、樱桃、虎栗；嵊地则是蕨根粉、细榧、龙游糖；临海则是枕头瓜；台州则是瓦楞蚶、江瑶柱；浦江则是火腿肉；东阳！则是南枣；山阴则是破塘笋、谢橘、独山菱、河蟹、三江屯蛏、白哈江鱼、鲥鱼、里河鳞。远的地方一年采购一次，近的地方一个月甚至每天采购一次。瞪着眼睛盘算着，每天都在为口腹之欲谋划，罪孽固然是深重了。

但在今天想到这些，四面战火纷飞，一块块土地被割裂，钱塘一衣带水，仍不敢轻易渡过，从前能吃到四方的美食，这不不能不说是一种福分了。

译文参考出处：《陶庵梦忆》，〔明〕张岱著，苗怀明译注，中华书局，2020年

【推荐阅读】

1.《陶庵梦忆》,〔明〕张岱著,苗怀明译注,中华书局,2020年
2.《西湖梦寻》,〔明〕张岱著,苗怀明译注,中华书局,2021年

20

《陶庵梦忆》：亲切、精美的文言散文

《陶庵梦忆》属于文言散文中的小品文，文字精美、有趣、亲切，能培养小孩儿对文言文的兴趣。带着《陶庵梦忆》去江南寻访，也是一种最好的旅游和学习方式。

元元： 晓丹姐姐，您刚才说，我们现在还能看到张岱在《陶庵梦忆》里写的那些东西，为什么啊？它们不是都消失了吗？

晓丹姐姐： 是这样的，张岱在《陶庵梦忆》中写的那些美好的东西，当时确实都毁于战火了。但是，文化的生命力是很强的。清朝建立之后，书里写的那些名胜古迹很快又被修复了，特产和技艺也都被找回来了。所以《陶庵梦忆》里讲的那些美好的东西，其实到今天都没有太大的改变。

元元： 那以后我们要是去江南旅行，就可以带着这本《陶庵梦忆》，把书里提到的那些名胜古迹都玩个遍。

陶陶： 对，再把书里提到的那些好吃的也吃个遍！

晓丹姐姐（笑）：你们俩的主意不错！话说我当年在苏州读大学的时候，每年中秋，老师都会带我们去虎丘的千人石上参加中秋曲会。虎丘是苏州一处著名的名胜古迹，千人石是虎丘中的一处景点。我们当时参加中秋曲会的场景，和张岱写的《虎丘中秋夜》里的场景一模一样。除此之外，如果我们现在仔细去寻访，张岱写的扬州、南京、杭州的名胜古迹和风俗文化，也还是可以找到的。

陶陶： 那张岱写的那些好吃的，现在还能吃到吗？

晓丹姐姐： 可以。比如《方物》那篇文章里写的苏州特产"山楂丁、山楂糕、松子糖、白圆、橄榄脯"，都能在苏州的土特产店里买到。所以我刚才说，你俩的主意很棒。带一本《陶庵梦忆》去江南，或者带一本《西湖梦寻》去西湖，读一篇文章，走一个景点，吃一吃美食，比对一下古往今来，丢失了什么，还留下什么，真是一种最好的旅游和学习方式。

元元： 好，下次的旅行就这么定啦。

晓丹姐姐（笑）：你们知道吗？我小时候看《陶庵梦忆》还有另外一个收获。

陶陶： 什么收获？

晓丹姐姐：《陶庵梦忆》让我建立了对文言散文的兴趣。

元元：是不是因为张岱写的文章又短又精彩？

晓丹姐姐：对。小时候，我看过一本书，叫《古文观止》。《古文观止》是清朝康熙年间编的一本散文选集，是给当时的学生作教材用的。那时候我觉得《古文观止》上的文章又长又爱讲道理，有点看不下去，后来就买了一本少年版《古文观止》。这本书上选的文章就浅白多了，可是我看了还是不太感兴趣。直到后来看了张岱的《陶庵梦忆》，我才发现，原来文言散文读起来这么有意思。

陶陶：晓丹姐姐，你说的文言散文，是什么样的文章呀？

晓丹姐姐：陶陶问得好。不过这个问题回答起来比较复杂，我得从头给你们讲。你们想听吗？

元元、陶陶：想！

晓丹姐姐：好，那我们从中国古代散文的不同类型说起。一般来说，讲到先秦的文学作品，我们喜欢讲四部书：《论语》《庄子》《春秋》《尚书》。

元元：《论语》我知道，是孔子和他的弟子之间的对话。《庄子》您之前给我们讲过，集合了庄子和他的弟子们的思想。您说的另外两部书，是讲什么的呀？

晓丹姐姐：《春秋》是一部史书，记录了周朝时期鲁国的历史。《尚书》是一部汇编书，汇集编选了上古时期的一些历史文件，还有一部分记录古

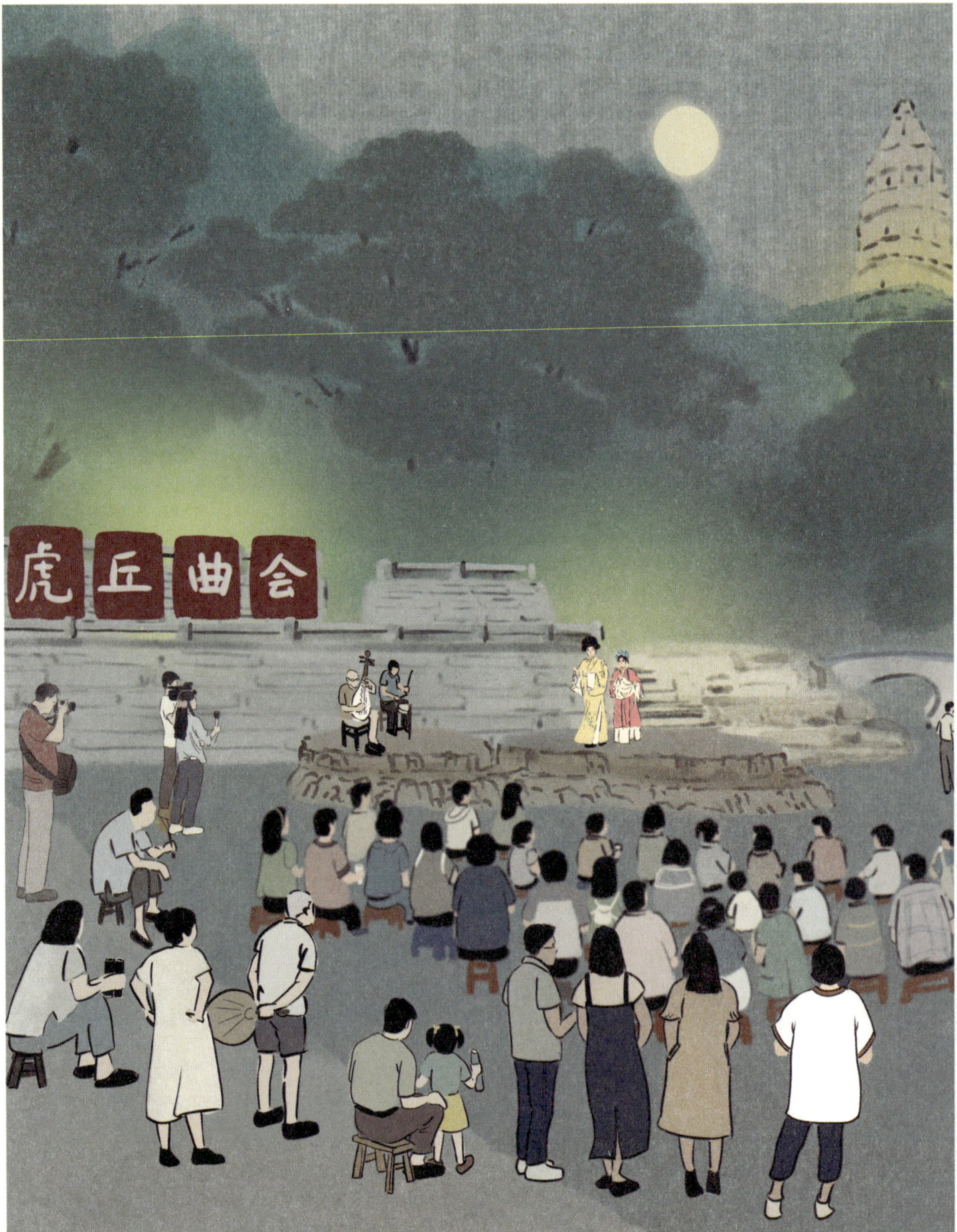
虎丘曲会

代事件的著作。《论语》《庄子》按照我们现代的分法，属于哲理散文。而《春秋》《尚书》属于历史散文。中国后来的文言散文，就是在这个基础上往前发展的。到了汉代，最杰出的散文作家是司马迁。

元元： 司马迁？我知道，他是大名鼎鼎的《史记》的作者。

晓丹姐姐： 没错。《史记》这部书写得很好看，现在的大学历史系还把《史记》当作历史典籍读，中文系则把《史记》当作文学典籍读。

元元： 司马迁真是太厉害了。

晓丹姐姐（笑）： 我们继续说，汉代之后是魏晋南北朝。这个时代骈（pián）文的势头超过了散文，文人们更愿意把注意力放在骈文上。

陶陶： 骈文又是什么样的文章啊？

晓丹姐姐： 文言文中，有四个字为一句的，有六个字为一句的。大致来说，四字句和六字句夹杂在一起，读起来还押韵的文章，就是骈文。相反，在句式长短和押韵上没有要求的文章，就是散文。由于"骈文"注重形式技巧，所以在内容表达方面往往受到约束，但事实上，骈文也可以写得很美很好看。

元元： 我想起来了，前段时间我们学过的《陋室铭》，就是一篇骈文，是唐代文学家刘禹锡写的。开头是"山不在高，有仙则名……"

陶陶： 我知道，下一句是"水不在深，有龙则灵"。

晓丹姐姐（笑）： 对，《陋室铭》确实是一篇很精彩的骈文。刚才我讲到了魏晋时代，那个时候的人经常在生活中使用骈文。比如，如果一个人收到了别人送的礼物，他就会写一封短小精美的信，回给送礼物的人，这封信就要用骈文来写。而送礼物的人，有时候也会在礼物旁边附上一篇骈文，来表达自己的心意。

元元： 您给我们举个例子讲讲吧？

晓丹姐姐： 没问题。比如南朝文学家刘峻给朋友送橘子，就写过一篇骈文《送橘启》。这篇骈文只有六十几个字。第一句说"南中橙甘，青鸟所食。始霜之旦，采之风味照座，劈之香雾噀（xùn）人"。

陶陶： 这是什么意思呢？

晓丹姐姐： 意思是说，南方的橙子特别珍贵，是神话中为王母娘娘采摘食物的青鸟才配得上拥有的珍果。在秋天第一个结霜的早上，橙子的滋味成熟了，采摘下来，它的颜色鲜艳到可以使满屋生辉；把橙子切开，喷出的香雾就涌进了人们的鼻子。

陶陶： 哇，听得我都流口水了，好想尝尝这个橙子啊。

晓丹姐姐（笑）： 如果我们去看魏晋南北朝的骈文，会看到很多类似的内容，写得很美。也是从那时开始，这些生活中的细节和美感就一直用骈文来写了。

元元： 为什么不能用散文写呢？

晓丹姐姐： 因为那时候的人觉得散文比较严肃，是用来讲道理、关怀天下的。比如北宋文学家范仲淹写的《岳阳楼记》，就是一篇散文。其中最著名的一句是"先天下之忧而忧，后天下之乐而乐"。不过，到了明朝晚期，这种情况发生了变化，原来大多用骈文写的内容，开始用散文来写了。

元元： 为什么变了呢？

晓丹姐姐： 因为明朝晚期的文人们觉得，散文这种文体只用来写严肃的内容，实在是太浪费了。而且那时候的文人，文化水准和审美品位很高，对生活的要求也很高。他们平时在书写的时候，会把书信、日记、游记等内容，用散文写得特别精美。也是从那时开始，文章的类型中就产生了一类特别有趣、特别亲切的文言散文，我们把它们统称为"晚明小品文"。

元元： 您上次说过，《夜航船》就是小品文。

晓丹姐姐： 对。明朝晚期写小品文的作家还有很多，比如被关在监狱里，最后自杀的李贽（zhì），还有徐文长，公安三袁，也就是袁宗道、袁宏道、袁中道三兄弟。对了，还有陈继儒，据说他养了一只大角鹿，就是圣诞老人养的那种驯（xùn）鹿。

陶陶： 哇，好厉害啊！

晓丹姐姐： 是啊，据说这个陈继儒还骑着驯鹿在西湖边上散步，引得旁边所有的人都来围观。

元元（笑）：这个人挺有意思。晓丹姐姐，您说了这么多位小品文作家，张岱还是写得最好的吗？

晓丹姐姐：嗯，要说小品文写得最好看的，我认为还是张岱。

陶陶：张岱写得不光好看，也好吃。元元，你游江南的时候，一定要叫上我！

元元：行！带上《陶庵梦忆》，让你吃遍江南。

晓丹姐姐（笑）：好了，时间不早了，今天我们就讲到这吧？

元元、陶陶：好的，晓丹姐姐下次见！

【文学知识卡】

◎ 文言散文的历史，从先秦时期的四部文学作品说起:《论语》《庄子》《春秋》《尚书》。

◎ 《论语》是孔子和他的弟子之间的对话。《庄子》集合了庄子和他的弟子们的思想。《春秋》记录了周朝时期鲁国的历史。《尚书》汇集编选了上古时期的一些历史文件，还有一部分记录古代事件的著作。

◎ 按照现代的分法，《论语》《庄子》属于哲理散文，《春秋》《尚书》属于历史散文。中国后来的文言散文，是在这四部书的基础上往前发展的。

◎ 文言文中，四字句和六字句夹杂在一起，读起来还押韵的文章，就是骈文。在句式的长短和押韵上没有要求的文章，就是散文。

◎ 魏晋南北朝，骈文的势头超过了散文。骈文精美，用来书写生活中的细节和美感，散文严肃，用来讲道理、关怀天下。

◎ 明朝晚期，文人用散文的形式写书信、日记、游记等，写得特别精美。这种有趣、亲切的文言散文，现在统称为"晚明小品文"。

【经典赏析】

送橘启

[南朝·梁] 刘峻

南中橙甘,青鸟所食。始霜之旦,采之风味照座,劈之香雾噀人。皮薄而味珍,脉不沾肤,食不留滓(zǐ),甘逾萍实,冷亚冰壶。可以熏神,可以芼(mào)鲜,可以渍(zì)蜜。毡(zhān)乡之果,宁(nìng)有此耶?

【译文】

南方的橙子特别珍贵,是神话中为王母娘娘采摘食物的青鸟,才配得上拥有的珍果。在秋天第一个结霜的早上,橙子的滋味成熟,采摘下来之后,橙子的颜色鲜艳到可以使满屋生辉;把橙子切开,喷出的香雾就涌进人们的鼻子。橙子的皮很薄,吃的时候,橙汁不会粘在人的皮肤上,吃完也不会留下渣滓。橙子的味道比苹果还甜,吃上去感觉比冰壶还要冰凉。橙子的味道,让人神清气爽,心旷神怡。橙子还可以用来做汤羹,或是用蜂蜜浸渍做成蜜饯。这种特殊的风味,在北方的水果里是找不到的啊。

译文参考出处:《古代小品文鉴赏辞典》,上海辞书出版社文学鉴赏辞典编纂中心,上海辞书出版社,2011年

21

古代有什么好吃的？

我们都读过汪曾祺和梁实秋的美食散文。古代也有一类专门写食物的书，书里是文人们写的菜谱。以我们现在的标准去看，这些书中的食材很丰富，烹饪方法很精美。此外，这些写菜谱的文人还有一些共同特点，你知道是什么吗？

元元：晓丹姐姐，上次你给我们尝的江南特产，真好吃！

陶陶：我最喜欢吃松子糖。还有那个猪油年糕，听起来好恶心，但香香软软的好好吃。

晓丹姐姐（笑）：我就知道你们会喜欢的，这不，我今天又给你们准备了点别的特产。

陶陶：哇，太好了！对了晓丹姐姐，你能不能再给我们多讲讲和吃有关的书呀？

晓丹姐姐： 没问题。其实啊，我小的时候，我们这些小孩个个都是小馋猫。那会儿还不流行上饭店吃饭，我们基本上都是在家里吃。但大多数孩子的爸爸妈妈会做的菜也就那几样。于是就发生了一件很好玩的事，我们在看书的时候，看到关于食物的文章，就会翻来覆去地看上好几遍。

陶陶： 那让你看好几遍的是什么文章？

晓丹姐姐： 我小时候特别喜欢看汪曾祺和梁实秋写的和美食有关的散文。

陶陶： 我记得汪曾祺。上次讲类书的时候，您和元元哥哥都提到了。

晓丹姐姐： 是的。汪曾祺汪老先生是个"吃货"，所以他的散文里什么美食都有，而且他写的大都是民间常见的食材。比如昆明的菌子和汽锅鸡、北京的豆汁儿和烤肉、张家口的口蘑和马铃薯。大画家黄永玉的儿子吃了汪老先生家的口蘑豆之后，在日记里写道："黄豆是不好吃的东西，汪伯伯却能把它做得很好吃，汪伯伯很伟大！"

元元： 看来汪老先生不光会吃，也会做！对了晓丹姐姐，您刚才说到梁实秋，这个人也是一个有名的作家吧？我在书店见过他的散文集。

晓丹姐姐： 对，梁实秋也是中国现代很有名的一位散文家。他有一部专门写食物的散文作品集《雅舍谈吃》。和汪曾祺不同，梁实秋在《雅舍谈吃》里写到的食物，很多是在当时看来很稀罕、很贵气的菜。比如有一篇写干贝，就是晒干的扇贝，梁实秋说："我母亲做干贝，拣其大小适度而匀称者，垫以火腿片、冬笋片，及二寸来长的大干虾米若干个，装在一大碗里，注入上好绍兴酒，上笼屉蒸两小时。其味之美无可形容。"

元元： 这样的菜就算是现在吃，也不便宜啊。

晓丹姐姐： 是啊。这段文章一共六十五个字，我小时候不知道看了多少遍。一边看一边流口水，但是当时，谁家能同时有干贝、虾米、火腿和冬笋呢？后来有一年我从秋天开始攒虾米、干贝和火腿，一直舍不得吃。直到冬笋上市的时候，我终于凑齐了所有的材料。我把它们放在小碗里蒸，可是并不好吃，所以我就对这件事一直耿耿于怀。

陶陶： 啊，不好吃啊？我回家之后要自己试试。

晓丹姐姐： 哈哈，如果好吃，记得一定要告诉我啊。

元元： 晓丹姐姐，您刚才说的汪曾祺和梁实秋，都是现代作家吧？那古代有作家专门写过食物吗？

晓丹姐姐： 元元问得好。小时候啊，我把这些和食物有关的现代散文都看完之后，忽然发现，原来古代就有一类书专门写食物，就是文人们写的菜谱。比如清朝的散文家袁枚写的《随园食单》、明末清初的文学家李渔写的《闲情偶寄》中的一部分。我上次讲过的《陶庵梦忆》很大一部分也在写美食。与张岱同时代的作家，还有一个叫冒辟疆的人，他有一本书叫《影梅庵忆语》，其中也有好几页描写了做菜的事。

陶陶： 为什么写这些书的人，不是明朝就是清朝，难道这两个朝代的人特别贪吃？

晓丹姐姐（笑）：这是因为明朝和清朝时江南的城市特别繁华，这些书的作者也都生活在那里。袁枚住在南京，李渔住在杭州，冒辟疆住过南京，也住过如皋（gāo），就是江苏的一个历史文化名城。张岱则住过绍兴、苏州和杭州。当时这些城市经济很发达，街市很繁荣，市民阶层对于饮食也有很高的追求。哪怕以我们现在的标准去看，都会觉得书中的食材很丰富，烹饪的方法很精美。

元元： 晓丹姐姐，我记得《红楼梦》里也有一段写怎么做茄子，好像特别复杂。

晓丹姐姐： 对，是刘姥姥醉卧怡红院的那一回。刘姥姥吃到一个菜是茄子做的，但味道却特别鲜美。王熙凤就跟刘姥姥讲了这个菜是怎么做出来的。刘姥姥听了吓坏了，因为这个菜的配料和工艺实在太复杂了。刘姥姥说，天哪，这一只茄子居然要十只鸡的配料去配它。言外之意就是，那还吃茄子干吗，干吗不直接吃鸡呢。

陶陶： 十只鸡给一只茄子做配料？真的有这道菜吗？

晓丹姐姐（笑）：《红楼梦》里提到的这道菜，估计很多人都想象过，但直到现在我们也不知道哪里有得卖，可大家还是对这道菜的精美程度充满了想象。

陶陶： 那这些写食物的书里，您觉得写得最好的是哪一部呢？

晓丹姐姐： 袁枚的《随园食单》应该是写得最精美的一部。不过，我们不能只把它看成菜谱，因为它也算明清小品文的一部分。我给你们找来看看啊。《随园食单》是乾隆五十七年，也就是1792年出版的。这部书分为须知单、戒单、海鲜单、江鲜单、特牲单、杂牲单、羽族单、水族有鳞单、水族无鳞单、杂素菜单、小菜单、点心单、饭粥单和茶酒单14个部分。

元元： 哈哈，晓丹姐姐好像在报菜名。

陶陶： 是啊，这个单，那个单，都是讲什么的呀？

晓丹姐姐（笑）： 这样吧，你们先吃点好吃的，一会儿我们再接着讲好不好？

元元、陶陶： 太好了。

【文学知识卡】

- 在现代散文中，汪曾祺和梁实秋写和食物有关的散文，尤其有名。汪曾祺写的大多是民间常见的食材，梁实秋写的大多是在当时看来很稀罕、很贵气的菜。

- 古代有一类书是专门写食物的，就是文人们写的菜谱。比如清朝的散文家袁枚写的《随园食单》；明末清初的文学家李渔写的《闲情偶寄》的一部分；张岱的《陶庵梦忆》有很大一部分在写美食；冒辟疆有一本书《影梅庵忆语》，其中好几页描写的也是做菜。

- 在古代写美食的书中，袁枚的《随园食单》是写得最精美的一部。《随园食单》是1792年（乾隆五十七年）出版的。这部书分为须知单、戒单、海鲜单、江鲜单、特牲单、杂牲单、羽族单、水族有鳞单、水族无鳞单、杂素菜单、小菜单、点心单、饭粥单和茶酒单十四个部分。

【思考时间】

- 为什么写菜谱的这些文人都生活在明朝晚期到清朝初期的江南城市？说一说你的理解。

【推荐阅读】

1.《雅舍谈吃》,梁实秋著,作家出版社,2018年
2.《人间滋味》,汪曾祺著,天津人民出版社,2014年

22
《随园食单》：可以"吃"的古文

袁枚是一个把美食作为第一爱好的读书人，他七十二岁时，写成了《随园食单》。《随园食单》中的文言文简单而优美，是一本既能学文言文又能解馋的书。

陶陶：晓丹姐姐，您快给我们讲讲，《随园食单》里的这个单那个单，都讲了什么呀？

晓丹姐姐（笑）：《随园食单》的第一部分叫作须知单，讲的是做菜的基本原则。比如怎样选作料、怎样洗菜、怎样搭配菜色、怎样控制火候，等等；接下来的戒单，戒是戒律的戒，也是写基本原则的，不过戒单写的是不能怎么做的原则；再往后，海鲜单、江鲜单，你们从字面上就能听出是什么意思了吧？

元元： 就是讲海里和江里的那些水产，该怎么做吧？

晓丹姐姐： 对。海鲜单、江鲜单的后面是特牲单，特别的特，牲口的牲，讲的是各种猪肉的做法；杂牲单讲的是牛、羊、鹿肉等的做法；羽族单，讲的是有羽毛的动物的做法，包括鸡、鸭、鹅和麻雀等；水族有鳞单，讲的是各种鱼的做法；水族无鳞单，讲的是甲鱼、黄鳝、鳗（mán）鱼这类没有鳞片的水产的做法。袁枚认为，没有鳞片的水产，腥味会加倍，所以要用特别的方式烹饪。

陶陶： 这本书写了好多食材的做法啊。

晓丹姐姐： 对。在整本《随园食单》中，袁枚一共写了326种南北方菜肴的做法。书名里提到的随园，是袁枚晚年在南京的住处，就是现在南京师范大学的位置。袁枚这个人挺有趣的。他提出了一种叫"性灵说"的诗学理论，在文学史上占有一席之地。

元元： 性灵说？这个理论讲了什么？

晓丹姐姐： 性是性情的性，灵是灵魂的灵。性灵说讲的是，好的诗歌要能自由地表达人的性情。如果你们去读袁枚的诗，会发现他的诗通俗易懂，生动有趣。创作诗歌如此，做人也是如此。袁枚说，自己"喜欢美食，喜欢美女，喜欢造房子，喜欢旅游，喜欢朋友，喜欢花花草草，喜欢山林中的美景，喜欢古玩字画，还喜欢书"。有趣的是，作为一个读书人，他居然把对美食的喜好，放在了所有爱好里的第一项。

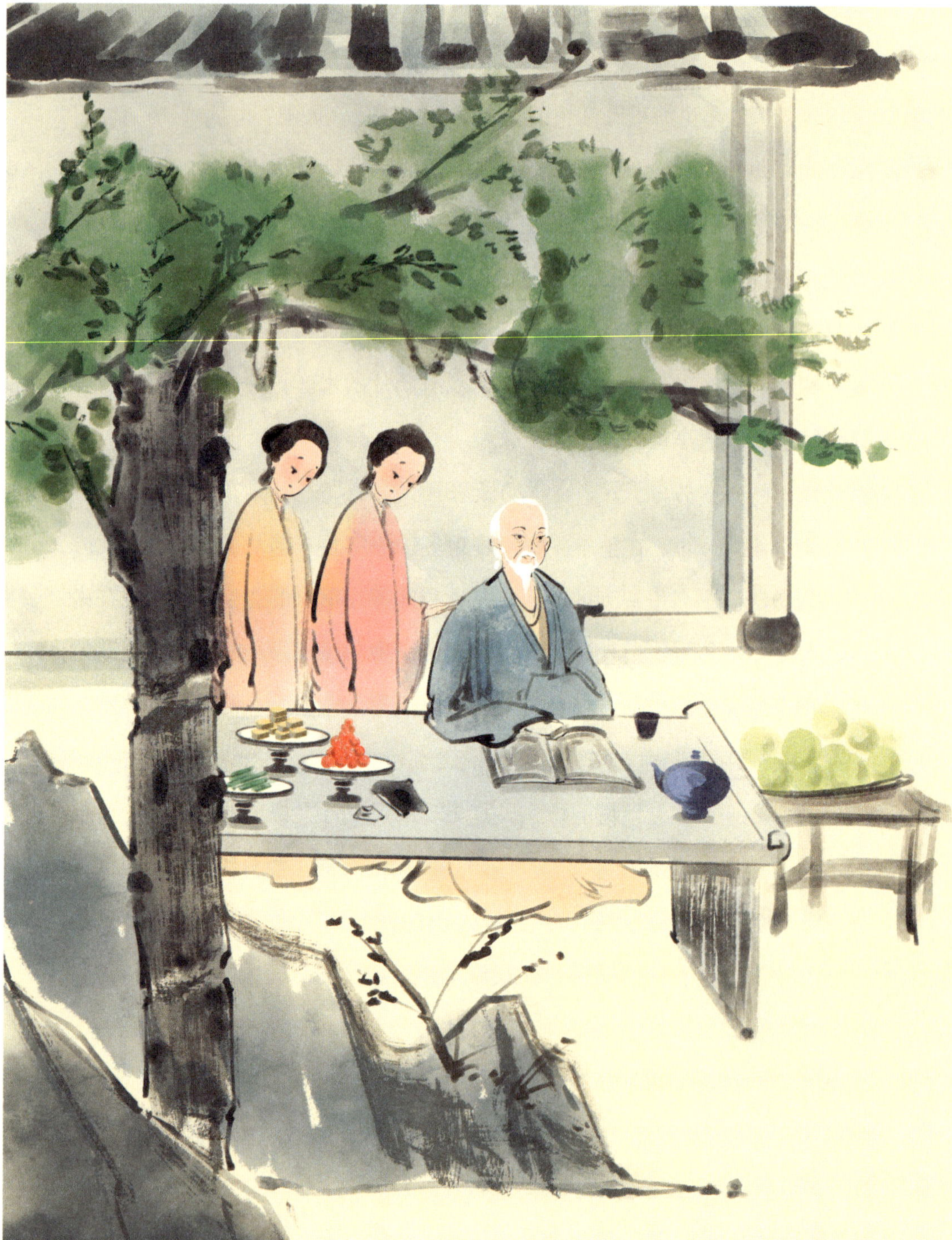

陶陶： 哈哈，他可真是一个名副其实的"吃货"。

晓丹姐姐（笑）：袁枚这一辈子，可以说是吃遍了天下美食。后来他找了一个厨师，叫王小余，王小余有一句名言：要是你把那些鸡鸭猪鱼煮了，却没把它们煮成好吃的食物，那它们就算白死了。王小余的手艺特别高超，做起菜来简直是呕心沥血。一捆水芹或者一勺酱料，都能被他做成特别好吃的菜。王小余给袁枚做了十年菜，他死之后，袁枚写了一篇文章纪念他。袁枚在文章里说，每次吃饭，他想起王小余都要哭。这篇文章写得很有意思，名字就叫《厨者王小余传》，你们感兴趣的话可以找来看一看。

元元： 看来这个王小余做饭一定特别好吃，而且袁枚也很重视做饭这件事。

晓丹姐姐： 是啊，袁枚觉得做饭和治国是一个水平的事情，所以他72岁时就写了这本《随园食单》。我估计是袁枚那个时候年纪大了，吃不动了，就把美食写成了文字。馋的时候把自己写的文章拿出来看一看，就当是自己吃过了，和我们小时候一样，每天用眼睛来过瘾。

陶陶： 哈哈，那您给我们讲几个《随园食单》里有意思的菜吧？

晓丹姐姐： 好呀，这本书里有些菜很好玩。比如有一种菜叫云林鹅，最初记录在元末明初的文人倪瓒（zàn）写的一本书中。据袁枚说，倪瓒写的那本书里菜单很多，但他全部试过之后，发现除了云林鹅做出来很美味,其他菜单照着做了都不好吃。他在《随园食单》里把云林鹅的做法又写了一遍。

元元: 怎么做呢?

晓丹姐姐: 做这道菜需要用一只整鹅,把鹅洗干净以后,用15克的食盐擦拭鹅的腹内,也就是把盐抹到鹅肚子里,再用葱填满鹅的腹腔,用蜜酒涂满鹅身。之后,在锅里倒入一大碗水和一大碗酒,将筷子架在上面,把鹅架在筷子上,再用一种韧性比较好的纸封住锅盖,这样就能用蒸汽把鹅蒸熟。这个过程中,鹅的汁水流到锅里,就变成了美味的汤。

陶陶: 听得我都快流口水了,好想尝尝。

晓丹姐姐(笑): 再给你们讲一道菜啊,在《随园食单》的"特牲单"里介绍了一道菜,叫"蜜火腿",就是用蜜酒把火腿蒸到烂透。我小时候看了就特别想吃,可是直到前两年,我才在杭州的一家酒楼里吃到。吃的时候,我就想起了《随园食单》,终于心满意足了。

陶陶: 哈哈,想了那么多年,晓丹姐姐总算吃到了。

元元: 晓丹姐姐,《随园食单》里讲水产的部分,有什么特别有意思的菜吗?我最喜欢吃鱼啊虾啊这些。

晓丹姐姐: 有呀,《随园食单》的"江鲜单"里讲了怎样做假螃蟹。书上说,把两条黄鱼煮熟,取肉去骨,然后加入四个生咸蛋,把蛋打散,再拌入鱼肉;之后起油锅煎鱼肉,放入鸡汤把鱼肉烧开,然后把咸蛋搅匀放入锅中，再加入葱、姜汁、酒、香蕈（xùn），就是香菇。吃的时候再加上一点儿醋。

元元： 怪不得这道菜叫作假螃蟹，原来主要是用鱼肉做的。好想尝尝假螃蟹的味道是不是和真螃蟹一样。

晓丹姐姐（笑）：《随园食单》写得特别有文采，是那种简单优美的文言文。你们可以找来读一读，读到哪里觉得馋了，就和爸爸妈妈去菜场买菜，按照书上写的步骤做出来试试。只不过那些步骤你们得先读懂了，然后再讲给爸爸妈妈听。

陶陶： 要是我们的语文课本里有这种写美食的古文就好了。老师讲了，我肯定能读懂。

晓丹姐姐：《随园食单》是个薄薄的册子，挺好读的。这样一部菜谱读下来，不光文言文读懂了，解馋的目的也达到了。

元元： 好主意，一举两得！

晓丹姐姐（笑）：好了，今天时间不早了，咱们下次再聊吧？

元元、陶陶： 好的，晓丹姐姐下次见！

【文学知识卡】

◎ 在《随园食单》中，袁枚用简单而优美的文言文写了 326 种南北方菜肴的做法。随园，是袁枚晚年在南京的住处。

◎ 袁枚在文学史上的贡献是提出了"性灵说"的诗学理论。性灵说讲的是，好的诗歌要能自由地表达人的性情。袁枚的诗，通俗易懂，生动有趣。

◎ 《随园食单》须知单，讲的是做菜的基本原则。戒单写的是不能怎么做的原则。特牲单讲的是猪肉的做法；杂牲单讲的是牛、羊、鹿等的做法；羽族单讲的是有羽毛的动物的做法，包括鸡、鸭、鹅等；水族有鳞单讲的是鱼的做法；水族无鳞单讲的是甲鱼、黄鳝等没有鳞片的水产的做法。

【思考时间】

◎ 《随园食单》中你猜想最好吃的一道菜是什么？请看完这本薄薄的小书后作答。

【经典赏析】

鸡松

肥鸡一只，用两腿，去筋骨剁碎，不可伤皮。用鸡蛋清、粉纤、松子肉，同剁成块。如腿不敷用，添脯（pú）子肉，切成方块，用香油灼黄，起放钵（bō）头内，加百花酒半斤、秋油一大杯、鸡油一铁勺，加冬笋、香蕈、姜、葱等。将所余鸡骨皮盖面，加水一大碗，下蒸笼蒸透，临吃去之。

【译文】

肥鸡一只，只用两只鸡腿，去骨剁碎，保留鸡皮完整。再用鸡蛋清、芡粉、松子仁与鸡肉一齐拌匀切块。如鸡腿肉不够用，可加一些鸡脯肉，也是切成方块。以香油将鸡肉灼黄起锅，放在碗内，加百花酒半斤、秋油一大杯、鸡油一铁勺，再加冬笋、香菇、姜、葱等。将剩下的鸡骨鸡皮盖在上面，加一大碗水，放在蒸笼里蒸透，吃的时候再把鸡骨鸡皮去掉。

译文参考出处：《随园食单》，〔清〕袁枚，陈伟明译注，中华书局，2020年

【推荐阅读】

1.《随园食单》，〔清〕袁枚，陈伟明译注，中华书局，2020年

23

在宋词中，你或许能找到知己

诗和词有不同的作用——诗言志，词缘情。好的词不写具体的事，只表达情感。读这些文雅、婉约、细腻的词，我们会感到自己被理解、被抚慰、被同情了。当感到没人理解你时，或许你可以从宋词中找到知己。

元元： 晓丹姐姐，我们平时总会说"唐诗宋词"，您之前给我们讲过唐诗了，今天能给我们讲讲宋词吗？

晓丹姐姐： 好呀。这样吧，我先来问一个问题，看看你们知不知道。

陶陶： 什么问题？

晓丹姐姐： 刚才元元说到宋词，难道"词"这种文体只有宋代的人写过吗？

陶陶： 嗯……这我就不知道了，我只听说过宋词。

元元： 您这么问了，看来别的朝代的人也写过词。

晓丹姐姐（笑）：是的。不过，这个问题可不简单。除非是大学读过中文系的人，一般人对"词"都有一些误解。很多人认为，词都是宋代人写的，其实并非如此。我们现在可以看到的最早的词，大概是唐朝早期的人写的。

元元： 唐朝就有词了？这些词现在在哪里能看到呢？

晓丹姐姐： 其实啊，唐朝之后上千年的时间里，人们都看不到这些词。一直到清朝晚期，在丝绸之路重镇敦煌的莫高窟，一个道士发现一个洞窟里藏着大量的重要文献，人们才第一次看到了唐朝早期的词，这个洞后来被称为藏经洞。这些词和苏轼、李清照这些宋代词人写的词不太一样。它们没有那么文雅精美，其中的绝大多数我们都看不到作者的署名。

陶陶： 那是谁写了这些最早的词呀？

晓丹姐姐： 这就和丝绸之路有关系了。在隋朝和唐朝时期，丝绸之路上有很多商人往返经商，很多歌女做生意，还有一些驻守边疆的士兵，可能就是这些人写出了最初的词。这些作者不是社会名流，不是饱读诗书的人，所以这些词写得非常通俗，对情感的表达也非常热烈。敦煌藏经洞里收藏了很多唐朝早期、繁盛时期完成的民间词，大多描写的是边境的生活、老百姓的喜怒哀乐，词里有很多口语化的表达。

元元： 原来最早的词是这样的。

晓丹姐姐： 对。到了唐朝晚期，情况发生了一些变化。晚唐到五代，天下大乱，唐朝分裂成了很多个小国家。主要占据四川的国家叫西蜀，而占据江南的国家叫南唐。西蜀和南唐都在南方，风景优美，物产富饶。从文化上来说，两国人也都喜欢高雅、精致、奢华的生活。更重要的是，西蜀和南唐都聚集了大量的文人，两国的国君也非常喜欢文化生活。

元元： 所以这些文人对词做了改动？

晓丹姐姐： 对。一些西蜀文人觉得，吃饭喝酒的时候再听那些敦煌的民间词太俗气了。因为词最初是配乐来演唱的，所以这些文人开始沿用敦煌词的曲调，重新创作更高雅的词来替换原来的词。后来，他们把自己填词的作品汇聚成了一本词集，叫《花间集》。从《花间集》这个名字我们可以联想到，这些词是在鲜花盛开的花园里，由那些非常美丽的歌女唱出来的。

陶陶： 那这些词，唱的是什么呢？

晓丹姐姐： 这些词还是在表达情感。不过，和敦煌的词比较起来，西蜀的这些词表达得更高雅、更精美，对情感的描述也更细腻。

元元： 明白了。

晓丹姐姐： 了解了词产生的过程，我们就知道了词其实在最初就是用来表达情感的。刚才我说了，词最早是配乐来演唱的，这个配乐有一个特

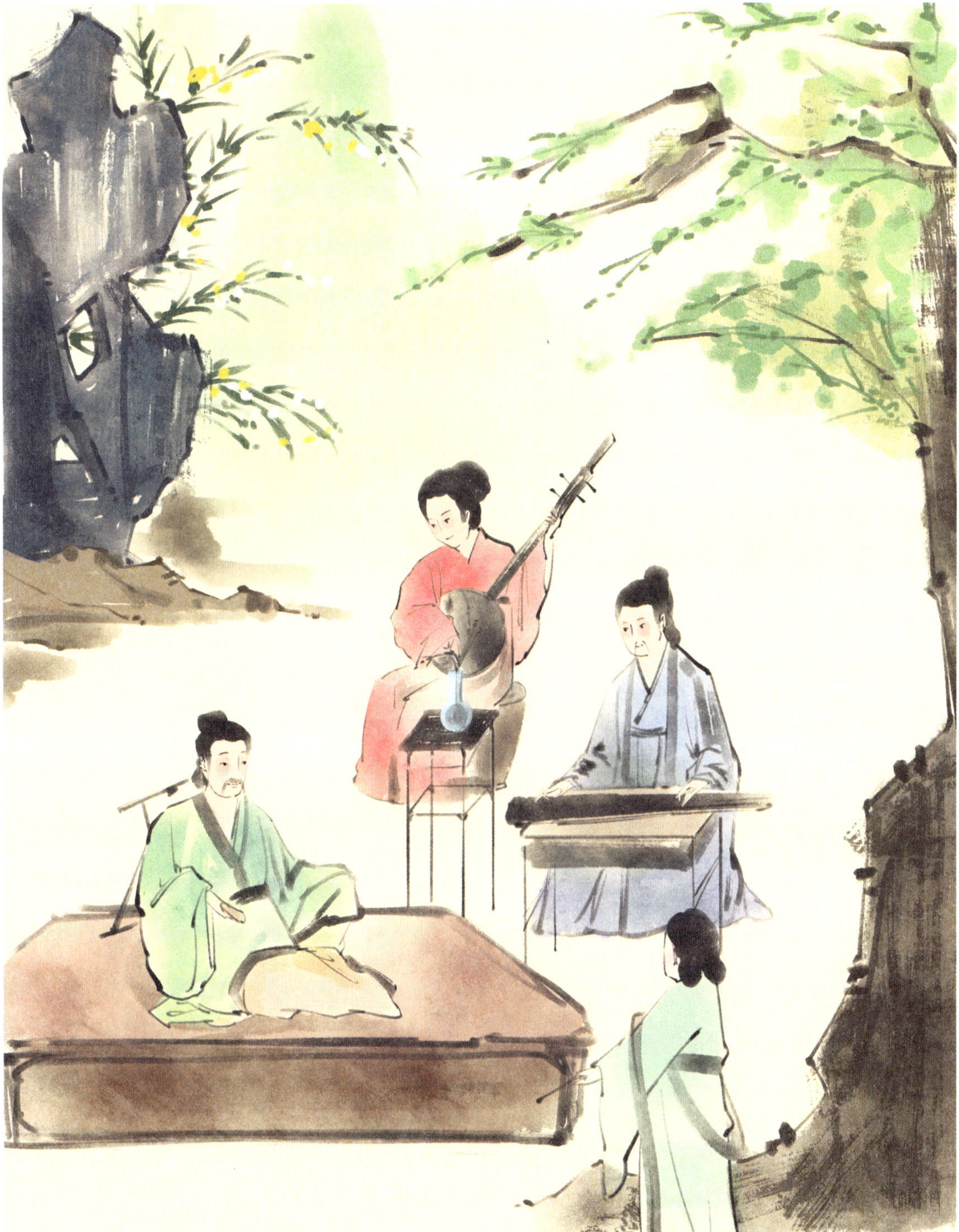

殊的名字，叫作"燕乐"。燕乐是一种杂交的产物，它是由丝绸之路引进来的胡人的音乐和唐朝本土的清乐混合产生的新品种。

陶陶：这个燕乐有什么特别的吗？

晓丹姐姐：原来唐朝本土的清乐比较优雅、温柔敦厚，表达情感的时候比较节制，而胡乐就不一样了，表达感情的时候淋漓尽致。胡乐和清乐杂交之后产生的燕乐，就变成了一种又美又能表达情感的音乐。配着这样的音乐来唱词，当然也就特别能打动人了。

元元：音乐本身就能打动人，加上唱词，就会更厉害，对吗？

晓丹姐姐：嗯，词一开始是民间唱的通俗小曲，唐朝晚期到五代，词的创作越来越流行，五代之后，连皇帝和贵族都很喜欢写词。到宋代之后，接连几个宰相也都喜欢写词。于是我们就有了著名的皇帝词人——南唐末代的李后主，还有了著名的宰相词人——北宋的欧阳修、晏（yàn）殊。当然了，文人中的著名词人就更多了，比如苏轼、李清照。

元元：这两个人的词我上学都学过。

晓丹姐姐：嗯，这些人有时候也会写一些比较豪放的词，但总体来说，他们更多的还是在写比较精致、婉约、细微的情感。只不过和那些不够文雅的词人相比，这些更文雅的词人写的是情感的本质，比如情感中的真挚、深厚和婉转。他们不太描写具体的人和事，而是通过极其高超的语言表达能力，借助一些景物，把情感的美好写出来。

元元： 您举个例子给我们讲讲吧？

晓丹姐姐： 好。比如宋代著名的女词人李清照，和丈夫分别时写过一首词《醉花阴·薄雾浓云愁永昼》，用这首词来表达对丈夫的思念之情。意思大致是：一个秋天的傍晚，好像往日的什么好东西都在，茶也在，酒也在，菊花也在，只是人不在。

陶陶： 哇，好有意境啊。

晓丹姐姐： 是啊，李清照把自己的思念表达得淋漓尽致。相比较之下，那些不够文雅的词人，在表达情感的时候，往往只能写些具体的事情，比如某年某日，在某个地方见到了谁，她穿着红色还是绿色的衣服，长得胖还是瘦，眼睛大还是小，做了什么事，等等。

元元： 这么一比，肯定是李清照写得更好。

晓丹姐姐： 对，几乎是从宋代一开始，人们就很明确地知道这两种词人哪个好哪个差了。所以词的美学标准很快就被确立了，好的词是文雅、婉约、细致而富有象征性的。而我们今天经常能看到的那些词，其实都是经过历史拣选、文化淘汰之后留下的。它们都是非常优雅精美的词。读这些词，可以大大提高我们的审美能力、文学感受力和对情感的敏感性。

元元： 晓丹姐姐，可我以往读过的词，也不全是文雅精美的，比如"大江东去，浪淘尽，千古风流人物"，读起来就很有气势。

晓丹姐姐： 你说的是苏轼的《念奴娇·赤壁怀古》，这是一首豪放派的词。豪放派与婉约派是宋词的两大流派。很多人会有一种误解，觉得豪放词比婉约词更好。但事实上，从词的产生和发展来看，词这种文体本质上就是婉约的，婉约词的数量大大超过了豪放词。哪怕是那些号称写豪放词的作家，比如苏轼、辛弃疾，他们的作品中也有一大部分是婉约词。

元元： 我记得有一句话是"诗言志，词缘情"。

晓丹姐姐： 是的。所以通过写词、读词来体会那种幽微细密的情感，才是正确的学习路径。如果我们学词只是为了了解它的中心思想，了解作者的豪情壮志，那直接去读诗就好了。诗和词确实是有分工的，这是古代每一个诗人和词人都心知肚明并且遵守的事情。

陶陶： 我喜欢词，听上去特别美。

晓丹姐姐： 等你再长大一点，到了元元这么大，一定会有一些自己的小秘密，可能还有一些没办法说出来的情感，甚至你会感觉自己的心思没人能理解。

元元： 晓丹姐姐，你怎么什么都知道……

晓丹姐姐（笑）： 因为这些感受都是很正常的呀。我想说的是，这个时候，你们可以多看看宋词，因为在宋词中，你们或许能找到知己。

元元： 为什么呢？

晓丹姐姐： 原因就在于词的文体特点。我刚才说过了，好的词，不写具体的事情，只写感觉。那些藏在我们内心的渴望或委屈，其实都被这些词人写过了。所以在读词的时候，我们会感到自己被理解、被抚慰、被同情了，就好像这些词是专门为我们而写的。

元元：记得第一次见面的时候，您就说诗词歌赋是我们成长的秘密花园，现在我越来越觉得您说得太对了。

晓丹姐姐：元元还记得秘密花园的比喻，真是太好了。对了，如果你们愿意，可以找一个带锁的日记本，随心所欲地把自己喜欢的词抄到本子上，把自己的青春、梦想和情感，通过这种文雅的方式表达出来。

元元：好主意，陶陶还小，我现在就可以这么做了。

陶陶：哼，我很快就能长大的！

晓丹姐姐（笑）：哈哈，今天时间不早了，我们就先聊到这儿吧？

元元、陶陶：好的，晓丹姐姐下次见！

【文学知识卡】

- 词最早产生于初唐时期，是由丝绸之路上的商人、歌女和士兵创作出来的。早期的词以描写边境生活、表达老百姓的喜怒哀乐为主，类似民间唱的小曲，通俗易懂，感情热烈。晚唐至五代时期，西蜀、南唐的文人们给原先的曲调重新填入了更高雅的词，让词变得更加精美和细腻。
- 唐代和五代时期，词是配乐来演唱的。这种配乐叫作"燕乐"。燕乐是胡乐和唐朝本土的清乐杂交后产生的，是一种很美又很能表达情感的音乐。
- 好的词是文雅、婉约、细致和富有象征性的。文雅的词人擅长写情感的本质，比如情感中的真挚、深厚和婉转。他们不太会描写具体的人和事，大多通过极其高超的语言表达能力，借助一些景物，把情感的美好表达出来。
- 宋词的两大流派是豪放派和婉约派。词本质上是婉约的，婉约词的数量大大超过豪放词。

【思考时间】

- 有没有一首词，你觉得写得比所有的诗都更美。描述一下那是一首怎样的词，带给你怎样的感受？

【经典赏析】

醉花阴①

[宋] 李清照

薄雾浓云愁永昼。瑞脑消金兽②。佳节又重阳，玉枕纱厨③，半夜凉初透。

东篱把酒黄昏后④。有暗香盈袖。莫道不消魂，帘卷西风，人比黄花⑤瘦。

【注释】

①醉花阴：此调首见毛滂《东堂词》，因其中有"人在翠阴中……劝君对客杯须覆"。因据句意取调名。

②瑞脑：即龙脑，是一种名贵的香料。金兽：兽形铜香炉。

③纱厨：即纱帐。

④东篱把酒黄昏后：语本陶渊明《饮酒》诗"采菊东篱下，悠然见南山"。

⑤黄花：菊花。

注释参考出处：《宋词三百首》，吕明涛、谷学彝译注，中华书局，2016年

【推荐阅读】

《唐宋名家词选》,龙榆生编选,上海古籍出版社,2014年

24

那些热爱古典文学的当代作家

20世纪90年代,大陆作家余秋雨,台湾作家张晓风、琦君、林文月、林清玄、余光中,是当时深受读者喜爱的知名散文家。这些作家其实也是很多人的古典文学启蒙老师,你知道为什么这么说吗?

元元: 晓丹姐姐,我有点好奇,你小时候怎么读了那么多古人写的书啊?都是怎么找到的?

晓丹姐姐: 哈哈,这话说起来就长了。我小的时候,那是20世纪90年代,也就是三十年多前了。那个时候,古典文学,还有传统文化,远远没有像现在这样受到大家的重视和喜爱。当时人们买书一般都是去新华书店,但新华书店里除了上海古籍出版社和中华书局出版的一些带有注释的古籍，就很少能看到写给普通读者的古典文学启蒙书了。

陶陶： 那适合我们小孩看的古代的书就更少了吧？

晓丹姐姐： 对，那时候如果有孩子想看看古代的书、学一些古典文学，是有难度的。因为当时的选择很少，他要么去读那些给专业人士的有注释的古籍，要么是把小学语文课本上的几首古诗看来看去，然后就没有然后了。不过幸好，我们那个年代流行读散文。

元元： 读散文和学古典文学有什么关系呢？

晓丹姐姐： 这个问题我得慢慢来给你们解释。你们现在去书店，书店里更多的是小说、科普书、文化普及的书，还有各种学术著作，散文集比较少。如果我问最近十年最有名的散文家是谁，你们可能一时半会儿答不出来。但在我们那个年代，这个问题很好回答，最有名的散文家毫无疑问是余秋雨。

元元： 余秋雨？我们学过他的散文。

晓丹姐姐： 嗯，余秋雨是当时大陆散文作家的代表。除此之外，我们当时还能看到很多台湾作家的散文，比如张晓风、琦（qí）君、林文月、林清玄，还有余光中的作品。对了，余光中写的《乡愁》还被选入了语文课本。

陶陶： 那您小时候，新华书店里有很多这些作家的书吧？

晓丹姐姐： 对，如果我们穿越到20世纪90年代的书店，会发现书架最醒目的位置上，摆放的一定是这些作家的散文。这些作家有一个共同的特点，就是他们都深受古典文学的影响。他们的散文用舒缓易懂的现代汉语写成，读这些散文，就像是在读他们对古典文学和传统文化作出的讲解。

元元：读散文，就像读作家对古典文学和传统文化的讲解……您给我们举个例子讲讲吧？

晓丹姐姐：没问题。比如我上中学的时候，读到了张晓风的《玉想》和《色识》这两篇散文。《玉想》说的是，玉，是一种宝石，它作为文化符号，在中国传统文化中有重要的地位。我从这篇散文里，第一次知道了所谓的"玉有五德"。

元元：玉有五德？是说玉有五种品德吗？

晓丹姐姐：对。张晓风在散文中引用了《说文解字》里的话。哦，《说文解字》是东汉文字学家许慎（shèn）编的一部书，有点像我们今天的字典。《说文解字》上有一段话是这么说的："玉，石之美。有五德：润泽以温，仁之方也；鳃（sāi）理自外，可以知中，义之方也；其声舒扬，専（fū）以远闻，智之方也；不挠（náo）而折，勇之方也；锐廉而不忮（zhì），洁之方也。"

陶陶：这段话是什么意思啊？

晓丹姐姐：这段话讲的不是玉在宝石学上的定义，而是在文化上的定义。这段话主要的意思是，美丽的石头就是玉。玉具有中国古人认为的君子应该具有的五种品格。这五种品格分别是仁、义、智、勇、洁。

元元： 为什么这么说呢？

晓丹姐姐： 这段话后面的几句给出了解释。玉的颜色温润柔和，就像君子待人的态度一样，所以称得上仁；玉的质地表里如一，内外一致，所以称得上义；敲击玉器的时候，发出的声音清脆而远扬，犹如智慧可以穿透迷雾，所以称得上智；玉器在遭受撞击时，宁可碎裂也不会弯曲，就是我们常说的"宁为玉碎，不为瓦全"，所以谈得上勇；当玉碎之后，它的断口边缘清晰却不锋利，犹如君子洁身自好，不苛求他人，所以称得上洁。

元元： 哇，这说法也太棒了。

晓丹姐姐： 是啊，我当时看了也觉得，"世界上怎么会有一本书，说得这么好"。

元元： 所以您就对《说文解字》这部古代的字典产生了兴趣？

晓丹姐姐： 没错。我小学背文学常识题的时候，知道《说文解字》是一本字典。可我没想到，《说文解字》并不只可以用来查字，还写了很多和传统文化有关的内容。让我对《说文解字》产生兴趣的，正是张晓风的这篇叫《玉想》的散文。你们知道吗？我小时候读完这篇散文之后，还强烈要求家里给我买一块玉呢。

陶陶： 哈哈，原来晓丹姐姐和我一样，看到喜欢的东西就想要。

元元： 晓丹姐姐，您刚才提到张晓风两篇散文，那另外一篇讲的是什么呢？

晓丹姐姐： 另外一篇散文叫《色识》，讲的是中国的传统颜色。因为是散文，不是学术论著，所以张晓风在文中提到的颜色，不全是正式的颜色分类中的名字。她还写到了瓷器、颜料、纺织品、矿石等很多东西的颜色。从这篇散文里，我第一次知道原来有一种颜色叫作"霁（jì）青"。

元元： 霁青？是一种青色吗？

晓丹姐姐： 霁青是五代时期，根据周世宗柴荣的指示，在烧制瓷器的时候创造出来的颜色。据说当时连周世宗自己都说不出来他想要的颜色该怎么描述，这种颜色该叫什么名字。所以他就特别任性地说了一句："雨过天青云破处，者（zhě）般颜色做将来。"

陶陶： 这句话是什么意思啊？

晓丹姐姐： 周世宗说，"你给我把雨后云散去的时候，露出的那块青天的颜色，烧到瓷器上去"。

元元： 那为什么要把这个颜色叫作霁青呢？

晓丹姐姐： 霁青的霁字，上面是下雨的雨字，下面是整齐的齐字，这个字本身就有"雨停了，天空放晴"的意思，和周世宗对这种颜色的描述一致。所以当这种瓷器被烧出来以后，瓷器的颜色就被命名为"霁青"了。

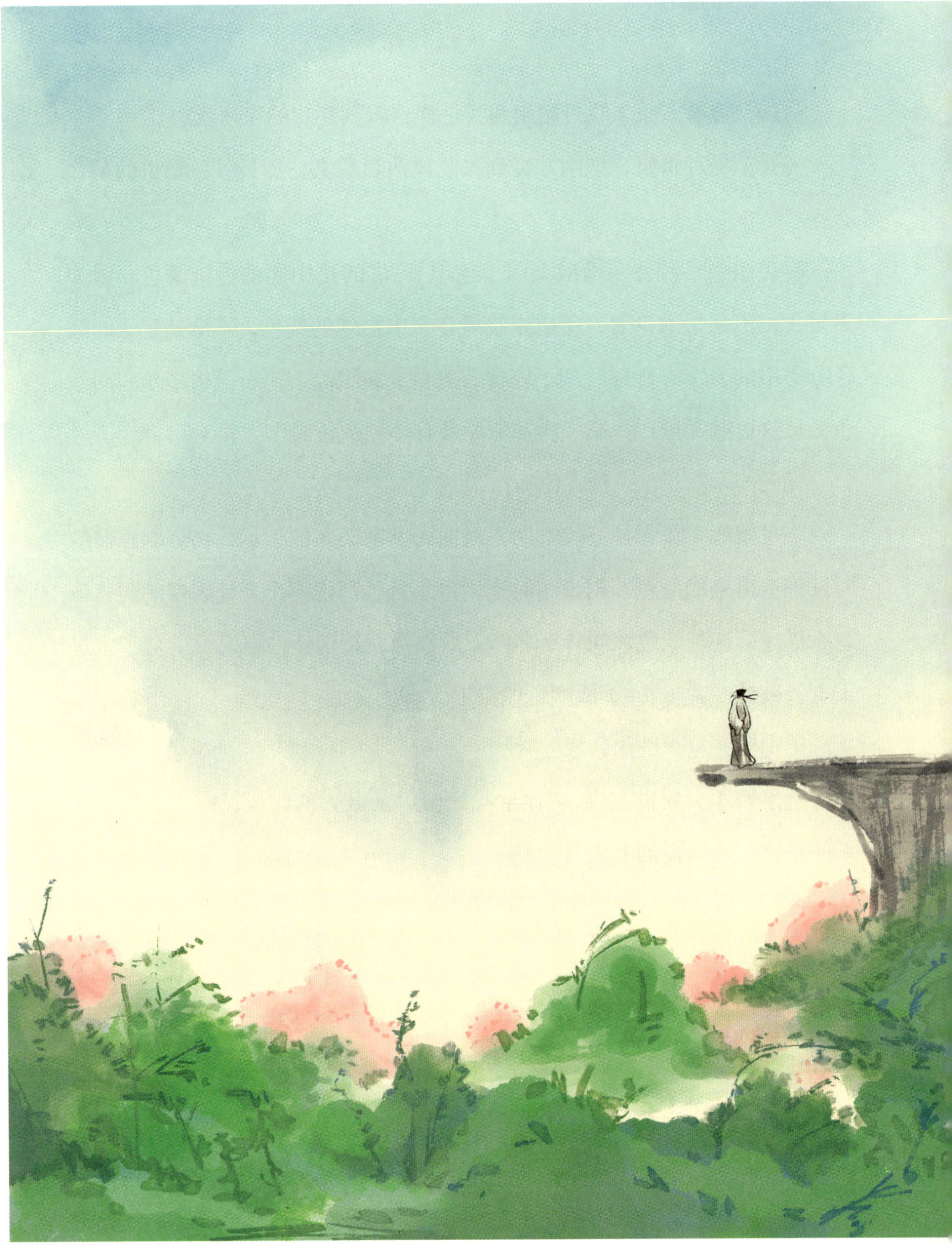

陶陶： 原来颜色的背后，还有这么好玩的故事。

晓丹姐姐： 是呀，这篇散文里还说到了"剔红""娇黄""桃花水""孩儿面"等好多种颜色。我看完这篇散文之后，去了一趟上海博物馆。我在博物馆的陶瓷馆和玉器馆逛了一整天。当时我并不知道还有一个叫艺术史的专业。要不然，我可能会在考大学的时候，冲着这些颜色去学艺术史了。

陶陶： 那就没人给我们讲好玩的古典文学啦！

晓丹姐姐（笑）： 再给你们讲一个我上学时候的故事。那时候我看了一篇余秋雨写的关于三峡的散文，里面引用了台湾著名作家余光中的诗《寻李白》。《寻李白》这首诗里有一句是这么写的，"酒入豪肠，七分酿成了月光／余下的三分啸（xiào）成剑气／绣口一吐就半个盛唐"。余光中的这句"酒入豪肠，七分酿成了月光"，又能联系到北宋文学家范仲淹的一句词"酒入愁肠，化作相思泪"。

元元： 您从余秋雨的散文里，知道了余光中的诗，又从余光中的诗里，知道了范仲淹的词。

晓丹姐姐： 是啊，我当时觉得，他们三个人写得都太棒了。所以有一个中午，我站在教室门口，拿着余秋雨、余光中、范仲淹的三本书，让每一个走进教室的同学看，还逼着他们承认"这书写得真棒"。现在想起来，感觉自己那会儿真是好傻气，很不好意思。

陶陶： 哈哈，原来晓丹姐姐还做过这样的事。

晓丹姐姐： 是呀，我小时候最初是喜欢看那些当代作家的文章，后来爱屋及乌、按图索骥，追溯着又去读了很多古代作家的诗文。

元元： 那您再多给我们讲讲吧？

晓丹姐姐： 好，咱们先休息一下，喝点儿水，一会儿我再接着给你们讲。

元元、陶陶： 好的。

【文学知识卡】

◎ 20 世纪 90 年代，当时社会流行读散文。大陆作家代表余秋雨，台湾作家张晓风、琦君、林文月、林清玄，以及余光中，是当时深受读者喜爱的知名散文家。

◎ 20 世纪 90 年代的知名散文作家们，有一个共同的特点，就是他们都深受古典文学的影响。他们的散文用舒缓易懂的现代汉语写成，读这些散文，就像是在读这些作家对古典文学和传统文化作出的讲解。

【思考时间】

◎ 你喜欢读哪位作家的散文？说一说原因。

【经典赏析】

在李白的时代，有很多诗人在这块土地上来来去去。他们的身上并不带有政务和商情，只带着一双锐眼、一腔诗情，在山水间周旋，与大地结亲，写出一行行毫无实用价值的诗句，在朋友间传观吟唱，已是心满意足。他们很把这种行迹当作一件正事，为之而不怕风餐露宿、长途苦旅。

结果，站在盛唐的中心地位的，不是帝王，不是贵妃，不是将军，而是这些诗人。余光中《寻李白》诗云：

酒入豪肠，七分酿成了月光
剩下的三分啸成剑气
绣口一吐就半个盛唐

盛唐时代的诗人，既喜欢四川的风土文物，又向往下游的开阔文明，长江就成了他们生命的便道，不必下太大的决心就解缆问桨。脚在何处，故乡就在何处；水在哪里，道路就在哪里。

他们知道，长江行途的最险处无疑是三峡；但更知道，那里又是最湍急的诗的河床。

一到白帝城，他们振一振精神，准备着一次生命对自然的强力冲撞，在冲撞中捡拾诗句。

只能请那些在黄卷青灯间搔首苦吟的人们不要写诗了，那模样本不属于诗人。诗人在三峡的木船上，刚刚告别白帝城。

节选自余秋雨的散文《三峡》

【推荐阅读】

1.《色识》,张晓风著,译林出版社,2015年
2.《文化苦旅》,余秋雨著,长江文艺出版社,2019年

25

现代散文和小说：通往古典文学世界的桥梁

古代文学经典是第一等的文章，但大多数人会因为浓度太高读不进去，领会不到其中的美妙。而现代散文和小说，可以为你搭一座走进古典文学世界的桥梁。这一节，晓丹姐姐分享了她的"拔土豆"阅读法。

元元： 晓丹姐姐，您小时候还从哪些散文里，发现过古人写的好东西啊？

晓丹姐姐： 说起来，我从台湾作家林清玄的散文里，也知道了很多古典文学和传统文化的知识。比如"三生石"的故事。这个故事比较长，如果用一句话简单概括，讲的就是一个关于轮回和缘分的故事。从林清玄的散文里，我不光知道了这个故事，还知道了一首关于"三生石"的诗，是唐代的诗人袁郊写的；知道了另一个和轮回有关的故事，是讲北宋文人黄庭坚的；然后我还知道了，清朝的袁枚，在读过黄庭坚的轮回故事之后，写下了一句著名的诗句——"书到今生读已迟"。

元元： 从一篇散文里，您知道了这么多东西。

晓丹姐姐（笑）： 是啊，林清玄的散文通俗易懂又带有情趣，虽然后来我很少再回去看他的散文了，但在中学时代，林清玄的散文让我觉得传统文化亲近可爱，就读了很多。当然，这也和我自己读书的习惯有关系。我读书的时候，如果觉得作者引用的诗文或者著作有趣，就会把原书找出来再读一下。所以，我读书就像拔土豆一样，拔出一颗就会带起一串，渐渐地我就读了很多书。

陶陶： 像拔土豆一样，呵呵，好玩，我以后也要这么读书。

晓丹姐姐（笑）： 读了一段时间的余秋雨、余光中、张晓风和林清玄的散文之后，我发现，自己的文学欣赏能力提高了，于是根本不需要别人教，我自己就开始找适合下个阶段读的书了。

元元： 那您接下来读的是什么呢？

晓丹姐姐： 我后来就开始读 19 世纪末 20 世纪初那些作家的书了，比如鲁迅、郁达夫、朱自清、俞平伯、郑振铎、梁实秋，还有何其芳的书。而最先迷住我的，是三篇散文：鲁迅的《社戏》、郁达夫的《钓台的春昼》和朱自清的《松堂游记》。

元元： 我们学过《社戏》，《社戏》写的是鲁迅小时候在乡村的生活。

晓丹姐姐： 对，《社戏》里有一种对传统乡村的怀念。郁达夫的《钓台的春昼》，写的是他游览富春江上的严子陵钓鱼台的事。看了这篇散文之后，我很想多知道一点严子陵的故事，就找到了《后汉书》里的一个故事，叫《严光传》。《后汉书》是记载东汉历史的一部史书。严光就是严子陵，他是东汉一位很有名气的学者。

陶陶： 那这个故事讲了什么呢？

晓丹姐姐：《严光传》里说，汉光武帝刘秀和严子陵以前是好朋友，后来刘秀当了皇帝，请严子陵出来做官，但严子陵不愿意，隐居在了富春江畔。一次，汉光武帝请严子陵和他一起聊天，他们聊到很晚，就在一张床上睡着了。严子陵睡相不好，睡着之后，竟然把脚跷（qiāo）到皇帝的肚皮上去了。

元元： 后来呢？

晓丹姐姐： 第二天，有官员紧急报告，说昨晚天象异常，有彗星从帝星上滑过去了，帝星就是代表皇帝的星星，所以估计人间要发生什么冒犯皇帝的事。汉光武帝听了说："没事，没事，昨晚我和老朋友一起睡觉，老朋友的腿跷我肚皮上了。"

陶陶： 哈哈，把腿跷到皇帝的肚皮上，皇帝也没生气，真是好哥们。

晓丹姐姐： 是啊，读了这个故事之后，我又顺道看了很多古人对天象的看法。你们看，我那些七零八碎的知识就是这么来的。哦，我刚才还说到了朱自清的《松堂游记》，我小时候觉得那篇文章就是一个现代版本的《记承天寺夜游》。《记承天寺夜游》是苏轼的一篇散文，现在收进中学课本里了，也是非常美妙的一篇散文。

元元：《记承天寺夜游》？我们学过，写得很美。

晓丹姐姐： 对，不管是《松堂游记》这样的散文，还是我前面说的张晓风、林清玄那些作家的散文，它们的行文比较具体，也啰嗦一些，算是第二等、第三等的文章。不过，这些散文就像一座桥梁，可以带人走入美妙的古典文学和传统文化的世界，让人比较容易体会到美的意境。如果缺少了这座桥梁，直接去看古代文学经典第一等的文章，可能就领会不到那种美妙到底美在哪又妙在哪。这并不是因为他们头脑不灵光或者缺乏想象力，而是第一等的文章，浓度实在是太高了。

元元： 还真是这样，我也需要这样的桥梁。不过晓丹姐姐，只有散文能成为这样的桥梁吗？

晓丹姐姐： 我觉得小说也是可以的。给你们举个例子，我上学的时候看过鲁迅的一本小说集，叫作《故事新编》。这本书里面充满了无厘头的故事，比如，说治水的大禹是一条虫；再比如，说嫦娥奔月是因为后羿成天给嫦娥吃乌鸦炸酱面。

陶陶： 哈哈，太搞笑了吧！

现代散文和小说：通往古典文学世界的桥梁

晓丹姐姐： 我还看了何其芳写的一本书《画梦录》，里面有两个故事我印象特别深刻。一个叫《淳于棼（fén）》，一个叫《白莲教某》。《淳于棼》的故事改编自唐代李公佐的《南柯太守传》，就是那个南柯一梦的故事。

元元： 这个故事我读过，好像是说一个人在树下睡觉，做了一个美梦，结果醒了发现一切都不是真的。

晓丹姐姐： 对，这个故事讲的是一个叫淳于棼的人的故事。他在槐树下睡觉，梦到自己来到了槐安国，他娶了公主为妻，成了南柯太守，享尽了荣华富贵。可是后来，国王对淳于棼起了疑心，把他赶回了家。这时候淳于棼的梦醒了，他发现，梦中的槐安国其实只是槐树下的蚁穴。再后来，人们就用南柯一梦这个典故，比喻空欢喜一场。

陶陶： 那另外一个"白莲什么什么"的故事，讲的是什么呢？

晓丹姐姐：《白莲教某》是从《聊斋志异》中一篇叫《白莲教》的短篇小说改编而来的。故事讲的是，一个信奉白莲教、有法术的人，出门前让徒弟看着一盆水。这个人特意嘱咐徒弟，不能把盆上的盖子打开。可是徒弟因为太好奇，还是打开了盖子。结果这个徒弟发现，盆里的水变成了大海，他的师父就坐在一张树叶变成的小船上，在大海上航行。

陶陶： 哇，这些故事听上去，有点像您之前给我们讲过的古代的神仙鬼怪小说。

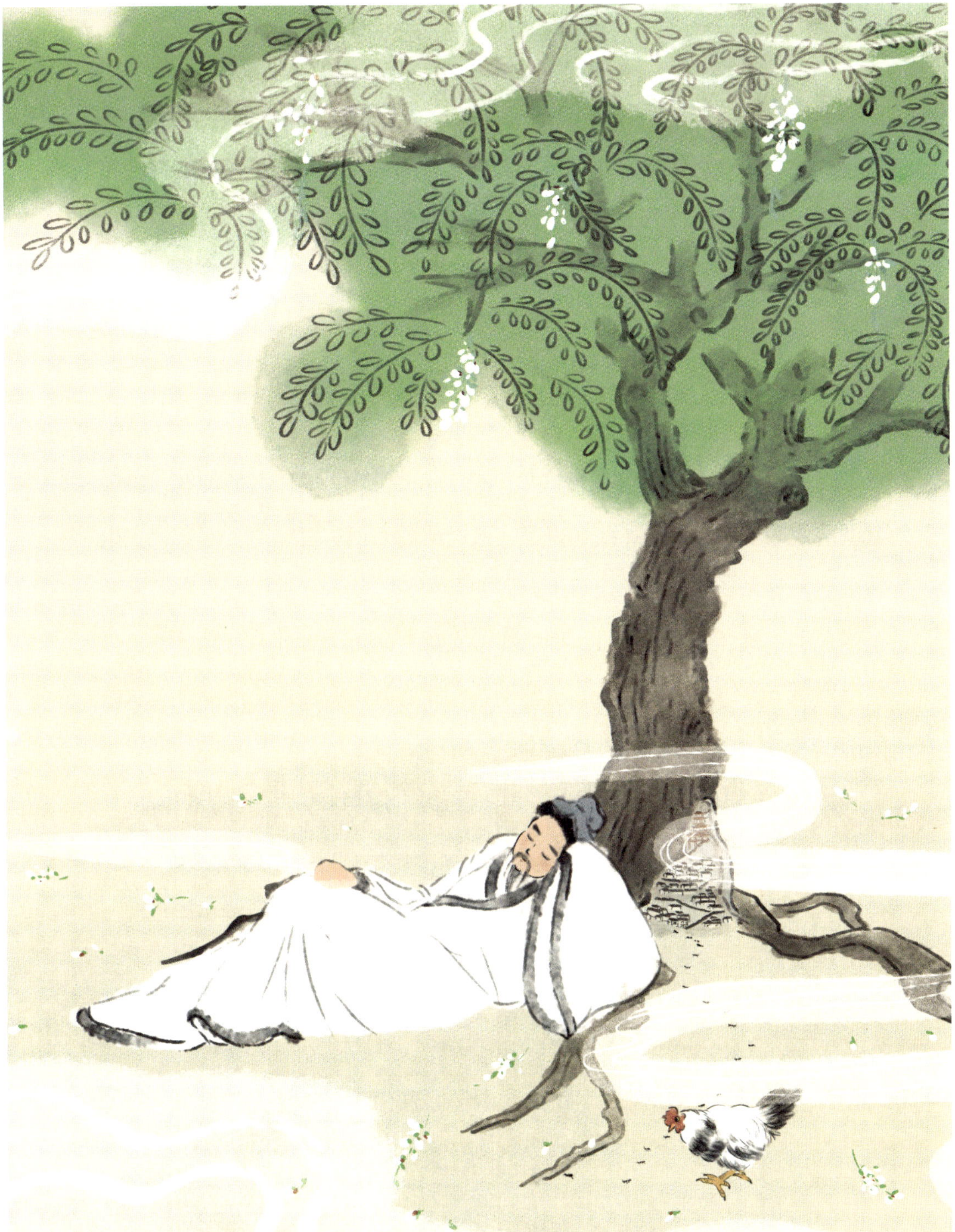

晓丹姐姐：对，鲁迅的《故事新编》、何其芳的《画梦录》，其实都是对古代小说的重新叙述。如果一个人读这些书读得感兴趣了，一般都会按图索骥，再把古典原著拿来读一读，这个时候，他就很容易把古典原著读进去了。很多人对古代小说的兴趣，都遵循这样一个由现代到古代的路径，是一步步看进去的。

元元：以前我觉得，学习古典文学，就得直接去看那些最经典的古文。可有时候，我就是看不进去。

晓丹姐姐："条条大路通罗马"，我们没有必要非得什么最古老、最经典就从什么学起。因为那些最古老、最经典的东西，可能离我们的现实生活很远，对大多数人来说很陌生。但如果我们能从自己够得着、容易懂的东西入手，就会少很多障碍。哪怕那些文章不是第一等的，可能只是第二等或者第三等的，也没问题。学着学着，我们就能慢慢地走进古典文学的大门了。

元元：我明白了，以后我要多读一读您刚才提到的那些作家的作品。

陶陶：我也要！

晓丹姐姐（笑）：好了，今天时间不早了，我们就先说到这儿吧？

元元、陶陶：好的，晓丹姐姐下次见！

【文学知识卡】

◎ "拔土豆"阅读法：在阅读一本书的时候，如果我们认为作者引用的诗文或者著作很有趣，就可以把原书找出来读一下，这样就能像拔土豆一样，拔出一颗带起一串，读到更多有意思的书。

◎ 鲁迅的《故事新编》，何其芳的《画梦录》，其实都是对古代小说的重新叙述。很多人对古代小说的兴趣，都遵循着一个由现代到古代的路径，一步步看进去的。

◎ "条条大路通罗马"，我们没有必要从最古老、最经典的学起。因为那些最古老、最经典的东西，可能离我们的现实生活很远，对大多数人来说很陌生。如果我们能从自己够得着的东西、容易懂的东西入手，就会少很多障碍。哪怕那些文章不是第一等的，可能只是第二等或者第三等的，也没问题。读着读着，我们就能走进古典文学的大门了。

【思考时间】

◎ 你有没有过像"拔土豆"一样，自己发现了一连串好看的书，说说你的经历。

【推荐阅读】

1.《故事新编》，鲁迅著，人民文学出版社，2021 年
2.《何其芳散文》，何其芳著，人民文学出版社，2022 年

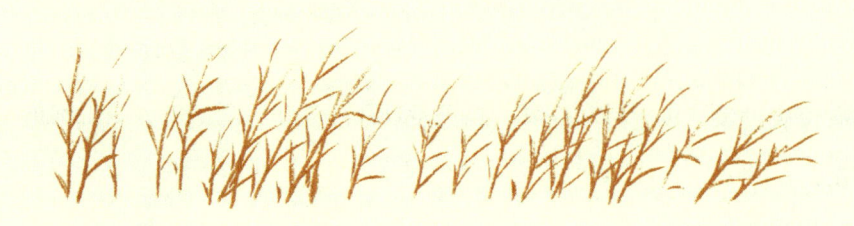

26

古人是怎么上学的？

在古代，上学不是一件很普遍的事情。古代的学校很少，更不可能让不同年龄段的人上不同的学校。在这种情况下，古代的人都通过哪些途径学习呢？

陶陶： 晓丹姐姐，我们现在都是在学校里上学的，古时候的人是在哪儿上学的呢？

元元： 我知道，古时候那些有钱人，会把老师请到家里来教孩子。

晓丹姐姐： 嗯，元元说对了一部分。你俩的话让我想起来，前段时间我经过一个少年宫，看到里面有很多孩子在上兴趣班。而少年宫旁边的肯德基里，坐满了等待孩子下课的爸爸妈妈。于是我就想，古时候没有这么多老师，人们都是怎么学习的呢？书没有被发明出来之前，人们是怎么学习的呢？还有，学习真的只能在教室里进行吗？

元元： 这些问题我也想知道答案。

陶陶： 对啊，您快给我们讲讲吧！

晓丹姐姐： 好，咱们慢慢聊，一个一个说。先说陶陶提的问题，古人在哪里上学。古代没有咱们现代这么多的学校和老师。那时候的学校大致可以分为三种：官学、私塾和书院。官学就是当时由国家开办和管理的学校，最高学府是太学和国子监。除此之外，还有一些设置在不同行政区域的地方官学，比如府学、州学、县学，等等。

元元： 我们历史课上学过，古代也有行政区域划分，就像我们今天有省、市、区县和乡镇的划分一样。

晓丹姐姐： 没错。咱们拿苏州为例，今天的苏州对应的基本上是古代的苏州府。苏州府就只有一个府学。宋代苏州府学的所在地，就是现在的苏州中学。所以，前几年苏州中学校庆，苏州出租车的字幕屏上都写着"千年府学，百年新学"。

元元： 千年府学？这个学校有一千年了？

晓丹姐姐： 是呀，北宋著名的宰相范仲淹，在宋仁宗景祐二年，也就是公元1035年，创办了苏州府学，如果从那个时候算起，苏州中学可不就是有近千年的历史了。

陶陶： 哇，苏州中学可太厉害了。

元元： 是啊，有些大学校庆时做宣传，顶多说自己有百年历史！可这所中学，竟然有快一千年的历史了。

晓丹姐姐（笑）：咱们刚才说的是古代学校中的官学，接下来我再给你们讲讲私塾。私塾由私人开办，是一个家族开设给族里的孩子读书的地方。鲁迅的《从百草园到三味书屋》，元元应该读过吧？这个"三味书屋"就是鲁迅小时候上的私塾的名字。

元元： 嗯，我们学过这篇文章，文章里写的就是鲁迅小时候读私塾的事。

陶陶： 官学，私塾，晓丹姐姐，你刚才还说了一种古时候的学校，叫……？

晓丹姐姐： 叫书院。书院既不属于官学，也不属于私塾。它提供了一个空间，供学生们自由研学，同时书院也是一些古代学者发表自己见解的地方，这样学生们也能受益于学者们的讲授。比如无锡就有一个很著名的书院叫东林书院，明朝晚期的时候，东林书院汇集了许多江南地区的文人代表。东林书院内还悬挂着一个很有名的对联："风声雨声读书声声声入耳，家事国事天下事事事关心。"

元元： 我听过这个对联，原来它挂在东林书院！

晓丹姐姐： 是的。不过，不管是哪类学校，古代上学都不是一件普遍的事。大多数人都没有机会进入私塾，更不要说进入官学和书院了。

陶陶：晓丹姐姐，那古时候的这些学校，也像我们今天一样按年龄划分，有幼儿园、小学、中学和大学吗？

晓丹姐姐：古代的学校很少，更不可能让不同年龄的人上不同的学校。

元元：学校那么少，那些上不了学的人，就不学习了吗？

晓丹姐姐：问得好。元元，你看过电视剧《水浒传》吗？

元元：我上个假期刚看过一遍，爸爸说他小时候也看过，是个很经典的电视剧。

陶陶：哇，那我也要去看！《水浒传》讲的故事好玩吗？

晓丹姐姐（笑）：电视剧《水浒传》是根据元末明初的文学家施耐庵写的小说《水浒传》改编而成的。讲的是北宋末年，以宋江为首的梁山好汉，起义反抗朝廷欺压。起义队伍一度发展壮大，但后来因为接受了朝廷招安，他们最终失败了。我想说的是，在这部电视剧里，我们可以看到古代老百姓，就是那些大多上不了学的人，是怎么接受教育的。

元元：电视剧里还演了这些？我怎么没注意到。

晓丹姐姐：有啊，在电视剧里，在河南开封府最繁华的街上，有人在说书，有人在唱戏，旁边一堆老百姓很高兴地在围观。这样的场面其实给我们展示了当时的老百姓是怎么接受教育的。概括起来，他们接受教育的方式就是——戏文里说。

陶陶：戏文里说？

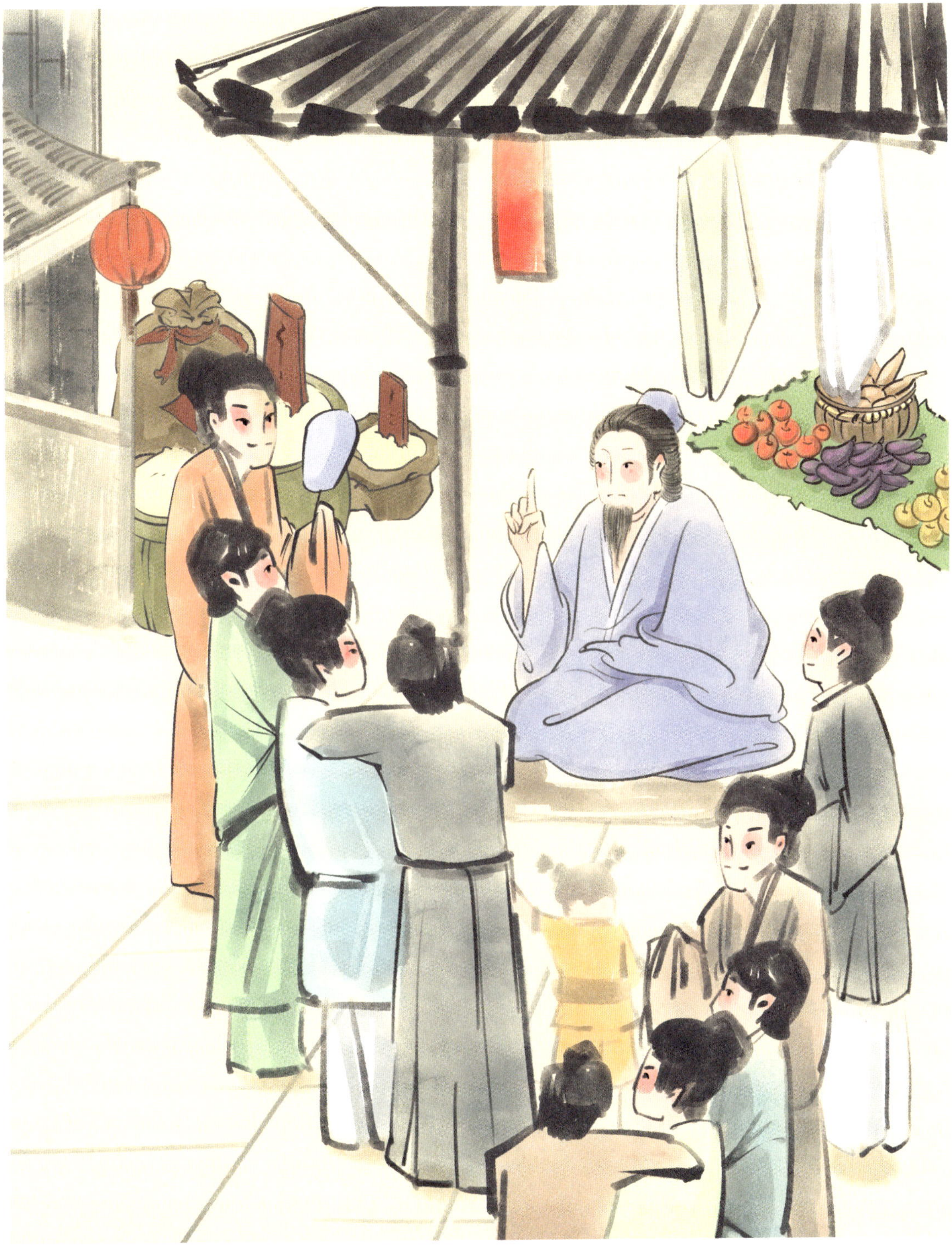

晓丹姐姐： 对，就是戏里边演什么唱什么，老百姓就学什么。比如戏文里有岳母刺字的故事，元元，你知道这个故事吧？

元元： 我在书上读到过，讲的是民族英雄岳飞的母亲，为了激励儿子报效国家，就用针在岳飞的背上刺了"精忠报国"四个字。

晓丹姐姐： 对，古代的普通老百姓虽然不识字也不会读书，但他们能听懂戏文里说的故事，所以他们就学到了要精忠报国。

元元： 那些上过学、读过书的人呢？他们也会听戏文来学习吗？

晓丹姐姐： 你们听过"读万卷书，行万里路"的说法吗？古代读书人不靠戏文，除了读书，他们还靠行万里路来学习。你们知道吗？第一个"读万卷书，行万里路"的人是司马迁。

陶陶： 司马迁？就是你之前讲过的，那个把《史记》写得特别好看的人？

晓丹姐姐： 对。司马迁去过很多地方，去看那里的古代历史遗迹和碑刻，从中学到很多东西。

陶陶： 我好羡慕司马迁，不用总是坐在教室里，可以一边旅游一边学习。

晓丹姐姐（笑）**：** 除了上学读书，很多古人都是在公共空间里学习知识文化的。

元元： 公共空间？

晓丹姐姐： 如果你们去看清代的经典小说《儒林外史》，会发现这部书里有一半都在讲南京的一帮读书人是怎么修建一个庙宇的。这个庙就是他们传承学术、寄托理想和讨论国家大事的公共空间。

元元： 庙、碑刻、历史遗迹，就是您说的古代的公共空间？

晓丹姐姐： 不完全是。如果我们把空间分成公共空间和私人空间的话，那我们各自的家就是私人空间，而学校、广场、教堂、寺庙这些都是公共空间。我们从远古时代说起，那个时候，人类还是原始人，大家围着一堆篝火跳舞，篝火旁边的空地就是最初的公共空间。人们在那里跳舞，讨论事情，记录历史，预卜未来。长老在这块空地上调解纠纷，长辈在这块空地上传授技能。原始人的小婴儿被妈妈抱在怀里，在这个公共空间里耳濡目染，慢慢就学会了如何成为群体中的一员。

元元： 没想到篝火旁的空地就是一个公共空间，能让人学到这么多东西。

晓丹姐姐： 是啊，篝火边这块小小的公共空间，承载了文化传承和教化百姓的功能。等到人类走出丛林，建立城邦，开始用砖头石块造房子，公共空间就成为城邦的中心。在古希腊、古罗马的城邦中心出现了最早的广场。在这些广场上，城邦居民讨论哲学，议论政治，谈论艺术。这些公共空间的出现比学校和书籍还早，人们最初就是在这里继承长辈的智慧，培养自己的智能。

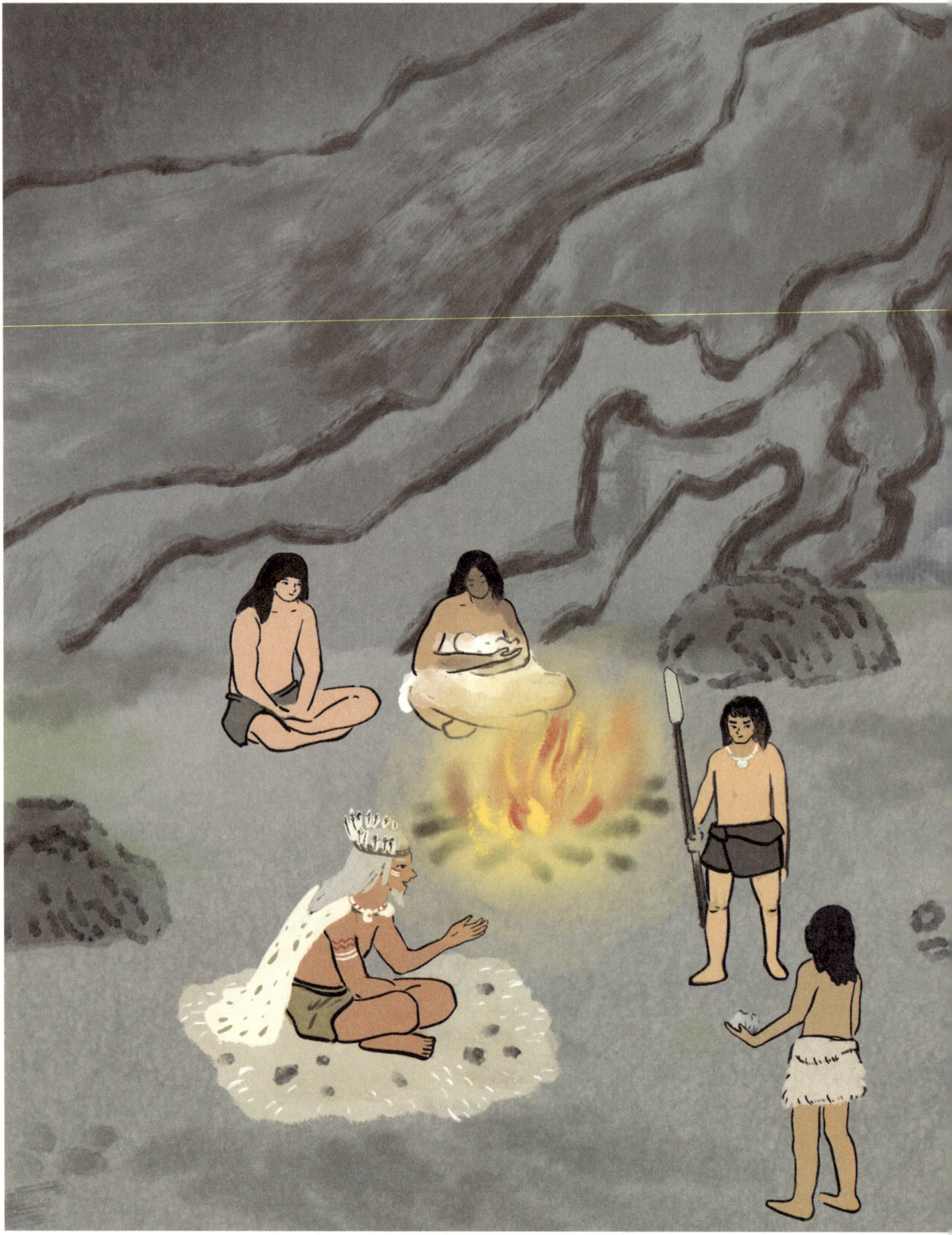

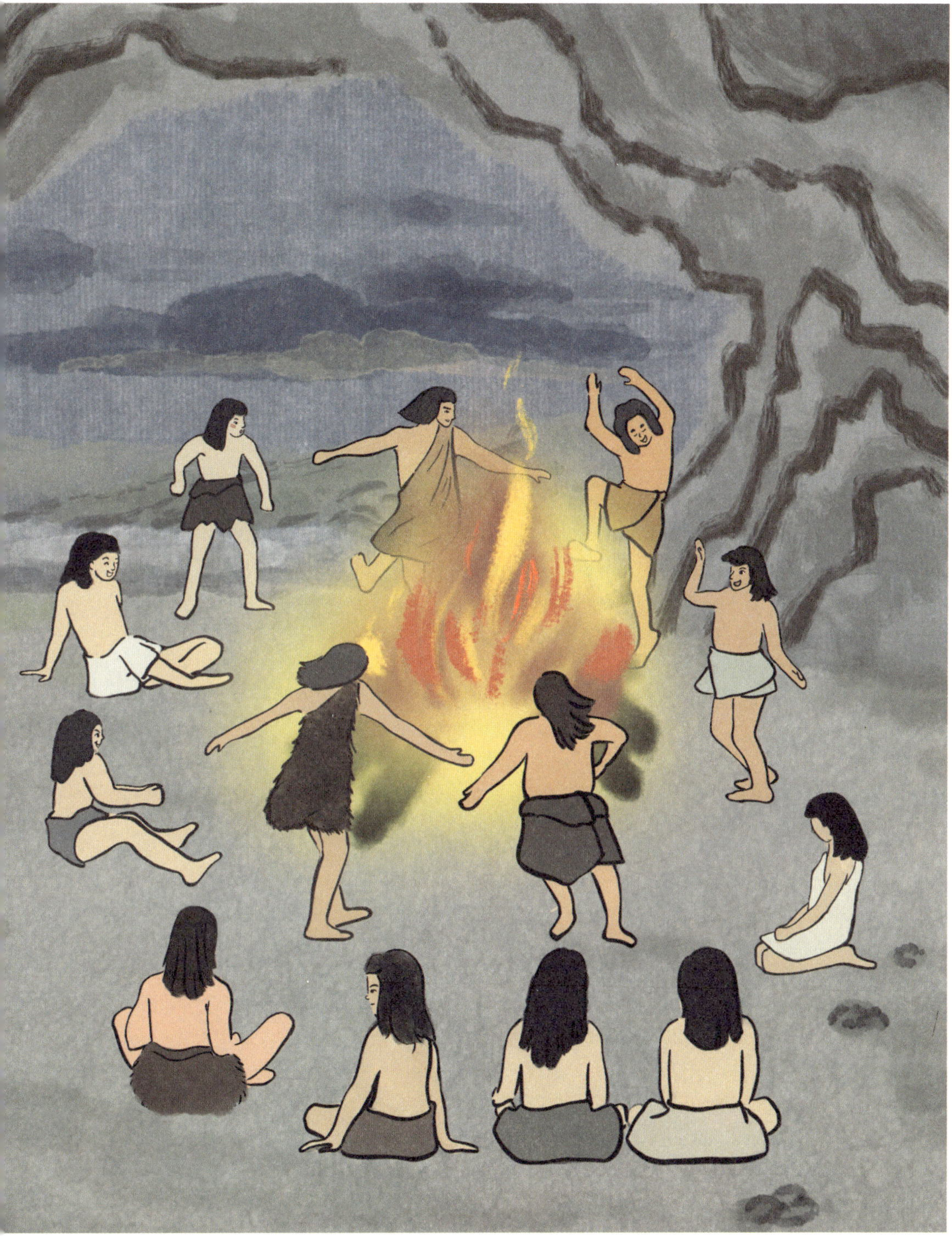

陶陶： 那我们现在的城市里，也有这样的公共空间吗？

晓丹姐姐： 当然有啦，现在每个城市都有一些重要的公共空间，我们可以在这些地方学到很多知识。而且，越是历史悠久的城市，公共空间的文化价值越高，文化积淀越丰富。但是这些重要的公共空间，一般不会出现在旅行社的线路上，甚至连本地人都不在意。

元元： 啊，这么重要的地方都被忽略了？

陶陶： 是啊，您快给我们讲讲，城市里都有哪些有意思的公共空间吧！

晓丹姐姐： 这说起来话就长了。咱们先休息一下，喝点水果茶，一会儿我再接着给你们讲，好不好？

元元、陶陶： 好的！

【文学知识卡】

- 古代的学校大致可以分为三种：官学、私塾和书院。
- 官学是当时由国家开办和管理的学校。官学中的最高学府是太学和国子监，还有不同行政区域的地方官学，比如府学、州学、县学等。
- 私塾是私人开办的，是一个家族开设给族里的孩子读书的地方。
- 书院既不属于官学，也不属于私塾，是古代一些学者独立发表意见的地方。
- 古代的学校很少，无法按照年龄划分出适合不同人的学校。在古代的私塾里，不同年龄的孩子是坐在一起上学的。
- 大多数上不了学的老百姓是通过"戏文里说"来获得教育的。戏文里说，就是戏里边演什么唱什么，老百姓就学什么。
- 很多古人在公共空间里学习知识文化。远古时期，篝火旁的空地就是原始人类的公共空间。在古希腊和古罗马，广场是重要的公共空间，人们在这些地方继承长辈的智慧，培养自己的心智。

【思考时间】

- 关于上学这件事，你不妨去问问家里的长辈，他们当年是怎么上学的？和你现在一样吗？

27

读万卷书，也要行万里路

"读万卷书，行万里路"，是古代读书人的求知模式。在古代，只有精英阶层才有机会通过行万里路，丰富阅历、认识朋友。现在信息发达，我们自己设计旅游路线，就能达到古人"行万里路"的效果。

陶陶： 晓丹姐姐，您之前说过，司马迁是中国第一个"读万卷书，行万里路"的人。我好羡慕他，不用非得坐在教室里上课、学习。

晓丹姐姐（笑）**：** 其实啊，这种方式并不新奇。在中国历史上，人们认为这种通过"行万里路"来进行的教育非常重要，是精英教育的一部分。古时候，只有少数人才有机会和条件"行万里路"，我们今天的"文化旅游"，就想达到古人说的"行万里路"的目的。

元元： 是啊，您讲过，古代的学校少，能上学的人本身就很少。那接受过这种精英教育的人，肯定就更少了。除了司马迁，我记得一些著名的大诗人也会四处游历，比如李白和杜甫。

晓丹姐姐： 对，如果去看司马迁、李白和杜甫的经历，我们就会发现，他们小时候，在看了一些书之后，就会刻意地出去旅游，把他们在书上看到的内容和现实中的场景进行对照。这样，一方面可以增加一些对书本内容的感性认识，辨明书上写的那些知识的真伪，另一方面，也能增加一些阅历，认识一些朋友。

元元： 嗯，我读过李白的故事。他一生去过很多地方，交过很多朋友。他的很多著名的诗句，就是在游历的过程中写出来的。

晓丹姐姐： 没错。不过现在好了，普通人也有机会去进行这样的文化旅游。有一些机构在按照古时候的这种教育方法，来组织文化旅游。比如最近两三年我看到过一些夏令营，什么"跟着作家去三峡学唐诗""跟着历史学家游古都"之类的。只是这些夏令营的收费比一般的团队旅游贵很多。这贵出来的部分，就是文化和知识的价值。

元元： 我也想参加这样的文化旅游，要是我们能自己设计路线就好了！

陶陶： 对啊，自己设计多有意思，还不用多花钱！

晓丹姐姐（笑）： 你们的想法很好。其实，自己设计一条和古典文学、传统文化相关的旅游路线，并不是很难。

陶陶： 真的呀？您快教教我们！

晓丹姐姐： 没问题！一般来说呢，有两种选择旅游目的地的方法：一种方法是先有目的地，然后去寻找它的文化价值；另一种是先有想要去了解的文化，然后再确定目的地。我们先讲前面那种。举一个我自己的例子，有一天我妈妈跟我说，她要去敦煌，想提前做一些功课。

元元： 您的妈妈，那我们得叫奶奶了吧？我知道好多老年人，都是组团跟着导游去玩的，我奶奶就是这样。

晓丹姐姐： 对，很多老人会觉得，我到了那个地方跟着导游走就好了，反正导游会给我介绍的。可是如果导游像老师一样，讲的内容都很正统，甚至很学术，那估计大部分游客都不想听了。所以为了照顾大部分游客的口味，导游对某个地方的文化，不会说太多，也不会说很深，反而会讲一些民间故事、趣闻笑话来逗大家开心。

陶陶： 那您妈妈为什么想提前做功课呢？哦，我知道了，您是学霸，您的基因来自于您妈妈，所以您妈妈肯定也是个学霸！

晓丹姐姐（笑）**：** 我妈妈规划了三个提前做功课的步骤：第一步，她让我帮她找了余秋雨写敦煌的一篇散文，叫做《道士塔》。文章标题里的"道士"，说的就是那位发现藏经洞的王道士。这篇文章写的是他和敦煌莫高窟的故事，文章好像还入选了高中课本。看完文章之后，我妈妈知道了敦煌的壁画很美，敦煌还藏有很多经书。可是这些壁画和经书到底是什么样的，这篇散文里没有写。

陶陶： 那该怎么办呢？

晓丹姐姐： 所以我妈妈又开始了第二步。她让我下载了一部关于敦煌的纪录片。看完之后，她就对敦煌有了一个相对全面的了解，都快成半个"敦煌专家"了。然后，她又提出了很多专业的问题，比如"某幅壁画到底画的是一个什么佛教故事""某一个飞天到底使用了一个什么样的乐器"。这些问题，光看纪录片，是不能完全找到答案的。

元元： 所以就有了提前做功课的第三步？

晓丹姐姐： 对。我恰好知道敦煌研究院有一个官方网站，我妈妈想问的那些问题，在网站上面都有答案。于是，我妈妈做的第三步功课，就是在敦煌研究院的网站上进行了一个星期的研究性学习。她把特别感兴趣的内容记录下来，准备到现场认真看。这样一来，当她真正到达敦煌的时候，就比较了解文化背景，也知道应该重点看些什么了。

元元： 哇，奶奶真厉害！不过，如果我想去的不是敦煌，而是一个城市，那么城市的官方网站上，也不会介绍每一个景点的文化和历史吧？

晓丹姐姐： 对，有一些地方，它的文物景点比较分散，可能没有一个官方网站来汇集这些历史文化类的内容。这时候，我们就可以在这个城市的博物馆里找到。比如，很多游客去扬州玩，会去瘦西湖、东关街、梅花岭，而扬州博物馆却被放在最后一站，有的游客甚至根本就不去。

陶陶：您的意思是，应该第一站就去扬州博物馆？

晓丹姐姐：没错。因为如果第一站就去扬州博物馆的话，我们就可以在那里看到扬州的历史沿革，它在每个时代的政治经济地位，城市的地理环境。为什么这个地方有个瘦西湖，为什么瘦西湖成为盐商聚集之地，造了那么多精美的园林？这些属于文学、地理学或景观人类学的问题，在博物馆里都有清楚的演示和说明。如果先去博物馆逛半天，再去那些景点，就不会像盲人摸象了。

陶陶：盲人摸象？我知道！是个成语。嗯……是什么意思来着？

元元：盲人摸象，是用来比喻对一件事没有完全的了解，就胡乱得出结论。晓丹姐姐的意思应该是说，如果只逛零散的景点，不去转博物馆，你就不知道扬州的历史文化，也不知道扬州是怎么发展变化而来的，就没办法对扬州有一个整体的了解。

晓丹姐姐：对，元元解释得特别到位！

陶陶：嗯，我明白了。晓丹姐姐，你一定去过好多好多博物馆吧？

晓丹姐姐：是呀。你们知道吗？不管是在国内还是国外，大多数公立博物馆都是免费开放的，根据2020年发布的数据，在我们国家，有4929家免费开放的博物馆。所以如果你们要自己设计文化旅游路线的话，一定要好好利用这些资源呀。

陶陶：天啊，有这么多博物馆，还是免费的，我什么时候才能逛完啊!

晓丹姐姐(笑): 刚才我说的这种文化旅游,是先有一个目的地,然后去寻找它的文化价值。而第二种文化旅游更加纯粹,是先有想要去寻找的文化价值,再去确定这个目的地。

元元: 先有文化价值,再去寻找目的地?您给我们举个例子讲讲吧?

晓丹姐姐: 好。你们一定学过一首苏轼写西湖的诗:《饮湖上初晴后雨二首·其二》。

陶陶: 当然啦,我还会背呢,"水光潋滟晴方好,山色空蒙雨亦奇。欲把西湖比西子,淡妆浓抹总相宜",这首诗写的就是西湖。

晓丹姐姐: 很好。这首诗的作者苏轼,他一生中有很长的时间就生活在西湖边上,所以他写了许多关于西湖的诗,也在西湖边上留下了很多遗迹,比如苏堤。不过,如果我们想真正的理解苏轼笔下的西湖,就必须到西湖去走一走看一看。而去之前,我们就需要更多地搜集信息,搜集与苏轼本人有关的信息,以及和苏轼笔下的西湖有关的信息。

元元: 我明白了,我们也要像您妈妈一样,提前做功课。

晓丹姐姐(笑): 对!你们可以先找一本中国现代著名作家林语堂写的《苏东坡传》,看一下苏轼在西湖留下的那些故事,再在网络上听一听介绍苏轼的公开课。这样看完书,听完课,你们就会在心里留下一些问题。之后,你们再带着这些问题到西湖去游览,找一找苏轼说的"山色空

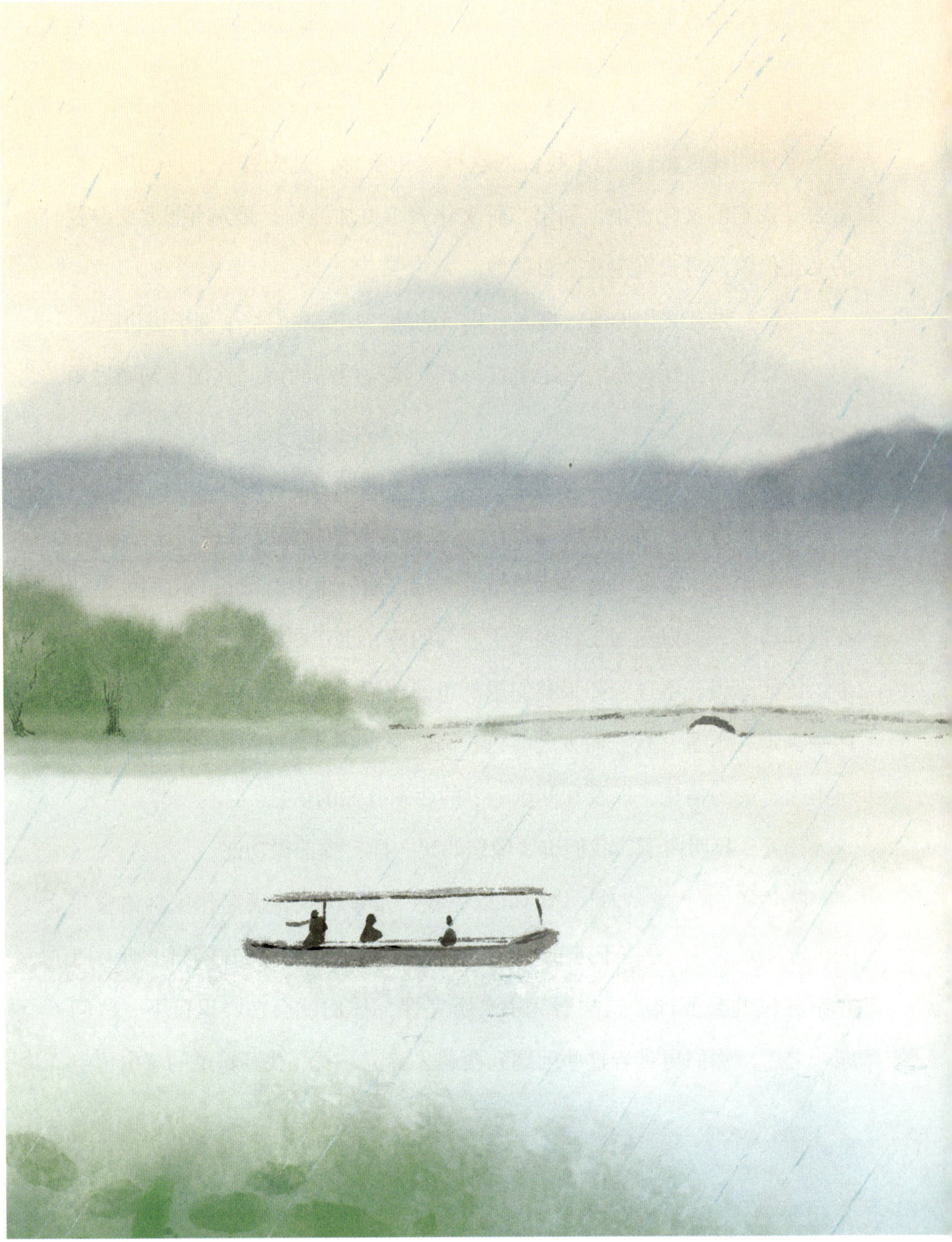

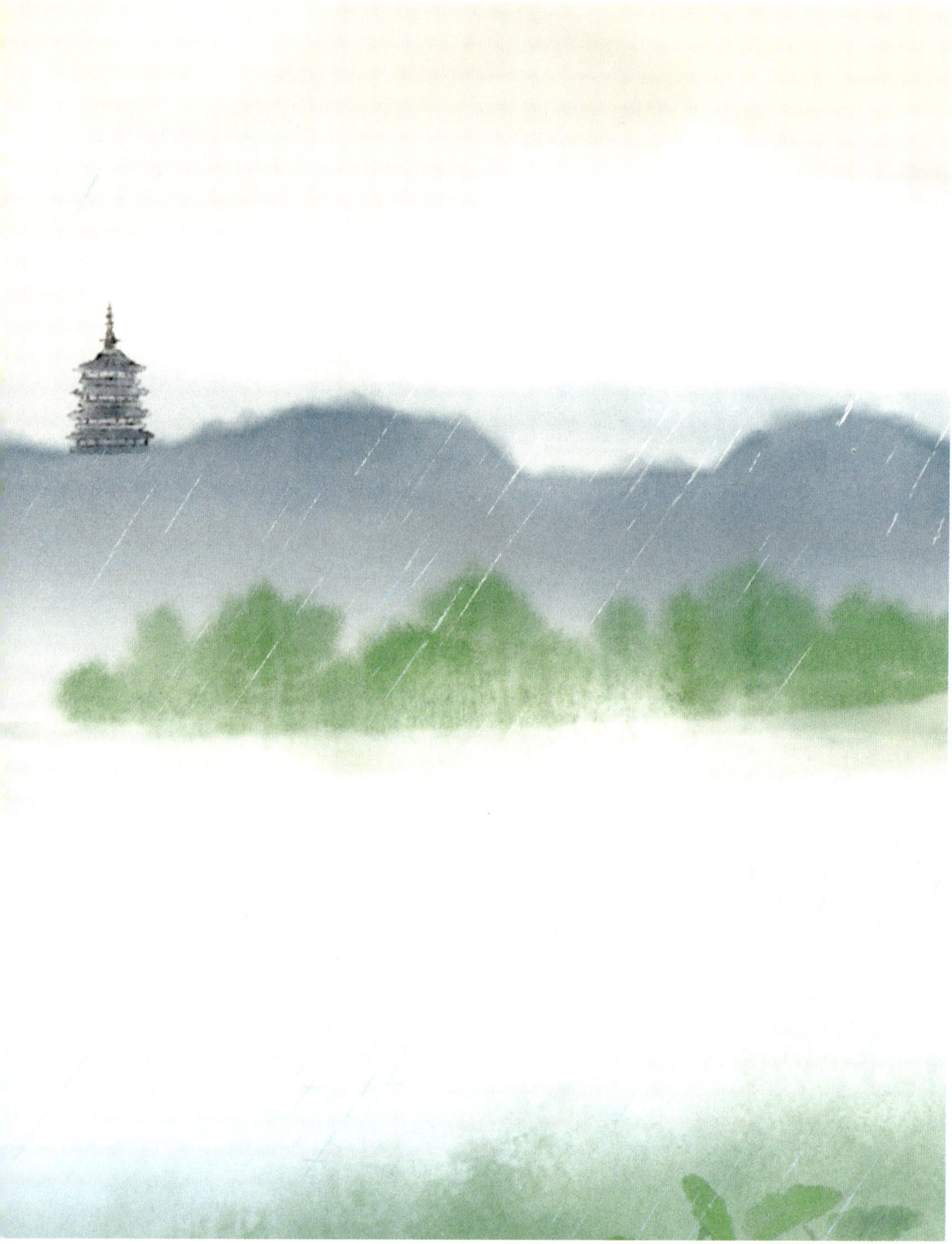

蒙雨亦奇"的地方是哪里，想一想苏轼为什么要修苏堤，之后再去品尝一下东坡肉，这个时候你们就知道，东坡肉绝不仅仅是一道美食了。这一番准备和游历之后，你们就能更好地学习和纪念苏轼了。

陶陶：哎，听晓丹姐姐讲完，我觉得我以前的旅游，都白游了！

元元：是啊，不做功课，去了和没去一样。

晓丹姐姐（笑）：是啊，我们总说"读万卷书，行万里路"，但是行万里路不是自然而然就会有收获的。真正的文化旅游需要提前规划和准备。不过，我们现在生活的这个时代，获得信息越来越便利了，这件事是比较容易做的。

元元：嗯，提前看看相关的书，查查资料，看看纪录片，听听课，这些我都可以做！

陶陶：我也可以做！元元，晓丹姐姐讲《陶庵梦忆》的时候，咱们就说要玩遍江南、吃遍江南，什么时候去啊？

元元：咱们抓紧时间做功课，设计路线，说不定下次放假的时候就可以游江南啦！

晓丹姐姐：哈哈，你们去完回来之后，一定要好好给我讲讲，这次的旅游和以往的有什么不同！好了，今天时间不早了，我们就先讲到这里吧？

元元：没问题，那我们先回家了。

陶陶：晓丹姐姐再见！

28

发现书店：为什么要逛书店？

> 晓丹姐姐小时候喜欢逛书店、看书买书，然后给同学讲书里的故事，这让她特别有成就感。她也鼓励我们多逛书店，书店逛多了，我们就能知道什么是真正的好书。

元元： 晓丹姐姐，上次你说，你小时候，大家都是去新华书店买书的。那你看的那么多好玩的书，都是在书店里发现的吗？

晓丹姐姐： 是啊，我小的时候不像现在，现在的学生有很多阅读推荐书目。我那个时候，大人们不太把儿童阅读当回事，所以我上大学之前看的大部分书，都是我在逛书店时恰好遇到的。我还记得，我第一次买文言文的书是在读小学的时候。

陶陶： 您买的什么书？

晓丹姐姐： 那本书具体叫什么我忘了，只记得是有一次我在新华书店里闲逛时发现的。那是一本很薄的书，只要两块多钱。书里的故事写得都很短。即使是这样，我当时翻开来看，也是半懂不懂的。不过我大概知道，那本书讲的是鬼和狐狸的事。所以我就把它买回来，连猜带蒙地看完了。

陶陶： 您肯定是特别想看鬼和狐狸的故事，才能连猜带蒙地看完书。

晓丹姐姐（笑）： 没错！看完了那本书，我又回过去看书的序言。序言里说，这是一本清代的文言小说集，书里还提到了另一些同类型的书。比如《子不语》和《聊斋志异》。哦，《子不语》是清代文学家袁枚写的一部文言短篇小说集，里面有很多怪异的讲鬼神的故事。在《论语·述而》里，记录了孔子对鬼神之说的态度，所以袁枚就借用了其中几个字，把这本书叫作《子不语》，意思是，我这本书里写的灵异故事，孔子是绝对不会谈起的。

陶陶： 袁枚？就是写《随园食单》的那个吃货作家吗？他不光喜欢吃，还喜欢鬼怪故事呀？和我一样！

晓丹姐姐（笑）： 是啊，就是那个袁枚，看来陶陶和袁枚很有缘分。

元元：《聊斋志异》里也有很多鬼怪、狐仙的故事，是清朝的小说家蒲松龄写的，老师给我们讲过。我翻着看过几个故事，还挺吓人的。

陶陶： 那我必须看看，我可不怕！

晓丹姐姐（笑）：话说回来，我小时候看完那本薄薄的文言小说之后，还是用上次说到的"拔土豆"的方法，按图索骥，渐渐地就读了比较多的文言小说。小朋友嘛，总是很喜欢炫耀，我也不例外。所以我一边看书，一边就把故事讲给其他同学听。

陶陶：哇，晓丹姐姐是故事大王！

元元：哈哈，您当时一定特别有成就感！

晓丹姐姐：是呀，在成就感的鼓励下，我的书就读得越来越多了。因为我一直在书店里逛，我慢慢就知道了哪些出版社比较好，或者哪些系列的书比较好。

元元：对啊，我也发现，有好多书名字相同，但出版社不同。书里的内容有时候也有差别。如果能在书店里翻一翻，比较一下，就能知道哪本书更有意思了。

晓丹姐姐：是的，多逛书店就能积累出识别好书的能力，这个经验不仅限于读中国书，读外国书也是一样的。说起读外国书，我就想起了我的一个师兄，他在国外逛书店，最后把自己逛成了外国文学专家。你们想听听他的故事吗？

元元、陶陶（一起说）：想！

晓丹姐姐：是这样的，有一年我和这个师兄一起，在加拿大的温哥华访学。哦，访学就是做访问学者，到学校里继续学习交流，做研究。那个时候，我们的业余生活主要就是逛书店。在一个当地老爷爷的带领下，我们把温哥华大大小小的书店都逛了很多遍。后来所有的书店都被我们逛完了，我们就开始逛杂货店。因为加拿大的杂货店里常常有一个书柜，上面放着一些收来的旧书，书的价钱比旧书店里的还要便宜。

元元：只有你们这种老逛书店的人，才能发现这个能便宜地买到书的方法吧？

晓丹姐姐（笑）：估计是。我这个师兄是一个很神奇的人，他高中毕业就在一个书店里做伙计，看了很多书。后来一个经常逛书店的教授，带着自己的研究生去那个书店，让研究生向我这个师兄请教问题。再后来，师兄自学成才，一路读研究生、博士生，而且还同时读了中国古典文学和西方哲学两个博士学位。

陶陶：天啊，他也太厉害了吧！这都是因为他爱逛书店吗？

晓丹姐姐：我这个师兄的学问，确实有很大一部分是靠他逛书店逛出来的。他在加拿大逛书店的时候，真是沉迷到不可自拔。在国外访学这段时间，我是眼睁睁地看着他在逛书店的过程中，把自己又逛成了一个外国文学专家。

元元：能成为外国文学专家，他原来的英文就很好吧？

晓丹姐姐：其实一开始，他的英文并不太好，但是逛着逛着，他看到书里不明白的就猜一猜蒙一蒙，慢慢就认识了更多的单词，知道了更多作家，了解到了什么是经典。这样边猜边蒙，回去再查一查，他的头脑中，就渐渐形成了完整的关于外国文学的知识。后来师兄回国的时候，因为要带回来的书实在太多了，只能和进口红酒的商人商量，借用运酒的集装箱把书从温哥华运回来。

陶陶： 我也想逛着书店就成为专家。

元元： 谁不想啊……晓丹姐姐，我们也能逛着书店成为专家，读两个博士吗？

晓丹姐姐： 哈哈，这个问题的答案，只有你们自己去逛了书店才知道！不过我得说明一下，我这里说的"书店"，可不是指那些卖考试教材或学科习题的书店，而是指那些有很多历史、文学、艺术著作的人文书店。另外，我得提醒你们一句，"逛书店"也是有学问的。比如逛之前，你得先选择一个优质的书店。要知道，书店与书店的差别，可比餐馆与餐馆的差别大得多。

元元： 那什么样的书店才算是优质书店呢？

晓丹姐姐： 好的书店，无论卖的是新书还是二手书，一般都会聘请选书能手，优选出好书供读者购买。比如几乎所有去过法国巴黎的人，都会去逛位于塞纳河左岸的莎士比亚书店；而去过中国台北的人，都会去逛诚品书店。再比如，北京的万圣书园、南京的先锋书店、杭州的晓风书屋，以及在很多城市都有分店的方所、单向街、西西弗书店，也都有着比较好的选书品位。

陶陶：这些书店我应该都没去过，怪不得我成不了专家。

元元（笑）：我听爸爸说起过北京的万圣书园，据说那个地方是很多读书人的圣地。不过，万圣书园离我家太远了，所以我还没去过。

晓丹姐姐：其实咱们可以把逛书店当作一个旅游项目。如果咱们生活的城市里有比较好的书店，那周末就可以去逛逛，当作一次短途旅游。还有，我们去其他城市旅游的时候，也可以把书店当作一个重要的目的地。要知道，会逛书店的人一定是会读书的人，而有很多藏书、有很多书单的人却不一定是会读书的人。

陶陶：有很多藏书的人，书都被他藏起来了，就读不了了！

晓丹姐姐（笑）：除了书店，你们还可以去逛书展，就是图书展览会。每年夏天，有上海书展、广州南国书香节、北京国际图书博览会三大书展；每年秋冬有上海国际童书展。这些展会上，书籍品种比任何书店都多。书展常常会举办一周左右，你们可以尽情地在书的世界里摸索，看看这本书，摸摸那本书，看看这个插图，闻闻那本书的味道，然后选择自己最感兴趣的一两本书买回去。

陶陶：原来书展就是一个更大的书店。

元元：是啊，那么多地方有好的书店和书展，看来咱们的旅行目的地又得扩充了。

晓丹姐姐： 哈哈，你们的旅行真让人期待，祝你们早日成行！今天时间不早了，我们就先讲到这吧？

元元、陶陶： 好的，晓丹姐姐下次见！

【文学知识卡】

◎ 《子不语》是清代文学家袁枚写的一部文言短篇小说集，书中有很多鬼神的故事。在《论语·述而》里，记录了孔子对鬼神之说的态度。袁枚把这本书叫作《子不语》，意思是，我在书里写的灵异故事，孔子是绝对不会谈起的。

◎ 《聊斋志异》是清朝的小说家蒲松龄写的，书里有很多鬼怪、狐仙的故事。

◎ 书店推荐：法国首都巴黎位于塞纳河左岸的莎士比亚书店；中国台北的诚品书店，北京的万圣书园，南京的先锋书店，杭州的晓风书屋，以及在很多城市都有分店的方所、单向街、西西弗书店。

◎ 书展推荐：每年夏天，有上海书展、广州南国书香节、北京国际图书博览会三大书展；每年秋冬，有上海国际童书展。这些展会上，有比任何书店都多的书籍品种。

【思考时间】

◎ 如果你希望父母给你一笔钱，让你在书店自由自在地逛上半天，你会怎么说服父母相信，这对你的学习和成长有好处？

【推荐阅读】

1.《聊斋志异》,〔清〕蒲松龄撰,于天池注,孙通海、于天池等译,中华书局,2015年

2.《子不语全译》,〔清〕袁枚撰,申孟、甘林校点,陆海明等译,上海古籍出版社,2017年

29

公共空间：发现免费的学习资源

自古以来，人们就会在公共空间学习，继承长辈的智慧，培养自己的智能。在本文中，晓丹姐姐介绍了当今城市里三类重要的公共空间，我们可以去那里寻找高质量、免费的学习资源。

元元： 晓丹姐姐，您刚才说，现在的城市里有很多重要的公共空间，连本地人都不在意。您指的是哪些公共空间呢？

晓丹姐姐： 我们一个一个讲。有一种重要的公共空间，就是文庙。

陶陶： 文庙，是什么地方呢？

晓丹姐姐： 文庙是古代祭祀孔子的地方，也叫孔庙，它同时也是保存和展览地方文化成就的地方。明清时期，每一个州、府、县都有孔庙或文庙。山东曲阜的孔庙、南京的夫子庙、北京的孔庙和吉林的文庙，并称为中国四大文庙。如果你们到越南、韩国、日本这些受中国文化影响的地方，会发现这些国家也有文庙。

元元： 我想起来了，我去过北京的孔庙，里面有一个孔子像。

晓丹姐姐： 对，不过你们不要以为每个文庙里，都只是光秃秃地祭祀着一个一模一样的孔子。如果我们走进一个保存较好的文庙，会看到除了祭祀孔子的大殿，还有很多碑和画像砖。哦，画像砖就是一块块刻有花纹画像的砖。这些东西记载了当地的文化历史，比如这个地方曾经受到过什么学派的影响，不同时代出了哪些重要的学者，他们各自有什么事迹和作品。

元元： 看这些东西，就像是在读这个地方的历史书。

晓丹姐姐： 没错。我读博士的时候去过一个城市参加学术夏令营，到了那里，教授直接给了每个学生一本当地文庙的碑拓（tà），就是从那些碑版上拓下来的文字和图案。教授说，你们把这些碑文看完，这个城市的历史你们就全知道了。

陶陶： 可我看不懂那些碑文，该怎么办呢？

晓丹姐姐： 我们不太可能要求你们这些孩子去看那么多碑文。但是，现在国家重视文物保护，很多城市的文庙都重新整修开放了。地方名人的事迹、学术成就被写成了现代文，在文庙里用展板展示出来。这些人的著名诗歌也变成了对联，刻在文庙的花园里。有些文庙还有记录当地名人故事的小册子，游客们可以免费领取，或者花五块钱十块钱很便宜地买到。而且，绝大多数的文庙还是不收门票的。

元元： 看来我以后旅游，要多去当地的文庙转转。能免费参观，还能了解那个城市的文化历史，真不错！

晓丹姐姐： 对啊。不过，因为文庙的规格是按照地方的行政级别建立的。有些地方在古代级别不高，只是个县，文庙的规模也就比较小。但是，如果当地有具有全国性学术影响的书院，或是学者的故居，那么这些地方就有可能是展现地方文化历史的空间。

元元： 您刚才提到的东林书院，就是这样的空间吧？

晓丹姐姐： 对。东林书院在无锡。无锡古时候在行政级别上只是一个县，所以无锡的文庙比较小。但是在明朝晚期，无锡有全国影响第一的东林书院。读书人到了无锡，都想去东林书院看一看。所以，在东林书院保留和展示的无锡文化历史，并不比在文庙展示的少。东林书院里也有可以让游客拿走的小册子。

陶陶： 晓丹姐姐，除了免费参观、领小册子，去这些书院、文庙，还能做什么呢？

晓丹姐姐： 最近这些年，很多城市开始在书院和文庙举办传统文化类的公益讲座。比如东林书院里就有常设的讲座，每个月都有一次。有讲文学的、讲历史的、讲古琴的、讲昆曲的，而且这些讲座还是免费的。

元元： 能免费听讲座，真不错！那除了文庙和书院，城市里还有其他有意思的公共空间吗？

晓丹姐姐： 还有寺庙。

元元： 寺庙？那不是信佛的人去的地方吗？

晓丹姐姐： 其实啊，那些历史悠久、戒律森严、影响巨大的寺庙，已经不仅仅是寺庙了，同时也是教育机构和文化机构。这些寺庙提供的教育资源中，确实有一部分与佛教信仰密切相关，但是也有一部分是对不信仰佛教的人也有益的传统文化资源。

陶陶： 有什么呢？

晓丹姐姐： 就拿苏州的西园寺来说吧，西园寺始建于元代，现在的建筑是清代遗留下来的。西园寺不仅是一个寺，还是一个古建筑；不仅是一个古建筑，还是一个佛学院；不仅是一个佛学院，西园寺还有自己的书院，叫作菩提书院。你们知道吗？这个菩提书院还有自己的出版团队，还出版书籍呢。西园寺里，还有受过心理学培训的法师，可以为大众提供免费的心理咨询。

元元： 没想到法师们成了心理咨询师！

晓丹姐姐（笑）： 刚才我们讲了文庙、书院和寺庙，这些都是现在的城市里我们可以找到的重要的公共空间。它们同时也是非常优秀的学习资源，而且大多还是免费的。最后我还要讲一个你们非常熟悉的公共空间，这就是图书馆。

元元： 中国古代也有图书馆吗？我怎么没听说过？

晓丹姐姐： 中国古代没有图书馆，但是有藏书楼。比如明代最著名的藏书楼是宁波的天一阁。清代著名学者钱谦益有一个藏书楼，叫作绛（jiàng）云楼。

陶陶： 难道藏书楼就是古代的图书馆？

晓丹姐姐： 不完全是。从书的保存这一点上来说，藏书楼和图书馆是一致的。但是藏书楼和图书馆最大的不同在于，藏书楼代表了知识的私有化，而图书馆代表了知识的公开化。

元元： 知识的私有化？那就是说，藏书楼是属于个人的？

晓丹姐姐： 对。在古代，为了防止自己的书受损，或是为了占有孤本，藏书楼的主人很少让别人进入自己的藏书楼。像这样保存书，结果就是藏书楼的藏书越多，市面上流通的知识就越少。

陶陶： 什么是孤本？

晓丹姐姐： 孤本就是一本书只剩下最后一本，没有第二本了。

元元： 很宝贵，怪不得不让别人看呢。那万一藏书楼里着火了，那些孤本不就都烧没了？

晓丹姐姐： 是啊。刚才我提到的那位清代著名的学者钱谦益，他的绛云楼后来就遭遇了火灾，被烧掉了。钱谦益就写信跟朋友说，几十年前你想来我的藏书楼抄一本书，我觉得这是孤本，不想让你抄出第二份，没想到现在藏书楼烧掉了，一本书都没有了，早知道我当时就让你进来抄了。

陶陶： 哎，太可惜了。那中国是什么时候开始有图书馆的呢？

晓丹姐姐： 清朝末年，中国人走进了一个新的时代，知识流通的规律发生了变化，公共图书馆就代替了藏书楼。公共图书馆用来让知识流通，让只有一个人知道的知识，变成十个人、一百个人都知道的知识。知识越来越公开，越来越容易获得，这是时代发展的趋势。所以对于我们现代人来说，一定不要忽略公共图书馆提供的资源。

陶陶： 妈妈带我办了咱们附近图书馆的卡，只要几十块钱，可以随便借书。那里的书比我家里的书可多多了！

晓丹姐姐（笑）： 其实，现在这些图书馆也在转变自己的职能。比如，大量的公共图书馆开始举办讲座、读书会、绘本故事会等。这些资源非常优质，它们提供的师资往往比一般的培训班更好。你们可以多关注，去参加自己感兴趣的活动。

陶陶： 我周末就去图书馆看看最近有哪些活动。

晓丹姐姐： 其实在我们居住的城市里，有很多高质量、免费的教育资源，尤其在古典文学和传统文化的学习方面，资源特别多。只是这些资源是零散的，我们可以做个有心人，主动去寻找它们。我们的生活中，其实有很多又好玩又有学习价值的事物。

陶陶： 元元，你以后找到了好资源告诉我啊，我找到了也告诉你！

元元： 没问题！

晓丹姐姐： 好了，今天时间不早了，我们就讲到这里吧？

元元、陶陶： 好的，晓丹姐姐下次见！

【文学知识卡】

◎ 文庙是古代祭祀孔子的地方，同时也是保存和展览地方文化成就的地方。山东曲阜的孔庙、南京的夫子庙、北京的孔庙和吉林的文庙，并称为中国四大文庙。

◎ 历史悠久、戒律森严、影响巨大的寺庙，不仅仅是寺庙，同时也是教育机构和文化机构。这些寺庙提供的教育资源中，有一部分与佛教信仰密切相关，但是也有一部分，是对不信仰佛教的人也有益的传统文化资源。

◎ 中国古代没有图书馆，有藏书楼。明代最著名的藏书楼是宁波的天一阁，清代著名学者钱谦益的藏书楼叫作绛云楼。藏书楼和图书馆最大的不同在于，藏书楼代表了知识的私有化，而图书馆代表了知识的公开化。

◎ 文庙、书院、寺庙和图书馆，是城市里重要的公共空间。

【思考时间】

◎ 你参加过博物馆或图书馆举办的免费文化活动吗？如果要给他们提点建议，你会怎么说？

30

学习秘诀：最好的"学"就是"教"

古典文学里好玩有趣的知识，晓丹姐姐是怎么做到信手拈来的？这里，晓丹姐姐教大家一个学习秘诀。

陶陶： 晓丹姐姐，妈妈总是说我，看书不过脑子，看了也不懂，看完了就忘。可是您给我们讲了这么多好玩有趣的知识，您是怎么把它们都搞明白，还能记住的呀？

晓丹姐姐： 哈哈，陶陶，你妈妈说你的问题，我以前也有。

陶陶： 啊，真的吗？那您后来是怎么解决的？

晓丹姐姐： 这要从很多年前说起。那时我大学本科毕业，去考研究生，觉得自己背书已经背得很认真了。可是成绩出来之后才发现，第一名的成绩整整比我高了三十分。我怎么也想不明白，考第一名的同学，为什么能考那么高分。

元元： 三十分？这也太夸张了吧？

晓丹姐姐： 是啊！后来开学的时候新同学见面，我才知道，考第一名的那位同学，本身就是一个师范学校的古代文学老师。

元元： 为什么他是老师，就能比您考得好呢？您不是背书背得已经很认真了吗？

晓丹姐姐： 因为我当时只是一个被动的学习者，而那个老师则是一个主动的教学者。所以哪怕我们看的是同一套参考书，他对知识的掌握也远远超过我。后来我自己当了大学老师，就更有这方面的亲身体验了。

陶陶： 被动的学习者，主动的教学者……什么意思啊，我没太明白。

晓丹姐姐： 还拿我自己举例子吧。我当学生的时候，老师课上讲的，我都只是迷迷糊糊地听过去了；我读的很多内容，也是迷迷糊糊看过去了。那时的我就是一个被动的学习者。所以我既不知道自己懂了，也不知道自己不懂。但是现在，我要去给学生讲这些内容，我就是一个主动的教学者了。如果我不懂，就一定讲不清楚。也就是说，教书的压力，反倒让我把以前很多搞不明白的事情搞清楚了。所以我常常感慨，如果现在让我去参加硕士或者博士的考试，我一定比当年考得好得多。

元元： 原来是这样。

晓丹姐姐： 我发现了这个学习秘诀——最好的"学"就是"教"。后来，我还了解到人本主义心理学家卡尔·罗杰斯（Carl Rogers）提出的一个观点，可以解释这个学习秘诀。他的观点就是：更有效率的学习方式，是个人发起并参与的有意义的学习。

元元：个人发起并参与的有意义的学习是什么意思？

晓丹姐姐：比如一个小朋友碰到暖气片被烫了一下，他就会意识到"烫"是什么意思。他也会记住，要想不被烫到，以后就不要再去碰暖气片了。在这里，不要再被烫到，就是他自身的需求，围绕这个需求，他就发起了进一步的思考，那就是"以后不去碰，就不会被烫到了"。罗杰斯认为，这些因为我们自己的需要而产生的学习，而不是被灌输的学习，才是真正有效率的。这些我们亲身体验到的，而不是光靠一些语言符号飞来飞去的学习，才是真正有效率的。

陶陶：哇，这个罗杰斯说得真对！上次我刚吃完火锅，就要吃冰棍，妈妈让我别吃，可是我偏不听，后来就拉肚子了。从那以后，我就再也不敢那么吃了。我这也算是"有意义的学习"吧？

元元：哈哈，绝对算！

晓丹姐姐（笑）：我再跟你们说说，我当了老师之后，学习是多么有效率。我当老师的第一年，从学生的身份转变为老师的身份，仅仅只是过了一个暑假。可是，很多十几年都没有搞清楚的知识，我就忽然搞清楚了。

元元：啊，一个暑假就能搞明白十几年都没搞清楚的知识？

晓丹姐姐：是啊，这就是学和教的差别。这种差别并不在于老师或学生知道的知识差多少，而在于教是一个具体的任务，老师要想把学生教懂，就必须自己先搞懂。一个学生有没有懂，可能要靠一个月之后的考试才能验证。可是一个老师有没有懂，靠几秒钟之后学生的反应就能验证。

元元：那要是我和老师同时开始学一个全新的、我们以前都不知道的知识呢？谁会学得更快？

晓丹姐姐（笑）：那也是老师学得更快。这是因为，当这个老师自己搞懂并且教给学生，他受到的正向激励比较多，他会觉得自己对于学生是有用的。但反过来，学生并不会觉得，我把一个知识学会了，我对于别人就是有用的。

元元：嗯，有道理。

陶陶：要是这么说的话，我们都得去当老师，才能学得又快又好吗？

晓丹姐姐（笑）：对。虽然我刚才说的是成年人的学习经验，但是这种"以教促学"的方法，也同样适合你们。因为在这个教的过程中，你们会有一种被重视、被倾听的感觉，还能获得成就感。我现在也鼓励我教的大学生去兼职当老师，因为他们在备一节课的过程中学到的东西，可能比听十节课还要多。

陶陶：真的吗？

晓丹姐姐：是啊，有一个学期，我规定班上的每个同学都要承担书里一个章节的教学任务。虽然他们完全没有学过这本书的内容，但是当他们硬着头皮教了之后，在期末考试中，每位同学回答得最好的部分，就是他们教的那一章节的内容。别人给他们讲的那些内容，他们全都忘记了；可自己站在讲台上说给全班同学听的内容，他们全都记得。你们看，年龄、天赋、努力程度都没有改变，我只是帮他们把身份转变成了老师，他们学习的效果就完全不一样了。

元元： 还真是这样，我想起来有一次，数学老师让我到黑板前，给其他同学讲解一道题。我讲着讲着，突然发现自己少算了一步，赶紧擦了重新写。从那之后，我再也没犯过同样的错误！

晓丹姐姐： 嗯，我还知道，现在很多学校，特别是中学，都会举办社团活动，组织各种演讲比赛、朗诵比赛、故事比赛、发明创造比赛。这其实都是在给你们提供向别人展示、教授别人的机会。

陶陶： 我想起来了，我也当过老师！我上幼儿园的时候，常常回家把在幼儿园里学到的故事讲给爷爷奶奶听，那些故事我到现在还记得呢。妈妈说，我当时一本正经的，觉得自己就是一个小老师，在教爷爷奶奶这些学生。讲完之后，我自己可得意了！

晓丹姐姐（笑）**：** 是啊，其实想找当老师的机会，也不一定非得在学校。比如我还知道，有些家庭会一起组织读书会。每次读书会，都有一个孩子来分享他最近看的一本书。在这个过程中，家长只是起到联络和协助的作用，孩子才是那个当老师讲课的人，既讲给父母听，也讲给其他孩子听。

陶陶：这样的读书会一定很好玩！元元，我们也弄一个吧，再叫几个同学一起。

晓丹姐姐（笑）：对了，我还有个朋友，他家孩子读五年级。每次出去旅行前，他家孩子都会参与整个行程的规划，比如从书上、地图上、网络上，查这个地方的风土人情和交通信息。到了这个城市之后，我这个朋友就跟着他家的孩子走。孩子会告诉他，我们应该怎么坐地铁，我们要去哪个地方，我们到的这个地方有什么样的历史，出过哪些名人，写过哪些书。这些都是孩子在提前准备的时候看到的。这样的"导游"，其实也是在当老师。

陶陶：我们也可以这么做，您教过我们怎么去设计文化旅游线路！

元元：嗯，看来不管在学校，还是在家里，我们都可以主动找机会当老师。这样，学习效率就能大大提升了。

晓丹姐姐：对，就是这个道理！元元、陶陶，最近这段时间，我们聊了挺多的内容，比如古典文学能给你们带来什么？哪些古典文学适合你们现在读，读的时候又应该注意什么？我还给你们讲了我自己的学习方法。这些方法中，有一些不光对学习古典文学、传统文化有用，对学习其他门类的知识也是有用的。学了这么多，够你们好好读一阵，再实践一阵了。

陶陶：我还想听您接着给我们讲呢。

元元： 没事儿，陶陶。咱们赶紧读书、查资料，做好计划开始文化旅游。有什么问题，咱们再找晓丹姐姐解答。

陶陶： 嗯，有道理，那……晓丹姐姐再见啦！

元元： 晓丹姐姐再见！

晓丹姐姐： 好好读书，好好玩，我们再见啦！

【文学知识卡】

◎ 晓丹姐姐的一个学习秘诀：最好的"学"就是"教"。因为要想把别人教懂，就必须自己先学明白。在教的过程中，教学者会有一种被重视、被倾听的感觉，还能获得成就感。这个方法不仅对学习古典文学有用，对其他学科同样适用。

◎ 人本主义心理学家卡尔·罗杰斯认为：更有效率的学习方式，是个体发起并参与的有意义的学习。

【思考时间】

◎ 你想参加或创造哪些活动，让自己成为讲授知识的"老师"呢？

彩 蛋

关于古典文学启蒙的 6 个常见问题

问题 1：背诗背串了竟然是好事？

家长： 晓丹老师，我家孩子背诗的时候，经常会背串，这该怎么办呢？

晓丹老师： 要回答这个问题，得先给家长们讲讲最近我读到的一本儿童教育学的书《孩子是如何学习的》。这本书里面讲到，对孩子来说，试错是最好的学习。因为儿童不是一开始就能在理性层面上理解问题的，他们需要在试错中积累直觉经验，等待直觉积累到一定浓度，自己就会产生一种从理性层面上认识它的需要。

孩子把一首诗的下句接到另一首诗的上句，这种背诗背串句子的现象和孩子试错有关系。爸爸妈妈或老师一般都会说"你背错了，给我重背"，却没有认识到这种错误的巨大价值。

我之前在网上搜索过,有专门收集这些背串的古诗的文章。比如"仰天大笑出门去,无人知是荔枝来""朝辞白帝彩云间,夕贬潮州路八千"。这样念起来也很和谐啊,没有什么错啊,但是你一查书就会发现,这些诗实际上背错了。

可是错和错不一样。像上面这些错误其实错得很有水平。为什么这么说呢?以"朝辞白帝彩云间,夕贬潮州路八千"为例,上下两句的平仄是相对的,两句是押韵的,而且"朝辞"和"夕贬"之间,也有一种互相对应的关系。能这样犯错误,说明他对音韵、平仄和诗意都有相当的理解。甚至可以说,这样犯错可能比背对了还要有水平。

事实上,古代有一种诗歌形式就是故意使用这样的错误。这种诗歌形式叫"集句"。集句就是从别人写的诗中,选取韵脚相同、平仄相对、文意相符的句子重新组合,变成一首新的诗。比如大家都知道的汤显祖的名剧《牡丹亭》,他每一出的结尾都有一首七言绝句,这个七言绝句就是收集了四个人的四句诗拼出来的,"错"得毫无痕迹,浑然天成。

问题 2:读幻想文学究竟有什么用?

家长: 晓丹老师,我家孩子正经书不看,总是喜欢看一些奇幻、想象类的书,该怎么办呢?

晓丹老师： 这个问题，我们从周作人开始说起。周作人是鲁迅的弟弟，也是著名的文学家。他在社会批判上的贡献没有鲁迅大，可是他在散文上的成就很高，而且他对儿童文学也非常感兴趣。五四运动之后，中国儿童文学的产生与发展，和周作人有非常多的联系。一百年之后，现在的我们再来看周作人的儿童教育思想，还是会觉得一点都不过时。

我们看过鲁迅的《朝花夕拾》，知道鲁迅小时候最喜欢看的书是《山海经》，他还有一个会讲故事的佣人叫阿长。而周作人则说他最喜欢看的书是《镜花缘》。《山海经》和《镜花缘》要是放在今天，大概都属于幻想文学。所以周氏兄弟和现在小朋友的爱好其实差不多。有时候爸爸妈妈看到小朋友在看幻想文学，就很担心，觉得"唉，你怎么不看正经书呢"。可是我们看看鲁迅和周作人的经历，就会知道"啊，其实这些正经书的作者，小时候也在看幻想文学"！

周作人看的《镜花缘》是他爷爷有意识地推荐给他的。周作人说："我的祖父是光绪初年的翰林，在二十年前已经故去了，他不曾听到国语、文学这些名称，但是他的教学法却很特别。他当然仍然教子弟学做时文，唯第一步的方法是教人自由读书，尤其是奖励读小说，以为最能使人'通'，等到通了之后，再弄别的东西便无所不可了。他所保举的小说，是《西游记》《镜花缘》《儒林外史》这几种，这也就是我最初所读的书。"从这段话可以看出，周作人的爷爷觉得小朋友当然应该学写应试文章，可是应试文章不是直接学的,而是要先自由读书,特别是先读小说,然后才能把应试文章写好。爷爷最初给周作人看的小说就是《镜花缘》。

周作人怎么解释他对《镜花缘》的喜欢呢?他说:"对于神异故事之原始的要求,长在我们的血脉里,所以《山海经》《十洲记》《博物志》之类千余年前的著作,在现代人的心里仍有一种新鲜的引力:九头的鸟、一足的牛,实在是荒唐无稽的话,但又是怎样的愉快呵。《镜花缘》中飘海的一部分,就是这些分子的近代化,我想凡是能够理解荷马史诗《阿迭绥亚》的趣味的,当能赏识这荒唐的故事。"

周作人用的是五四时期的白话文,所以读起来可能很费劲。他的意思是说,古往今来的人对神奇、玄幻的故事就是有需求的。《山海经》《镜花缘》如此,《伊利亚特》《奥德赛》也是如此。《阿迭绥亚》就是《奥德赛》,只是周作人的翻译比较奇怪。《奥德赛》讲的是奥德修斯在海上的十年历险,所以周作人拿它和《镜花缘》对比是很对的。周作人其实提出了一个问题,那就是几千年来,不管人类的文明怎么变,人类的心灵结构都没有太大的变化,我们的心灵结构本来就是对幻想有需求的。

为什么幻想这么重要呢?英国有个著名的作家叫 J.R.R. 托尔金(J.R.R.Tolkien),他是《魔戒》《霍比特人》的作者,也是牛津大学的语言学和文学教授。他在 24 岁时作为英国远征军少尉去法国参加第一次世界大战,正好赶上了索姆河战役。在索姆河战役的第一天,就有 19240 名英国士兵战死，而托尔金见证了这场伤亡。在战场上的枪林弹雨中，托尔金脑海里开始出现一系列的幻想，他幻想精灵、人和兽人为了权力正在进行一场大战。这些幻想后来成为《魔戒》的基本梗概。我们现在来看这段历史就可以理解，托尔金在面临那么大的心灵冲击时，幻想成了一个缓冲的地带。

因为托尔金可以把战场上的创伤转化成故事写出来，所以他不至于精神崩溃。后来他在《论童话故事》（On Fairy-stories）中提出了"第二世界"（Secondary World）的概念。他说："上帝创造'第一世界'，童话奇境就是人类创造的'第二世界'。为抵抗发生在这个'堕落的'第一世界的罪过，需要在'第二世界'里复原人类已然丧尽的天良。""第二世界"这个词使我想起心理学家唐纳德·W.温尼科特（Donald W. Winnicott）所说的"过渡性空间"（the intermediate area）。

过渡性空间，是指个人天马行空的内在幻想和现实之间的中间区域。它是一个中介物，人要通过这个中介，才能把自己无所不能的幻想转换成对现实世界的真实参与，所有的创造都发生在这个过渡性空间里。如果没有这个空间，人就会被现实的压力压垮，或者处于一种幻视幻听的精神分裂症状态。我们借助温尼科特的理论可以知道，为什么周作人、托尔金都赋予幻想文学这么高的地位。

如果要问《镜花缘》《魔戒》这样的幻想文学作品和精神病人的幻

想有什么区别,我们比较一下就知道了。我们在看《镜花缘》或《魔戒》的时候,时时刻刻在寻找现实和幻想之间的对应关系。比如我们会说《魔戒》是对第一次世界大战的反映,也会说《镜花缘》里那些奇奇怪怪的国家是对清代中国社会人情百态的反映。当我们感受到作品中的一些细节和我们的现实生活对应的时候,就会觉得这个作品很有趣或者深刻。

在《镜花缘》里有一个两面国,国民都长着两张脸,一张笑嘻嘻地长在前面,一张很凶恶地长在后面,用头巾遮住。你刚看到他们时,他们都和蔼可亲,一转眼就凶相毕露了。据说很多读者看到这里都会哈哈大笑,忍不住要说:"啊,天哪,这不就是我们生活中的某些人吗?"这是一个很有趣的例子。《魔戒》里也有一些有趣又深刻的例证。比如那个很庄严又善良的精灵女王凯兰崔尔,她拿到了象征巨大权力的魔戒,一瞬间就变得无比美丽又无比可怕,直到她战胜自己内心的欲望,把魔戒脱了下来,才变回原来的样子。这个情节使我们联想到权力对个人灵魂的巨大压力。在阅读这些幻想文学时,我们不完全是在幻想的世界里,也不完全是在现实的世界里,而是穿行在二者之间,这些幻想文学本身就符合温尼科特所说的"过渡性空间"的含义。读这些书,能在我们内心激起很大的热情,帮助我们接受现实,还可能引发新的创造。

问题3：买了很多书，为什么孩子不愿意看？

家长： 晓丹老师，我给孩子买了好多书，可是他都不愿意看，这是为什么呢？我该怎么让他喜欢读书呢？

晓丹老师： 要回答这个问题，我要推荐三本书给各位家长：《孩子是如何学习的》《打造儿童阅读环境》《说来听听：儿童、阅读与讨论》。有段时间我在教儿童文学课，有同事也问我同样的问题："我给我的孩子买了那么多书，为什么我的孩子就不愿意看？"带着这个问题，我回忆了自己儿时的阅读经历，也去查阅了资料，最后借助三个概念找到了这个问题的答案。

这三个概念是：范式、隐性知识和模糊学习。

很小的小朋友是不会好好看书的，他们会撕书、啃书和玩书。现在一些非常专业的童书，特别是给低龄儿童阅读的童书，就加入了可以用手来捅的洞洞和可以用手来抚摸的毛绒材料。这是因为很小的儿童，还没有能力仅仅通过视觉接触，就和书本上的符号建立一种抽象的联系。他们必须借助触觉、味觉等，来和书籍建立最初的联系，这就表现为咬书和撕书。等到孩子长大一点，真的开始去阅读一本书的时候，他们也并不像成年人一样能够理解书是按照时间顺序，从第一页写到最后一页的。他们看一本书，可能就像我们打开一盒巧克力：吃巧克力并不必须从左上第一格开始吃，小朋友也并不觉得书必须从第一页开始看；巧克力并不一定要一整盒都吃完，小朋友看书，也并不觉得需要一整本都看完。对于大人来说，书是一个有着精密逻辑关系的整体，而对小朋友来说，就是花花绿绿、一大堆信息的零散集合。

有研究认为，当小朋友只是胡乱翻书，而不是像大人一样看书，这并不是什么学习态度的问题，而是在他的头脑中，还没有成人的一些固定概念，比如"书是什么？应该怎么看？书里面各种信息的主次顺序应该怎么理解？如何把这些零散信息加工成一个整体？"也就是说，在小朋友的头脑中缺乏一个书的范式，所以他自然就不会看书。

那范式是怎样获得的呢？对于范式的学习，就是一种隐性知识的学习。我们可以把人类的知识分成两部分，一部分叫作显性的知识，一部分叫作隐性的知识。隐性的知识是指那些非正式的、难以表达的技能、技巧、经验和诀窍等。比如我们小时候学习书法，老师花五分钟时间讲解书法口诀，然后我们回去慢慢练，慢慢悟，可能写个三年五年都未必能够写好，也就是说，即便我们背出了书法口诀却未必能写好字。但是，我们背出了乘法口诀，就能够很快很准确地算出 $7 \times 7 = 49$，这是为什么呢？原因就在于，七七四十九这样的知识，是一种显性的知识，可以完全被语言传达；而书法是一种更加复杂、隐性的知识，这种知识无法完全被语言传达，也无法直接靠记忆来搞定，必须投入感觉和直觉来慢慢把握，这样的学习就是模糊学习。

从本质上来说，读书这件事其实离背诵记忆比较远，离感受和摸索比较近。学习读书，就和学习跳舞、学习书法、学习开汽车一样，是需要自己去试错、去体会的。在这个意义上，一个人摸索试错的机会越多，在摸索试错的时候越自由、越没有压力，他就越可能找到其中的秘诀。这个道理就像学开车。如果教练不让你碰车，只给你一套动作规范，你把动作规范背得再熟也不会开车。如果教练允许你摸车了，但是他坐在你的旁边恶狠狠地盯着你，你出现任何一个错误，他都要训斥你，你也很难学会开车。可是相反，有一辆安全的车，一个合适的场地，有足够的时间练习，再加上一些极少但必要的指导，你就比较容易学会开车。对于读书来说，书店就是那个场地。如果我们想让孩子爱上读书，那么就要允许他在这个场地中间充分地打转、充分地摸索，他才能学会读书。所以会去逛书店的人一定是会读书的人，而有很多藏书、有很多书单的人却不一定会读书。

问题4：应该怎样带孩子逛书店？

家长： 晓丹老师，我平时也会带孩子去书店，可是他一进书店就到处乱翻，我推荐的书，他连看都不看，该怎么办呢？

晓丹老师：我经常看到爸爸妈妈带着小朋友来书店买书，却没有耐心让小朋友在书店里闲逛。爸爸妈妈们常常是拿着老师推荐的书单来找书，如果没有这本书，就把小朋友带走了。还有些爸爸妈妈，主导性太强，太想把一本书塞到小朋友手里，没有给小朋友选择的权利，甚至不容许小朋友在书店里慢慢摸索。

有一次，我在书店里看到一个小学生，他其实对书非常有兴趣，一会儿在哲学类书的地方翻来翻去，一会儿在科学类书的地方翻来翻去，当然都只是翻一翻、看一看，没有把哪一本书从头看到尾。在这个过程中，他的爸爸多次跑过来，把他抓回儿童书籍的架子前。在这个爸爸的印象里，他们既然是来给孩子买书的，就应该在儿童书籍区买。这是一个很执着的念头。这个爸爸恐怕也觉得，他的孩子这本翻一翻、那本翻一翻，虎头蛇尾，学习态度和学习习惯都不好。可是在那些真正研究儿童阅读的人眼里，孩子用自己的视觉和触觉去和大量的书籍建立关系，去熟悉它们，在自己的脑海中建立一张关于书籍的地图，这是一种广泛的试探，是孩子学会阅读必不可少的过程。如果大人不能够容忍摸索，而一定要求按照指定的书单、指定的时间和指定的方式去阅读，那就剥夺了儿童自己学习的机会。这也是为什么那些家长买了足够好的书，可是孩子还是不愿意阅读的原因。

这样听起来很奇怪。家长可能会说，啊，我让一个小朋友在书店里面随意乱摸，他就能学会读书吗？他就能够获得文化素养吗？他真的会去看《中国古典文学丛书》或者《二十四史》吗？我觉得有可能会，但是得有一个前提——你得先选择一个优质的书店。怎么找到优质的书店呢？这一点我在前面讲过了，这里就不再多说了。

总的来说，家长要做的事情，并不是带够充足的钱，而是带够充足的耐心。你真的不需要给孩子买那么多的书，但是你要有耐心，让他在书的世界里自己摸索，摸摸这本书，摸摸那本书，看看这个插图，闻闻那本书的味道，然后选择自己最感兴趣的一两本书买回去。他的选择和你的选择不一定一样，但这就是他建立对书籍的认识和评估体系的过程。允许孩子在这个过程中享受自由并充分试错，他才会成为一个爱书的人。

问题5：为什么要读原著？

家长： 晓丹老师，大家总说要读经典，可是读经典有什么用呢？我知道中国古代很多经典著作非常好，但是买了之后我却读不下去，应该怎么办呢？

晓丹老师： 是的，我们现在这个时代，大家都在讲经典阅读、传统文化的重要性，但是大部分人对它的态度，基本上是一种"良药苦口利于病"的态度。人们一边觉得它是好的，一边又觉得读这些书实在是太痛苦了，所以大家的策略都是最好自己不要读，而让别人来读。校长出钱请讲传统文化的教授来给中小学老师做培训，爸爸妈妈花钱把孩子送去读《弟子规》。这个过程一般都是不开心的，老师不领校长的情，孩子也不领家长的情，掏钱的那个人反而吃力不讨好。

那么，对经典原著的阅读到底有什么好处呢？我认为有两个好处。

第一，如果有一个经典文本的储备，当我们学习后续知识时，可以以经典文本为踏板来理解新知识，就算那些后续知识来自另一个知识体系也没关系。所以在近代，那些最早接受现代思想、现代科学的人，其实不是白板一张、什么都没学过的人，而是对中国传统文化也学得很好的人，像翻译《天演论》的严复，像康有为、梁启超都是如此。

第二，随着这几年的传统文化热，不管是搞养生、卖房地产、搞教育还是集资的，都愿意借着传统文化的名义来吸引客户。我们需要有一些辨别能力，而这种辨别能力就来源于自身对经典原著的阅读和学习。你不需要知道所有知识，但需要有一个比较科学的思维方式，真正阅读过一两本典籍。有这样的基础，当你遇到那些太荒诞不经、违背常识的宣传时，就能够辨认得出来。

在选择经典原著的时候，我有一个建议给大家，就是一定不要一开始就去读那些人们说最好、最经典、最是圣人写的作品。那样的作品好是好，但浓度太高，离我们的时代太遥远，不是好的入门读物。我们还是要找到自己最感兴趣的那个领域、那个作者、那本书。这样，从阅读第一部经典原著开始，可能就有机会破除原先对传统典籍的古板印象，为自己开辟一个有趣的阅读世界。

问题 6：《弟子规》究竟要不要背？

家长：晓丹老师，我朋友给孩子报了一个学《弟子规》的国学班，这种班需要上吗？《弟子规》有没有必要学呢？

晓丹老师：最近几年，很多大人会觉得需要把小孩送到国学班去学习，国学班教的到底是不是国学呢？大人也不知道国学是什么，反正那些老师看起来穿着唐装、汉服，拿一些文言文给孩子背，那就当它是国学班吧。

据说中国现在有成千上万个国学班，在这些国学班中，绝大多数似乎只教《三字经》《弟子规》。我觉得很奇怪，一个《弟子规》，1080 个字，要教半年，到底是怎么教的？前几年我让学生做过一个社会调查，了解了三四个城市一些比较知名的国学班。这些学生有的本来是国学爱好者，但他们调查之后很生气。

我们的学生拿着著名学者杨树达、钱穆和李泽厚的《论语》注本，去问这些国学讲师："孔子这句话这三个人解释得不一样，你说哪个才是对的？"这几个国学讲师连书都不愿意看一眼，上来就说："你不要问，因为我们是因信称义,你相信它就灵,你不信它就不灵。""因信称义"这个词是从基督教来的,但哪怕在基督教里,也不是说你不要知道《圣经》讲的是什么,你只要把它背出来就好了。基督教也是要求对《圣经》有理解和质疑的。中世纪时,教廷不鼓励平民信徒直接读《圣经》,但宗教改革的伟大成就之一就是把权利给到每一个信徒,让他们用自己的方式,自由地理解和解释《圣经》,于是思想就解放了,科学和人文主义就发达起来了。在中国的传统中,也从来就没有"你不要问只要背"这种教法。孔子也允许学生提问和辩论。

葛兆光先生写过一本书,叫作《中国经典十种》,这本书里讲的十种中国经典,是《周易》《论语》《老子》、三《礼》《淮南子》《史记》《说文解字》《黄庭经》《般若波罗蜜多心经》《坛经》,但是中国经典远不止这么多。而《弟子规》只是对《论语·学而》第六条的发挥,第六条总共只有25个字:"弟子入则孝,出则悌,谨而信,泛爱众,而亲仁。行有余力,则以学文。"《论语》总共有11705个字,《弟子规》等于讲了《论语》的1/468,还讲得不太好。如果《弟子规》都值得花半年去学,那要234年才能学完《论语》,更不要说其他中国经典了。所以在《弟子规》上面多花时间是不值得的。

《弟子规》为什么这么流行呢?因为它简单。真正能讲中国传统文化的老师不好找,哪怕是在重点大学中文系读了本科的人,也不一定能够讲好。一个中文系学生读研究生时，老师可能花一整个学期跟他们讲《论语》，再花一整个学期讲《庄子》，即使这样，他也不敢说自己就可以教国学了。反倒是那些不知道国学的水有多深的人，比较愿意声称自己教的是国学。

家长们还常常有一个误解，以为《弟子规》是古代小朋友的必读书，是蒙学读物，事实并非如此。《弟子规》是到清朝中期才被写出来的，作者是一个终生没有中举的老秀才。这本书的出版，更是到了1840年鸦片战争之后。1912年辛亥革命之后，人们开始上新式学校，学习白话文和现代科学，根本就不读这些旧书了。可想而知，《弟子规》能够产生影响的时间没有多少年。即使是在1840年到1912年的这70年里，也很少有人读《弟子规》。把史料翻个遍，也就只能找到两三条，是说某个县令嫌乡下那些成年的农民不读书，连政府的通告都看不懂，就让他们学学《弟子规》，顺便认两个字。历史上从来没有说让小朋友背《弟子规》的。民国时期，很多学者认为不需要再学习中国的传统文化，也有很多学者认为必须继续学习中国的传统文化，不管他们怎么吵来吵去，所讲的传统文化著作里，也从来没有包括过《弟子规》。

也就是到了最近十几年，《弟子规》才被挖掘出来。最初把《弟子规》挖出来，其实是出于一个最简单的劝人为善的道理，没有想把它当作经典来推广。可是因为它实在太简单了，总共才1080个字，推广成本很低，所以渐渐变得非常流行，然后人们以讹传讹，说它是国学。有些机构一看，"哎，那挣钱很容易呀，我们找一个老师领小朋友读一读，就可以收学费了"，于是很多国学班靠着《弟子规》就能营利下去。

有很多了解国学的人批判《弟子规》，认为《弟子规》有毒，是中国文化的糟粕。我的观点是《弟子规》没有那么重要，背出来不要紧，背不出来也不要紧，一千多个字不会造成什么重大的影响。如果真的要学国学，这一千多个字背了，基本上没有什么用。如果真的想让小孩积累一点对于传统文化或古典文学的感觉，宁可让孩子去背一背《声律启蒙》。《声律启蒙》平仄调和的效果比《弟子规》要好得多，对小朋友来说内容也更加有趣。

有些极端的人声称，背了《弟子规》各种疾病都会变好，家庭关系、夫妻关系、亲子关系也会变好。这种极端的说法，这两年不太有人相信了。但还是有些国学讲师声称，背了《弟子规》的小朋友的道德感、行为规范会比较好。其实小朋友道德感的增强，行为规范的变好，跟他是否背过《弟子规》没有太大关系。

我有一个朋友是小学语文老师，他和我说，有一次他去听一个《弟子规》的公开课，讲《弟子规》"入则孝"这部分，就是"父母呼，应勿缓，父母命，行勿懒，父母教，须敬听，父母责，须顺承"这几句。这几句大概的意思是说，小孩子应该听父母的话，应该对父母态度好一点，有礼貌一点。可是，在公开课开始之前，一个小孩迟到了，可能是因为妈妈电瓶车骑得不够快，于是他就在门口非常暴躁地指责母亲。但后来他上台背诵"父母呼，应勿缓，父母命，行勿懒，父母教，须敬听，父母责，须顺承"的时候，却背得挺好，充满了感情。

我这个当老师的朋友就想，让小朋友背这些冠冕堂皇的大话，真的可以让他的道德变得更好吗？还是只是让他学会"人前一套人后一套"？其实大家都知道，嘴上最会说仁义道德的人，常常并不是在行动中更好地贯彻了道德的人。从儿童心理学的角度来说，小朋友，特别是学龄前的小朋友，主要不是通过记忆道理来掌握行为规范的，而是靠自己的体验，亲眼看到爸爸妈妈怎么做，他们就跟着爸爸妈妈怎么做。如果爸爸妈妈要告诉孩子哪些行为不可以，光嘴上说没有用，而是要用你的身体语言、你的面部表情、你的动作去从事实上制止他，告诉他不可以做，他才有能力理解。所以你花了很多钱，花了很多时间，送孩子去把这一千多个字背下来了，他该踢你的时候还是踢你，该不理你的时候还是不理你。这不是因为孩子背得不够好，而是因为他背的就是一串音节，这串音节根本没有办法来指导他的行为。

有些爸爸妈妈很善于学习，他们去买书，去了解真正的国学是什么，然后他们非常担心《弟子规》会把孩子教成小奴才。外面的培训机构你可以不送他去，但是学校的早读课要背《弟子规》，总不能跟学校对着干，所以他们对这件事情很焦虑，觉得自己的小孩要被教坏了。其实事情也没有这么严重。如果学校已经教了，有口无心，读一读顶多有点浪费时间。如果孩子特别善于思考，真的学进去了，或者说这个学校的老师特别信奉《弟子规》，他不仅仅是读，还要跟小朋友讲，要问"你们回家有没有这么做"，这样也挺好的。因为一旦《弟子规》落实到了做的层面上，你就会发现其中有一些地方是没有办法做的。

比如《弟子规》里面有一句，说"年方少，勿饮酒，饮酒醉，最为丑"，我们现在的文化根本不可能让一个小朋友喝酒，这句话对现代人来说是废话。还有一句说"待婢仆，身贵端，虽贵端，慈而宽"，讲的是古代阶级社会中主人对仆人的态度，现在怎么在家庭中实施这个呢？如果说你家里有一个家政阿姨，你可以把她当作仆人吗？你可以跟孩子说家政阿姨等同于古代的仆人，你要对她礼貌一点吗？我估计阿姨也不愿接受这种高高在上施舍的礼貌吧。所以《弟子规》中的一些内容是无法在现实生活中实施的。

如果你较真的话就会发现，《弟子规》里这些话，要么是和我们的现实生活无关的，要么是不背也知道的，要么就是和现实生活冲突的。在这种情况下，家长如果有机会跟孩子讨论一下，你们对于这些内容有没有什么不同的看法，这倒是一个锻炼孩子观察生活和培养批判性思维的好机会。我有一些朋友在中小学做老师，也很喜欢讲《弟子规》，因为既然

《弟子规》流行，那也可以顺应潮流讲一下，但他们的讲法是让学生来看《弟子规》中哪些现在已经不需要学了，哪些还可以把它留下，哪些需要修改。这就是一个很好的批判性的读法。

所以，我对《弟子规》的看法，大概可以归结为两点：第一，如果你真的要找一个传统文化的文本给孩子读，比《弟子规》好的多的是，尽量不要选择《弟子规》；第二，如果你所在的环境已经让孩子学《弟子规》了，那你心里要知道，它不是一个真正意义上的经典，不需要对它特别虔诚，可以批判性地看它。

青豆读享 阅读服务

帮你读好一本书

《古典文学寻宝记》阅读服务：

☆ **配套音频** 65节配套音频，让孩子随时随地聆听黄晓丹讲述经典。

☆ **编辑讲书** 沉浸式阅读体验，让孩子轻松愉快进入古典文学的世界。

☆ **实用卡片** 10张知识卡片，方便孩子一览书中10部文学作品的背景知识。

☆ **趣味测试** 测测你对古典文学名家的了解程度。

☆ **作者访谈** 关于古典文学启蒙，家长关心的问题，晓丹老师亲自解答。

☆ ……

（以上内容持续优化更新，具体呈现以实际上线为准。）

扫码享受
正版图书配套阅读服务

每一本书，都是一个小宇宙。

图书在版编目（CIP）数据

古典文学寻宝记 / 黄晓丹著. -- 上海：上海社会科学院出版社, 2025. -- ISBN 978-7-5520-4629-8

Ⅰ. I206.2-49

中国国家版本馆CIP数据核字第2025F7J174号

古典文学寻宝记

| 著　　者：黄晓丹 |
| 责任编辑：杜颖颖 |
| 特约编辑：王小柠 |
| 插　　画：莫迪缇娅 |
| 装帧设计：鲁明静 |
| 出版发行：上海社会科学院出版社 |
|　　　　　上海市顺昌路622号　　邮编 200025 |
|　　　　　电话总机 021-63315947　　销售热线 021-53063735 |
|　　　　　https://cbs.sass.org.cn　　E-mail: sassp@sassp.cn |
| 印　　刷：北京中科印刷有限公司 |
| 开　　本：710毫米×1000毫米　1/16 |
| 印　　张：20.75 |
| 字　　数：200千 |
| 版　　次：2025年5月第1版　2025年5月第1次印刷 |

ISBN 978-7-5520-4629-8/I・566　　　　　　　　　定价：69.80元

版权所有　翻印必究

如有印装质量问题，请向青豆书坊（北京）文化发展有限公司调换，电话：010-84675367